Chris Bradford

Samurai

Der Weg des Kämpfers

Chris Bradford trägt unter anderem den Schwarzen Gürtel in Taijutsu, der geheimen Kampfkunst der Ninja. Aus seiner Leidenschaft für die japanische Kultur entstand seine Abenteuerreihe »Samurai«. Er lebt mit seiner Familie in den South Downs, England.

Mehr über den Autor auf www.chrisbradford.co.uk.

Chris Bradford

Samurai

Der Weg des Kämpfers

Aus dem Englischen
von Wolfram Ströle

Ravensburger Buchverlag

Als Ravensburger Taschenbuch
Band 54418
erschienen 2013

MIX
Aus verantwortungs-
vollen Quellen
FSC
www.fsc.org
FSC® C114500

Jubiläumsausgabe
50 Jahre Ravensburger Taschenbücher

Ungekürzte Ausgabe

Die Originalausgabe erschien 2008
unter dem Titel »Young Samurai. The Way of the Warrior«
bei Puffin Books/Penguin Books Ltd, 80 Strand,
London WC2R 0RL, England

YOUNG SAMURAI

Printed in Germany
ISBN 978-3-473-54418-9

www.ravensburger.de

Für meinen Vater

China
Corai
Insola
Oceanus
Chinensis
Nagasaki
Kyoto
Toba
0
50
100

Terra
de
Iesso
Mare Iaponia
Edo
Japan im
17. Jahrhundert

Inhalt

侍

Prolog

Masamoto Tenno

Kyoto, Japan, August 1609

Tenno fuhr aus dem Schlaf hoch, packte sein Schwert und hielt den Atem an.

Er spürte, dass sich noch jemand im Zimmer befand. Nach und nach gewöhnten sich seine Augen an die Dunkelheit und er ließ den Blick suchend durch den Raum wandern. Doch er sah nichts, nur ineinander verschlungene Schatten und das Mondlicht, das geisterhaft durch die dünnen Papierwände sickerte. Vielleicht hatte er sich geirrt … Doch seine durch die Ausbildung zum Samurai geschärften Sinne warnten ihn.

Angestrengt lauschte er auf das leiseste Geräusch, den kleinsten Hinweis darauf, dass sich ein Eindringling im Zimmer aufhielt. Doch er nahm nichts Verdächtiges wahr. Ein Lüftchen fuhr durch die Zierkirsche im Garten und der Baum raschelte wie Seide. Außerdem hörte er das vertraute Plätschern des Wassers, das aus dem kleinen Brunnen in den Fischteich floss, und ganz in der Nähe das unermüdliche nächtliche Zirpen einer Grille. Im Haus war es still.

Er war grundlos hochgeschreckt … Bestimmt hatte nur ein böser Geist seine Träume gestört.

Seit einem Monat sorgten Gerüchte eines bevorstehenden Krieges im Hause Masamoto für Unruhe. Von einem Aufstand war die Rede und Tennos Vater war einberufen worden, um im Falle eines Angriffs gegen die Aufständischen vorzurücken. Der Friede, der seit zwölf Jahren in Japan herrschte, schien plötzlich bedroht. Die Menschen hatten Angst. Kein Wunder, dass Tenno so angespannt war.

Er schloss die Augen und legte sich wieder auf seinen Futon. Die Grille zirpte plötzlich ein wenig lauter und der Junge packte das Heft seines Schwertes fester. »Ein Samurai sollte immer seinem Instinkt folgen«, hatte sein Vater einmal gesagt, und Tennos Instinkt gab ihm jetzt zu verstehen, dass etwas nicht stimmte.

Er stand auf, um sich umzusehen.

Da wirbelte ein silberner Stern durch die Nacht.

Tenno warf sich zur Seite, doch um den Bruchteil einer Sekunde zu spät.

Der Wurfstern schlitzte ihm die Wange auf und bohrte sich an der Stelle, an der eben noch sein Kopf gelegen hatte, in den Futon. Tenno rollte über den Boden und spürte dabei, wie ihm das Blut warm über das Gesicht lief. Ein zweiter Wurfstern schlug mit einem dumpfen Laut in die Strohmatte auf dem Boden ein. Mit einer geschmeidigen Bewegung sprang Tenno auf und hob das Schwert, um sich zu verteidigen.

Eine von Kopf bis Fuß schwarz gekleidete Gestalt tauchte wie ein Gespenst aus der Dunkelheit auf.

Ein Ninja! Ein nächtlicher Meuchelmörder.

Betont langsam zog der Ninja ein funkelndes Kampfmesser aus der Scheide. Es war im Unterschied zu dem großen, gekrümmten Langschwert Tennos kurz und gerade. Eine ideale Stichwaffe.

Lautlos kam der Ninja einen Schritt näher und richtete das Messer auf den Jungen. Er sah aus wie eine menschliche Kobra, die gleich angreifen würde.

Tenno versuchte dem Ninja zuvorzukommen und schlug mit seinem Schwert zu. Doch sein Gegner wich ihm geschickt aus, vollführte blitzschnell eine Drehung und versetzte ihm einen Fußtritt gegen die Brust.

Tenno taumelte zurück und brach durch die papierdünne Schiebetür des Zimmers nach draußen in die Nacht. Unsanft landete er auf der Erde des inneren Gartens. Für einen Moment verlor er die Orientierung. Er hörte sich keuchen.

Der Ninja sprang durch das Loch in der Tür und landete katzengleich vor ihm.

Tenno wollte wieder aufstehen und sich wehren, doch seine Beine gaben unter ihm nach. Sie waren gefühllos geworden und zu nichts mehr zu gebrauchen. In Panik versuchte er um Hilfe zu rufen, doch sein Hals war zugeschwollen und brannte wie Feuer. Statt zu schreien, rang er mühsam nach Luft.

Der Ninja verschwamm vor seinen Augen und versank zuletzt ganz in einem schwarzen Nebel.

Dem Jungen wurde schwarz vor Augen. Offenbar hatte der Ninja den Wurfstern in ein Gift getaucht, das jetzt in rascher Folge seine Glieder lähmte. Er war seinem Mörder auf Gedeih und Verderb ausgeliefert.

Er lauschte auf näher kommende Schritte des Ninja, hörte aber wieder nur das Zirpen der Grille. Ihm fiel ein, dass sein Vater einmal gesagt hatte, Ninja übertönten mit einem solchen Zirpen das Geräusch ihrer Bewegungen. Der Ninja musste auf diese Weise unbemerkt an den Wachen vorbeigeschlüpft sein!

Für einen kurzen Moment kehrte Tennos Sehvermögen zurück und im bleichen Licht des abnehmenden Mondes erblickte er vor sich ein verhülltes Gesicht. Der Ninja kam ihm so nah, dass Tenno seinen warmen Atem säuerlich und schal wie billigen Sake im Gesicht spürte. Durch den Schlitz in der Kapuze des schwarzen Gewands starrte ihn ein einziges smaragdgrünes Auge hasserfüllt an.

»Das ist eine Botschaft an deinen Vater«, zischte der Ninja.

Tenno spürte die Spitze des Messers eiskalt auf der Haut über seinem Herzen.

Es folgte ein einziger heftiger Stoß. Sengende Schmerzen fuhren durch seinen Körper …

Dann nichts mehr …

Masamoto Tenno war in die Große Leere eingegangen.

1

Eine Kugel aus Feuer

Pazifik, August 1611

Der Junge fuhr aus dem Schlaf hoch.

»*Alle Mann an Deck!*«, brüllte der Bootsmann. »Das gilt auch für dich, Jack!«

Das wettergegerbte Gesicht des Mannes tauchte vor Jack aus dem Dunkeln auf und der Junge sprang hastig aus seiner schwankenden Hängematte im Mitteldeck des Schiffes.

Jack Fletcher war erst zwölf, aber groß für sein Alter und von den zwei Jahren, die er auf See verbracht hatte, sehnig und muskulös. Die Augen unter dem wirren Schopf strohblonder Haare, die er von seiner Mutter geerbt hatte, leuchteten himmelblau und mit einer für sein Alter ungewöhnlichen Entschlossenheit und Unerschrockenheit.

Männer, denen man die Strapazen der langen Reise an Bord der *Alexandria* ansah, ließen sich aus ihren Kojen fallen und drängten an Jack vorbei zum Oberdeck hinauf. Jack lächelte den Bootsmann entschuldigend an.

»Beeil dich, Junge!«, schimpfte der Bootsmann.

In diesem Moment krachte es ohrenbetäubend. Holzbalken knirschten und Jack wurde auf den Boden geworfen. Die kleine, am Mittelbalken des schmutzigen Frachtraums hängende Öllaterne schwankte heftig und die Flamme flackerte.

Jack stieß unsanft gegen einen Stapel leerer Fässer, die über die ächzenden Planken rollten. Hastig rappelte er sich wieder auf. Weitere ausgemergelte Besatzungsmitglieder in schmutzigen Lumpen stolperten an ihm vorbei durch die nur von der brennenden Laterne erhellte Dunkelheit. Eine Hand packte ihn am Kragen und stellte ihn auf die Beine.

Sie gehörte Ginsel.

Der untersetzte, stämmige Niederländer grinste Jack an und entblößte dabei zwei Reihen unregelmäßig gezackter, abgebrochener Zähne, mit denen er aussah wie ein weißer Hai. Doch trotz seines einschüchternden Äußeren hatte der Matrose es immer gut mit Jack gemeint.

»Wir sind wieder in einen Sturm geraten, Jack«, knurrte er. »Klingt, als hätte die Hölle ihre Tore geöffnet! Rauf mit dir auf das Vordeck, bevor der Bootsmann dich erwischt.«

Jack stieg eilig hinter Ginsel und den anderen Matrosen den Niedergang hinauf. Oben erwartete sie der Sturm.

Schwarze Gewitterwolken brodelten am Himmel und die Schreie der Matrosen gingen sofort im Heulen des Windes unter, der erbarmungslos durch die Takelage fuhr. Salzwassergeruch stieg Jack scharf in die Nase. Eiskalter Regen schlug ihm ins Gesicht und stach ihn wie mit tausend kleinen Nadeln. Bevor er sich umsehen konnte, erfasste eine gewaltige Welle das Schiff.

Meerwasser spülte schäumend über das Deck, durchnässte Jack augenblicklich bis auf die Haut und strömte durch das Speigatt wieder ab. Jack schnappte nach Luft, doch da brach schon eine zweite Welle donnernd über das Deck herein. Sie war noch größer als die erste und riss Jack die Beine weg. Im letzten Moment konnte er sich an der Reling festhalten und verhindern, dass er über Bord ging.

Er hatte sich gerade wieder aufgerichtet, da fuhr ein gezackter Blitz über den nächtlichen Himmel und schlug in den Großmast ein. Einen kurzen Augenblick lang beleuchtete sein gespenstischer Schein das ganze Schiff. Auf dem Dreimaster ging es drunter und drüber. Die Besatzung war wie Treibholz über das Deck verteilt. Hoch oben in der Rah versuchten einige Matrosen im Kampf gegen den Wind das Großsegel zu bergen, bevor der Sturm es wegriss oder, noch schlimmer, das Schiff kenterte.

Auf dem Achterdeck umklammerte der Dritte Maat, ein über zwei Meter großer Hüne mit einem feuerroten Bart, das Steuerrad. Neben ihm stand der gestrenge Kapitän Wallace und brüllte Befehle, allerdings vergeblich. Der Wind riss ihm die Worte vom Mund, bevor jemand sie hörte.

Neben den beiden stand noch ein dritter, hochgewachsener und kräftiger Mann mit dunkelbraunen Haaren, die er mit einer Schnur nach hinten gebunden hatte – Jacks Vater John Fletcher, der Steuermann der *Alexandria*. Er hielt den Blick unverwandt auf den Horizont gerichtet, als hoffte er, die Wolken zu durchdringen und das sichere Land dahinter zu entdecken.

»He, ihr da!«, rief der Bootsmann und zeigte auf Jack,

Ginsel und zwei weitere Matrosen. »Rauf mit euch und macht das Toppsegel los, aber schnell!«

Sofort machten sie sich auf den Weg zum Vormast, doch im selben Augenblick tauchte aus dem Nichts eine Kugel aus Feuer auf – und flog geradewegs auf Jack zu.

»Vorsicht!«, schrie ein Matrose.

Jack, der auf der Reise bereits einige Angriffe feindlicher portugiesischer Kriegsschiffe erlebt hatte, duckte sich instinktiv. Er spürte die heiße Luft und hörte das Heulen, mit dem die Kugel an ihm vorbeiflog. Das Geräusch des Aufpralls auf Deck klang allerdings anders als bei einer Kanonenkugel. Die Kugel schlug nicht krachend auf wie Eisen auf Holz, sondern mit einem dumpfen, leblosen Schlag wie ein Tuchballen. Entsetzt starrte Jack den Gegenstand an, der vor seinen Füßen gelandet war.

Das war keine Feuerkugel. Es war der brennende Leib eines vom Blitz getöteten Matrosen.

Jack stand wie gelähmt da. Übelkeit stieg in ihm auf. Das Gesicht des Toten war schmerzverzerrt und vom Feuer so entstellt, dass Jack ihn nicht einmal erkannte.

»Heilige Maria, Muttergottes!«, rief Ginsel. »Sogar der Himmel hat sich gegen uns verschworen!«

Bevor er noch mehr sagen konnte, brach eine Welle über die Reling und spülte die Leiche ins Meer.

Ginsel sah das Entsetzen im Gesicht des Jungen. »Komm, Jack!«, rief er, fasste ihn am Arm und wollte ihn zum Vormast ziehen.

Doch Jack stand da wie festgenagelt, noch immer den

Gestank nach verbranntem Fleisch in der Nase. Es hatte gerochen wie ein Schwein, das zu lange am Spieß geröstet worden war.

Der Matrose war keineswegs der erste Tote, den Jack auf der Reise sah, und er würde ganz gewiss auch nicht der letzte sein. Sein Vater hatte ihn gewarnt. Die Überquerung des Atlantiks und des Pazifiks war mit vielen Gefahren verbunden. Jack hatte Menschen an Erfrierungen, an Skorbut, am Tropenfieber, an Messerwunden und durch Kanonenkugeln sterben sehen. Trotzdem war er nicht gegen die Schrecken des Todes abgestumpft.

»Los, Jack«, drängte Ginsel.

»Ich spreche nur schnell ein Gebet für ihn«, erwiderte Jack schließlich. Er hätte eigentlich mit Ginsel und den anderen gehen müssen, aber das Bedürfnis, bei seinem Vater zu sein, wog in diesem Augenblick stärker als die Pflicht.

Jack rannte zum Achterdeck. »Wohin willst du?«, brüllte Ginsel. »Wir brauchen dich vorn.«

Doch Jack hörte nur noch das Toben des Sturms und versuchte auf dem stampfenden und krängenden Schiff zu seinem Vater zu gelangen.

Er war erst beim Kreuzmast angekommen, da brach wieder eine gewaltige Welle über die *Alexandria* herein. Sie riss Jack von den Füßen und spülte ihn über das Deck zur Backbordreling.

Das Schiff machte einen Satz nach vorn, Jack wurde über die Reling geschleudert und stürzte dem schäumenden Ozean entgegen.

侍

2

Mastaffe

Jack machte sich schon auf den Aufprall gefasst, da packte ihn plötzlich eine Hand und er hing senkrecht über dem Rand des Schiffes, unter sich das tobende Meer.

Er hob den Kopf. Ein kräftiger tätowierter Arm hielt ihn am Handgelenk fest.

Eine Welle stieg auf, um ihn in die Tiefe zu reißen.

»Keine Angst, Bürschchen, ich habe dich!«, knurrte sein Retter, der Bootsmann, und hievte ihn an Bord. Der auf seinen Unterarm eintätowierte Anker verbog sich vor Anstrengung. Jack hatte das Gefühl, als würde ihm der Arm aus der Schulter gerissen.

Vor den Füßen des Bootsmanns sank er auf den Boden und erbrach einen Schwall Meerwasser.

»Na, das überlebst du schon.« Der Bootsmann grinste. »Du bist ein geborener Seemann wie dein Vater, nur im Augenblick ein ziemlich durchnässter. Aber antworte mir, Bürschchen: Was hattest du hier zu suchen?«

»Ich … wollte meinem Vater etwas ausrichten, Bootsmann.«

»Mein Befehl lautete aber anders«, rief der Bootsmann

wütend. »Du solltest an Deck bleiben! Du magst der Sohn des Steuermanns sein, aber das schützt dich nicht davor, wegen Ungehorsams ausgepeitscht zu werden! Jetzt ab mit dir, den Vormast hinauf und mach das Toppsegel los. Sonst bekommst du die Katze tatsächlich noch zu spüren!«

»Gott segne Sie, Bootsmann«, murmelte Jack und kehrte rasch zum Vordeck zurück. Er wusste, dass die Auspeitschung mit der neunschwänzigen Katze keine leere Drohung war. Der Bootsmann hatte andere Matrosen schon wegen geringerer Vergehen als Ungehorsam bestraft.

Auf dem Vordeck angekommen, zögerte er trotzdem. Der Vormast war höher als ein Kirchturm und schwankte heftig im Sturm. Jack spürte die Taue der Takelage mit seinen vor Kälte starren Fingern nicht mehr und seine nassen Kleider machten ihn schwerfällig und unbeweglich. Doch je länger er wartete, desto mehr fror er. Bald würden seine Glieder zu steif zum Klettern sein.

Los, spornte er sich an. Du hast doch keine Angst.

Doch tief im Innern wusste er, dass er Angst hatte, sogar ganz fürchterlich. Auf der langen Fahrt von England zu den Gewürzinseln hatte er sich den Ruf eines besonders unerschrockenen Mastaffen erworben, der jeden Mast hinaufkletterte und noch in den höchsten Höhen Segel reparierte und Taue entwirrte, die sich verheddert hatten. Doch nicht Mut oder Geschick hatten ihn hinaufgetrieben, sondern die nackte Angst.

Er blickte auf das stürmische Meer hinaus. Der Himmel befand sich in Aufruhr. Schwarze Gewitterwolken jagten an einem farblosen Mond vorbei. Im Dämmerlicht konnte er Ginsel und die anderen Matrosen in den Wanten gerade noch erkennen. Der Mast neigte sich so stark von einer Seite auf die andere, dass die Männer hin und her schwangen wie Äpfel, die von einem Baum geschüttelt werden.

»Hab keine Angst vor den Stürmen des Lebens«, hörte er seinen Vater sagen. Das war an dem Tag gewesen, als er zum ersten Mal den Befehl bekommen hatte, zum Krähennest hinaufzuklettern. »Wir müssen alle mit ihnen zurechtkommen, bei jedem Wetter.«

Jack hatte zugesehen, wie sich die anderen Neulinge an den schrecklichen Aufstieg wagten. Alle waren starr vor Angst gewesen oder hatten sich auf die Matrosen unter ihnen erbrochen. Dann war er selbst an der Reihe gewesen. Seine Beine hatten fast so heftig aneinandergeschlagen wie die Taue.

Er hatte seinen Vater angesehen und der hatte ihm mit einem beruhigenden Lächeln die Schultern gedrückt. »Ich glaube an dich, Jack. Du schaffst das.«

Getragen vom Glauben seines Vaters war er hinaufgeklettert und hatte erst nach unten gesehen, als er in das sichere Krähennest gestiegen war. Erschöpft und zugleich berauscht hatte er etwas zu seinem Vater hinuntergebrüllt, der klein wie eine Ameise auf dem Deck stand. Die Angst hatte ihn nach oben getrieben. Wieder hinunterzukommen war ein anderes Problem gewesen …

Er griff in die Taue und begann zu klettern. Rasch verfiel er in seinen gewohnten Rhythmus, von dem eine beruhigende Wirkung ausging, und gewann schnell an Höhe. Er sah die weißen Kämme der Wellen, die sich auf das Schiff stürzten. Doch nicht von ihnen fühlte er sich bedroht, sondern von dem erbarmungslosen Wind. Heftige Böen zerrten an ihm und wollten ihn in die Nacht reißen. Er biss die Zähne zusammen und kletterte weiter. Bald stand er neben Ginsel auf der Rah.

»Jack!«, schrie Ginsel. Der Niederländer wirkte erschöpft und seine Augen waren blutunterlaufen und eingesunken. »Ein Tau hat sich verheddert. Wir können das Segel nicht herunterlassen. Du musst raus und es freimachen.«

Jack sah nach oben. Das dicke Tau hatte sich in der Takelage der obersten Stenge verfangen und der dazugehörige Flaschenzug schlackerte gefährlich hin und her.

»Das war bestimmt ein Witz, oder?«, rief Jack. »Warum ich? Warum nicht einer von denen?« Er wies mit einem Nicken auf die beiden Matrosen, die sich in Todesangst am anderen Ende der Rah festklammerten.

»Ich hätte ja deinen Freund Christiaan gefragt«, erwiderte Ginsel und sah zu dem kleinen niederländischen Jungen hinüber, der genauso alt war wie Jack und ihn mit runden Mausaugen furchtsam anstarrte, »aber der ist kein Jack Fletcher. Du bist unser bester Mastaffe.«

»Das wäre Selbstmord«, protestierte Jack.

»Mit dem Schiff um die halbe Welt zu fahren, ist auch Selbstmord, trotzdem haben wir es geschafft!«, erwiderte Ginsel mit einem Lächeln, das beruhigend wirken sollte, mit seinen Haifischzähnen aber wie das Lächeln eines

Wahnsinnigen wirkte. »Wenn wir das Segel nicht einholen, kann der Käpt'n das Schiff nicht retten. Es muss getan werden und du bist der beste Mastaffe.«

»Also gut«, sagte Jack. Offenbar hatte er keine andere Wahl. »Aber du musst mich notfalls auffangen!«

»Vertrau mir, kleiner Bruder, ich möchte dich nicht verlieren. Binde dir dieses Seil um den Bauch. Ich halte das andere Ende. Nimm am besten auch mein Messer. Du brauchst es, um das Tau loszuschneiden.«

Jack tat wie geheißen und klemmte sich das grob geschliffene Messer zwischen die Zähne. Dann kletterte er den Mast bis zur obersten Stenge hinauf und kroch unter Zuhilfenahme der wenigen Seile, die es dort noch gab, vorsichtig auf der Rah zu dem verhedderten Tau hinaus.

Er kam nur unendlich langsam voran, denn der Wind zerrte mit tausend unsichtbaren Händen an ihm. Er warf einen flüchtigen Blick nach unten, konnte seinen Vater aber kaum auf dem Achterdeck erkennen. Einen Augenblick lang bildete er sich ein, seinen Vater winken zu sehen.

»Pass auf!«, rief Ginsel warnend.

Jack hob den Kopf und sah den losen Flaschenzug direkt auf seinen Kopf zufliegen. Er warf sich zur Seite und konnte ihm ausweichen, verlor dafür aber den Halt und rutschte von der Rah ab.

Verzweifelt griff er im Stürzen nach einem Tau. Er rutschte mit den Händen an dem Tau entlang und der grobe Hanf schürfte ihm die Handflächen auf. Trotz der brennenden Schmerzen ließ er nicht los.

An dem Tau hängend schwang er im Sturm hin und her. Meer, Schiff, Segel und Himmel umkreisten ihn.

»Ganz ruhig, ich habe dich!«, brüllte Ginsel durch den Wind.

Er zog Jack an dem Seil, das der Junge sich um den Bauch gebunden hatte, zur Rah hinauf, bis Jack die Stenge zu fassen bekam, die Beine darüberschwingen und sich aufrichten konnte. Jack brauchte eine Weile, bis er sich wieder beruhigt hatte. Er zog die Luft durch die Zähne, zwischen denen er immer noch Ginsels Messer hielt.

Sobald das schmerzhafte Brennen in seinen Händen nachgelassen hatte, begann er wieder quälend langsam die Rah entlangzukriechen. Endlich hing das verhedderte Tau direkt vor seinem Gesicht. Er nahm das Messer aus dem Mund und säbelte damit an dem wassergetränkten Tau herum. Leider war das Messer stumpf und es dauerte eine Weile, bis er die ersten Fasern durchtrennt hatte. Seine Finger waren steif gefroren, seine Handflächen klamm und vom Blut glitschig. Eine Bö drückte ihn zur Seite. Bei dem Versuch, das Gleichgewicht zu halten, ließ er versehentlich das Messer los.

»Nein!«, schrie er und streckte vergeblich die Hand danach aus.

Verzweifelt drehte er sich zu Ginsel um. »Ich konnte das Tau nur zur Hälfte durchschneiden. Was soll ich jetzt tun?«

Ginsel bedeutete ihm zurückzukommen, doch im selben Moment traf Jack ein so heftiger Windstoß, dass er hätte schwören mögen, das Schiff sei auf Grund gelaufen. Der gesamte Mast erzitterte und das Segel zerrte an den Seilen. Das von Jack angeschnittene Tau riss knirschend und das Segel entfaltete sich im Sturm mit einem ohrenbetäubenden Knall.

Das Schiff machte einen Satz nach vorn.

Ginsel und die anderen Matrosen schrien begeistert, als sich die *Alexandria* in den Wind drehte und die Brecher nicht mehr von der Seite über den Decks zusammenschlugen. Auch Jack freute sich über diese unerwartete Wendung zum Besseren.

Seine Freude währte allerdings nur kurz.

Das herunterkommende Segel hatte den Flaschenzug mit einem Ruck fest gegen den Mast gedrückt. Der Flaschenzug riss und flog wie ein Stein auf ihn zu. Diesmal konnte er nirgendwohin ausweichen.

»*Spring!*«, schrie Ginsel.

侍

3

Die Wahl zwischen Pest und Cholera

Jack drückte sich von der Rah ab. Er duckte sich und der Flaschenzug flog über ihn weg.

Der Junge schwang in einem Bogen durch die Luft, während Ginsel das andere Ende der Halteleine umklammerte. Jack stieß mit der Takelage auf der anderen Seite des Vormasts zusammen, steckte den Arm zwischen den Tauen hindurch und hielt sich in Todesangst daran fest.

Der Flaschenzug fiel geradewegs auf Ginsel hinunter. Er verfehlte ihn knapp und traf stattdessen Sam, der unmittelbar hinter ihm stand. Der Matrose stürzte sich überschlagend ins Meer.

»Sam!«, schrie Jack erschrocken und kletterte hastig die Takelage hinunter.

Auf Deck angelangt, rannte er zur Reling, konnte aber nur hilflos mit ansehen, wie Sam sich gegen die riesigen Wellen wehrte, mehrmals verschwand und wieder auftauchte und zuletzt mit einem jämmerlichen Schrei endgültig hinuntergezogen wurde.

Fassungslos sah Jack den Bootsmann an, der zu ihm an die Reling getreten war.

»Dem kannst du nicht mehr helfen, Junge«, sagte der Bootsmann. »Du kannst morgen Früh um ihn trauern, wenn wir bis dahin noch leben.«

Die Verzweiflung auf Jacks Gesicht stimmte ihn ein wenig milder.

»Du hast deine Sache gut gemacht, Junge. Geh jetzt zu deinem Vater. Er ist zusammen mit dem Käpt'n in seiner Kabine.«

Jack eilte zum Niedergang, froh, dem tobenden Unwetter zu entkommen. Im Bauch des Schiffes wirkte der Sturm weniger bedrohlich und sein Geheul war nur noch gedämpft zu hören. Jack schlängelte sich zwischen den Mannschaftsquartieren hindurch zur Kajüte seines Vaters im Heck. Leise betrat er die kleine, niedrige Kammer.

Sein Vater stand über einen Schreibtisch gebeugt und studierte zusammen mit dem Kapitän eine Seekarte.

»Es liegt in Ihrer Hand, uns von hier wegzubringen, Steuermann!«, rief der Kapitän aufgebracht und schlug mit der Faust auf den Tisch. »Sie sagten doch, Sie kennen diese Gewässer! Ihnen zufolge sollten wir schon vor zwei Wochen ankommen. Vor zwei Wochen! Bei Gott, ich fahre mit diesem Schiff durch jeden Sturm, aber ich brauche eine Richtung! Vielleicht gibt es dieses Japan gar nicht. Vielleicht existiert es nur in der Sage. Vielleicht haben die Portugiesen es erfunden, um uns zugrunde zu richten.«

Jack hatte wie alle Matrosen an Bord von den sagenhaften japanischen Inseln gehört. Unermessliche Reichtümer und exotische Gewürze sollte es dort geben und der Handel mit den Japanern würde sie alle reich machen. Bisher hatten allerdings nur Portugiesen die Inseln betreten und sie wollten den Weg dorthin unbedingt geheim halten.

»Es gibt diese Inseln, Käpt'n«, sagte John Fletcher und öffnete ruhig ein großes, in Leder gebundenes Buch. »Nach meinen Aufzeichnungen liegen sie zwischen dem dreißigsten und vierzigsten Grad nördlicher Breite. Meinen Berechnungen zufolge sind wir nur wenige Meilen von der Küste entfernt. Sehen Sie hier.«

Er zeigte auf eine grob gezeichnete Karte auf einer Seite des Buches.

»Wir befinden uns in unmittelbarer Nähe der japanischen Hafenstadt Toba – genau hier. Von Toba sind es noch mehrere Hundert Meilen bis zu unserem Bestimmungsort Nagasaki. Der Sturm hat uns weit vom Kurs abgetrieben. Das ist allerdings nicht unser einziges Problem – an diesem Küstenabschnitt wimmelt es meines Wissens von Piraten. Toba ist nicht mit uns befreundet, deshalb wird man uns dort wohl ebenfalls für Piraten halten. Noch schlimmer ist, wie ich von einem Steuermann aus Bantam weiß, dass portugiesische Jesuiten die katholische Kirche eingeführt und wahrscheinlich die Köpfe der Einheimischen vergiftet haben. Selbst wenn wir es bis zur Küste schaffen, würden wir als protestantische Ketzer niedergemetzelt!«

Ein dumpfes Krachen hallte durch den Schiffsbauch und die Planken ächzten. Eine gewaltige Welle hatte gegen die Seite der *Alexandria* geschlagen.

»In einem solchen Sturm müssen wir auf die Küste zuhalten, Steuermann, egal was es uns kostet. Auch wenn es eine Wahl zwischen Pest und Cholera ist, ich versuche mein Glück lieber bei einem Jesuitenteufel!«

»Ich habe noch einen anderen Vorschlag, Käpt'n. Laut meinen Unterlagen liegen zwei Meilen südlich von Toba einige geschützte, abgeschiedene Buchten. Dort sind wir sicherer, auch wenn der Zugang durch diese gefährlichen Riffe führt.«

Jack sah, wie sein Vater auf einige gezackte Linien auf der Karte zeigte.

Der Kapitän musterte seinen Steuermann scharf. »Glauben Sie, Sie bringen uns da durch?«

John Fletcher legte die Hand auf das Buch. »Mit Gottes Hilfe ja.«

Der Kapitän wandte sich zum Gehen. Sein Blick fiel auf Jack. »Lass uns hoffen, dass dein Vater Recht hat, Junge. Schiff und Mannschaft liegen in seinen Händen.«

Er eilte hinaus. Jack und sein Vater blieben allein zurück.

John schlug das Buch sorgfältig in Öltuch ein und ging damit zu der kleinen Koje in der Ecke der Kajüte. Er hob die dünne Matratze an, öffnete ein verstecktes Fach darunter, legte das Buch hinein und schloss das Fach mit einem Klicken.

»Das bleibt unser kleines Geheimnis, Jack.« Er zwinkerte Jack verschwörerisch zu und zog die Matratze wieder über das Fach. »Das Buch, ein sogenannter *Portolan* mit Seekarten und Beschreibungen von Seewegen, ist sehr wertvoll. Man darf es auf keinen Fall offen herumliegen lassen. Sobald bekannt wird, dass wir in Japan gelandet sind, ist auch klar, dass wir einen Portolan an Bord haben.«

Jack schwieg und sein Vater musterte ihn besorgt. »Wie geht es dir?«

»Wir schaffen es nicht, oder?«, platzte Jack heraus.

»Natürlich schaffen wir es, mein Sohn«, erwiderte sein Vater ruhig und zog ihn an sich. »Du hast das Toppsegel losgemacht. Mit tüchtigen Leuten wie dir kann uns nichts passieren.«

Jack wollte das Lächeln seines Vaters erwidern, aber er war vor Angst wie gelähmt. Sie hatten schon so viele Stürme durchgemacht, und auch wenn sein Vater meinte, sie hätten ihr Ziel fast erreicht, konnte Jack sich nicht vorstellen, je wieder festen Boden unter den Füßen zu spüren. Weder oben in der Takelage noch zu einer früheren Zeit ihrer entbehrungsreichen Reise hatte er eine so schreckliche Angst gehabt.

Sein Vater beugte sich zu ihm herunter und sah ihm in die Augen. »Du darfst nicht verzweifeln, Jack. Das Meer ist eine ungestüme Geliebte, aber wir haben schon schlimmere Stürme ausgestanden. Wir werden auch diesen überleben.«

Sie machten sich auf den Weg zum Achterdeck. Jack wich seinem Vater nicht von der Seite, denn er fühlte sich in seiner Nähe trotz des schlimmen Sturms geborgen. Die unerschütterliche Zuversicht seines Vaters machte ihm Hoffnung, so hoffnungslos die Lage auch zu sein schien.

»So ein Sturm macht das Deck endlich einmal gründlich sauber«, bemerkte sein Vater scherzend zum Dritten Maat, der immer noch tapfer mit dem Steuer kämpfte und dessen Gesicht inzwischen vor Anstrengung so rot war wie sein Bart. »Gehen Sie auf Kurs Nord-Nordwest. Und sagen Sie allen, dass vor uns Riffe liegen. Versetzen Sie die Männer im Ausguck in Alarmbereitschaft.«

Sein Vater schien die Richtung zu kennen, in die sie fahren mussten. Doch vor ihnen war nur das Meer zu sehen und eine Welle nach der anderen schlug donnernd gegen die *Alexandria*. Jacks Zuversicht schwand mit dem im Stundenglas des Kompasshäuschens verrinnenden Sand.

Der Sand war bereits zum zweiten Mal durchgelaufen, da ertönte der Ruf: »Land ahoi!«

Die Matrosen atmeten erleichtert auf. Die halbe Nacht hatten sie gegen den Sturm gekämpft, doch jetzt war ein Schimmer Hoffnung aufgetaucht, die vage Aussicht, dass sie das Unwetter im Schutz einer Landzunge oder Bucht überstehen würden.

Doch schon im nächsten Augenblick wurde die Hoffnung durch einen zweiten Ruf aus dem Ausguck zunichtegemacht.

»Riff Steuerbord voraus!«

Dann wenig später …

»Riff Backbord voraus!«

Jacks Vater rief dem Dritten Maat Anweisungen zu.

»Hart nach Steuerbord! … Jetzt Kurs halten. Halten … halten … halten …«

Die *Alexandria* hob und senkte sich auf den schäumenden Wellen und fuhr zwischen den Riffen hindurch geradewegs auf die dunkle Landmasse vor ihnen zu.

»Hart nach Backbord!«, brüllte Jacks Vater und legte selbst am Steuerrad mit Hand an.

Das Ruder stemmte sich dem Wasser entgegen, das Deck neigte sich in einem steilen Winkel und das Schiff schwang herum … doch zu spät. Die *Alexandria* stieß mit voller Wucht gegen das Riff. Ein Tau riss, der geschwächte Vormast brach, knickte um und fiel über Bord.

»Die Taue kappen!«, schrie der Kapitän. Das Schiff neigte sich unter dem Gewicht des über Bord hängenden Masts gefährlich zur Seite.

Die Männer auf Deck hieben mit Äxten auf die Taue ein und schnitten den Mast los, doch das Schiff richtete sich nicht auf. Das Riff hatte es leckgeschlagen.

Die *Alexandria* sank!

侍

4

Im Land der aufgehenden Sonne

Unter den größten Strapazen hatte die Mannschaft den Rest der Nacht um die Rettung des Schiffes gekämpft. Wasser war in den Schiffsbauch eingedrungen. Jack hatte neben den anderen Männern an den Pumpen gestanden und versucht es wieder hinauszupumpen, doch es war trotzdem rasch gestiegen und reichte ihm schließlich bis über die Brust. Verzweifelt hatte er die in ihm hochkommende Panik verdrängt. Der Tod durch Ertrinken war der schlimmste Albtraum eines jeden Seemanns – ein wässriges Grab mit Krebsen, die einem über den aufgedunsenen Leib krochen und die kalten, toten Augen ausrissen.

Jack beugte sich zum vierten Mal an diesem Morgen über die Reling der *Alexandria* und übergab sich. Er musste ständig daran denken, wie das salzige schwarze Wasser an sein Kinn geschlagen hatte. Er hatte mit angehaltenem Atem weitergepumpt. Was gab es für eine Wahl? Entweder sie retteten das Schiff oder sie ertranken.

Das Glück war auf ihrer Seite gewesen und sie hatten sich in eine kleine Bucht retten können. Das Meer hatte sich plötzlich beruhigt, die *Alexandria* hatte sich aufgerichtet und das Wasser im Schiffsbauch war rasch gesunken. Jack erinnerte sich noch, wie er die abgestandene Luft im Kielraum eingeatmet hatte wie frische Bergluft, während sein Hals wieder aus dem Wasser auftauchte, und er den dumpfen Schlag hörte, mit dem der Anker ins Wasser fiel.

Jetzt erholte er sich auf dem Achterdeck. Die reine Seeluft tat seinem Kopf gut und sein gereizter Magen beruhigte sich allmählich.

Er blickte über das Meer. Die Wellen leckten sanft plätschernd am Rumpf. Statt des tosenden Sturms waren nur noch die frühmorgendlichen Rufe der Seevögel und das gelegentliche Knarren eines Taus zu hören.

Er ließ den Frieden seiner Umgebung auf sich wirken. Kurz darauf ging die Sonne leuchtend rot über dem Meer auf und es bot sich ihm ein einzigartiger Anblick.

Die *Alexandria* lag inmitten einer malerischen Bucht mit einer hoch aufragenden, weit ins Meer vorspringenden Landzunge. Die Steilküste war mit üppig grünen Zedern und Kiefern bedeckt und ein herrlich goldfarbener Sandstrand säumte die Bucht. In ihrem smaragdgrünen Wasser tummelten sich Fische in allen Regenbogenfarben.

Auf der Halbinsel blitzte etwas im Morgenlicht auf und Jack hob das Fernglas seines Vaters ans Auge. Zwischen den Bäumen stand ein höchst ungewöhnliches Gebäude, das aus dem felsigen Boden herauszuwachsen schien. Jack hatte noch nie etwas Vergleichbares gesehen.

Auf einem steinernen Podest stand eine Reihe von Pfeilern aus dunkelrotem Holz. Jeder Pfeiler war aufwendig in

Blattgold mit Bildern bemalt, die Drachen und ineinander verschlungene exotische Symbole zeigten. Auf den Pfeilern ruhten kunstvoll aufwärtsgebogene Ziegeldächer. Vom First des höchsten Daches ragte eine hohe, schmale Turmspitze aus konzentrischen goldenen Ringen auf, die sogar die Wipfel der Bäume überragte. Vor dem Gebäude stand aufrecht ein gewaltiger Steinblock, der die ganze Bucht beherrschte. In seine Oberfläche waren dieselben verschlungenen Symbole eingeritzt.

Jack überlegte gerade, was die Symbole bedeuten mochten, als er eine Bewegung bemerkte.

An dem Steinblock war ein prächtiger weißer Hengst angeleint, in seinem Schatten stand ein schlankes Mädchen, das kaum bis zur Höhe des Sattels reichte. Es wirkte körperlos wie ein Geist, hatte eine schneeweiße Haut und geheimnisvoll schimmernde tiefschwarze Haare, die ihm bis über die Hüften fielen. Dazu trug es ein blutrotes Kleid, das im dunstigen Licht des frühen Morgens leuchtete.

Jack stand da wie gebannt. Trotz der Entfernung spürte er den Blick des Mädchens auf sich. Nach kurzem Zögern hob er grüßend die Hand, doch das Mädchen verharrte bewegungslos. Er winkte noch einmal und diesmal neigte das Mädchen kaum merklich den Kopf.

»Was für ein herrlicher Tag!«, rief eine Stimme hinter ihm. »Zumal der Sturm sich gelegt hat.«

Jack drehte sich um. Hinter ihm stand sein Vater und bewunderte die rubinrote Sonnenscheibe, die über dem Meer aufging.

»Sieh mal, Vater!«, sagte Jack und zeigte auf das Mädchen auf der Halbinsel. Sein Vater folgte seiner Hand und ließ den Blick über die Landzunge wandern.

»Ich sagte es doch, es ist ein goldenes Land«, meinte John fröhlich und zog seinen Sohn an sich. »Sogar die Tempel sind vergoldet …«

»Aber ich meine doch gar nicht den Tempel, Vater, sondern das Mädchen und …« Doch Mädchen und Pferd waren verschwunden, als hätte die sanfte Brise sie weggeweht. Nur der Steinblock stand noch da.

»Was für ein Mädchen?«, neckte ihn sein Vater. »Du bist wohl schon zu lange auf See.« Ein wissendes Lächeln spielte um seine Lippen. Es verging jedoch rasch wieder, als sei ihm etwas eingefallen. »Viel zu lang …«

Er verstummte und starrte traurig zu der Landzunge hinüber.

»Ich hätte dich nicht herbringen dürfen, Jack. Es war töricht von mir.«

»Aber ich wollte doch mitkommen«, widersprach Jack. »Um als erster Engländer Japan zu betreten, wie du gesagt hast.«

»Deine Mutter – Gott hab sie selig – hätte es nie erlaubt. Sie hätte gewollt, dass du bei deiner Schwester Jess zu Hause bleibst.«

»Sie hätte mich doch nicht einmal allein zum Hafen gehen lassen.«

»Mit gutem Grund, Jack!« Das Lächeln kehrte in das Gesicht seines Vaters zurück. »Du wolltest immer unbedingt

Abenteuer erleben. Wahrscheinlich wärst du einfach an Bord eines Schiffes nach Afrika gegangen und wir hätten dich nie wieder gesehen!«

Er schlang die Arme um Jack und drückte ihn heftig an sich.

»Jetzt bist du hier in Japan. Und vergangene Nacht hast du wirklich Mut bewiesen. Du wirst eines Tages ein tüchtiger Steuermann sein.«

Jack spürte den Stolz seines Vaters und ein wonniger Schauer durchlief ihn. Er vergrub den Kopf an Johns Brust und wünschte sich insgeheim, sein Vater würde ihn nie mehr loslassen.

»Aber wenn du jemanden auf der Landzunge bemerkt hast, Jack, sehen wir uns besser vor«, fuhr sein Vater fort und nahm das Fernglas. »In diesen Gewässern verkehren *wako* und man kann gar nicht genug aufpassen.«

»Was sind *wako*?«, fragte Jack und hob den Kopf.

»Piraten, mein Sohn. Allerdings keine gewöhnlichen Piraten, sondern japanische Piraten, diszipliniert und skrupellos.« Sein Vater suchte den Horizont ab. »Sie sind weithin gefürchtet und morden bedenkenlos Spanier, Niederländer, Portugiesen und Engländer. Sie sind die eigentliche Plage dieser Gewässer.«

»Und sie sind auch der Grund, warum wir die *Alexandria* möglichst schnell reparieren müssen«, unterbrach sie der Kapitän von hinten. »Haben Sie den Schadensbericht des Ersten Maats erhalten, Steuermann?«

»Ja, Käpt'n«, antwortete Jacks Vater und entfernte sich

mit dem Kapitän in Richtung Steuerrad. »Der Schaden ist so schlimm, wie wir befürchtet haben.«

Jack folgte ihnen und hörte ihr Gespräch bruchstückhaft mit, während er zugleich die Landzunge nach dem geheimnisvollen Mädchen absuchte.

»Es hat die *Alexandria* ziemlich erwischt …«, sagte sein Vater. »… dauert mindestens zwei Wochen, bis sie wieder in See stechen kann …«

»… ich will, dass die *Alexandria* bis Neumond seetüchtig ist.«

»… aber das ist nur noch eine Woche …«

»Doppelte Schicht, Steuermann, wenn uns das Schicksal der *Clove* erspart bleiben soll … tot bis auf den letzten Mann. Enthauptet … alle ohne Ausnahme.«

Die Ankündigung der doppelten Schicht sorgte für Unmut innerhalb der Besatzung, doch beklagten die Männer sich aus Angst vor dem Bootsmann und seiner neunschwänzigen Katze nicht laut.

In der folgenden Woche arbeiteten Jack und die anderen Matrosen wie Galeerensklaven und vergossen unter der heißen japanischen Sonne Ströme von Schweiß.

Während der Reparatur des Toppsegels sah Jack oft zu dem Tempel hinüber. Er flimmerte in der Hitze und schien über der Landzunge zu schweben. Jack hielt täglich nach dem Mädchen Ausschau, doch vergeblich. Allmählich kam er selbst zu der Überzeugung, dass er es sich nur eingebildet hatte.

Vielleicht hatte sein Vater Recht und er war wirklich schon zu lange auf See.

»Das gefällt mir überhaupt nicht«, brummte Ginsel und riss Jack aus seinem Tagtraum. »Wir sind ein segeluntüchtiges Handelsschiff mit einer Fracht aus Tuch, Sappanholz und Gewehren und damit eine leichte Beute für jeden Piraten hier in der Gegend!«

»Aber wir sind über hundert Mann, Sir, und wir haben Kanonen«, gab Christiaan zu bedenken. »Wie könnten sie uns besiegen?«

»Du hast ja keine Ahnung«, schnaubte Piper verächtlich, ein dürrer, knochiger Mann mit einer Haut, die wie zerknittertes Pergamentpapier an ihm herunterhing. »Wir sind hier in Japan. Die Japaner sind keine wehrlosen, halb nackten Eingeborenen. Sie kämpfen. Und sie töten! Hast du schon einmal von den Samurai gehört?«

Christiaan schüttelte stumm den Kopf.

»Sie gelten als die gefährlichsten, heimtückischsten Krieger der Welt. Die machen nicht viel Federlesen mit dir!«

Christiaan riss erschrocken die Augen auf. Auch Jack war beklommen zumute, obwohl er Pipers Ruf als Geschichtenerzähler kannte.

Piper zündete seine kleine Tonpfeife an und zog ein paarmal daran. Die Matrosen rückten näher an ihn heran.

»Die Samurai arbeiten für den Teufel persönlich. Ich habe gehört, dass sie dir den Kopf abschlagen, wenn du dich nicht vor ihnen verbeugst wie ein Sklave.«

Christiaan hielt die Luft an und einige Männer lachten.

»Solltet ihr also jemals einem Samurai begegnen, Burschen, verbeugt euch tief, am besten bis zum Boden!«

»Das reicht jetzt, Piper!«, sagte der Bootsmann, der ihnen vom Achterdeck aus zugehört hatte. »Sonst wird den Jungen noch ganz bange. Und jetzt macht das Schiff seetüchtig – morgen Früh bei Sonnenaufgang fahren wir!«

»Aye, aye, Sir«, riefen die Männer im Chor und kehrten hastig an ihre Arbeit zurück.

Im Laufe der Nacht breitete sich Unruhe in der Mannschaft aus. Wilde Gerüchte über Samurai und japanische Piraten kursierten. Die Wache sichtete sogar schwarze Schatten, die durch den Wald strichen.

Am nächsten Tag suchten die Männer immer wieder mit den Augen die Küste ab. Obwohl der Strand völlig menschenleer war, arbeiteten sie fieberhaft an der Fertigstellung der Reparaturen.

Kurz vor der Abenddämmerung war die *Alexandria* schließlich zum Auslaufen bereit. Der Bootsmann rief die Mannschaft an Deck. Zusammen mit den anderen wartete Jack auf die Befehle des Kapitäns.

»Sie haben hervorragende Arbeit geleistet, meine Herren«, rief Käpt'n Wallace. »Bei gutem Wind fahren wir morgen nach Nagasaki und machen dort unser Glück. Sie haben sich alle eine zusätzliche Ration Bier verdient!«

Die Matrosen brüllten begeistert. Der Kapitän zeigte sich selten so großzügig. Doch als der Jubel verstummte, hörte man die Wache im Ausguck rufen.

»Schiff ahoi! Schiff ahoi!«

Alle drehten sich um und blickten in Richtung offenes Meer.

Dort, in der Ferne, waren die unheilvollen Umrisse eines Schiffes zu erkennen. An seinem Mast wehte die rote Fahne der japanischen Piraten.

侍

5

Nächtliche Schatten

Der abnehmende Mond war untergegangen. Eine finstere Nacht brach an und das Piratenschiff wurde schon bald von der Dunkelheit verschluckt.

Für den Fall eines Angriffs hatte der Kapitän die Wachen auf Deck verdoppelt. Die Matrosen, die keinen Dienst hatten, flüsterten in ihren Schlafquartieren unter Deck ängstlich miteinander. Jack lag erschöpft in seiner Koje. Stumm starrte er zu der flackernden Öllaterne hinauf, in deren Schein die Gesichter der flüsternden Männer gespenstisch hager wirkten.

Er musste eingeschlafen sein, denn als er die Augen wieder öffnete, war die Laterne erloschen. Was hatte ihn geweckt? Kein Laut war zu hören, nur das Schnarchen seiner Kameraden. Trotzdem hatte ihn eine tiefe Unruhe erfasst.

Er sprang auf den Boden und tappte den Niedergang hinauf. An Deck war es genauso dunkel. Kein Stern war am Himmel zu sehen. Jacks Unbehagen wuchs. Vorsichtig tastete er sich über das Deck. Es schien verlassen, was seine Unruhe noch steigerte.

Ohne Vorwarnung stieß er mit einer Wache zusammen.

»Verdammter Narr!«, schimpfte der Matrose. »Du hast mich zu Tode erschreckt.«

»Tut mir leid, Piper«, sagte Jack, als er die kleine weiße Tonpfeife zwischen den Lippen des Mannes hängen sah, »aber warum sind denn alle Laternen aus?«

»Damit die Piraten uns nicht sehen, Dummkopf«, flüsterte Piper heiser und zog an seiner kalten Pfeife. »Was hast du überhaupt auf Deck zu suchen? Ich hätte Lust, dir eine zu scheuern.«

»Äh ... ich konnte nicht schlafen.«

»Hier ist aber nicht der richtige Ort für einen Mitternachtsspaziergang. Wir halten für den Fall eines Angriffs der Piraten Pistolen und Säbel bereit, also verschwinde nach unten. Ich will dir doch nicht dein hübsches Gesichtchen entstellen.«

Piper betrachtete Jack mit einem zahnlosen Grinsen und hob ein rostig aussehendes Messer.

Jack wusste nicht, ob der Matrose es wirklich ernst meinte. Er wollte es aber auch nicht darauf ankommen lassen.

Er kehrte zum Niedergang zurück.

Bevor er hinunterstieg, warf er noch einen letzten Blick über die Schulter. Piper war an die Reling getreten und zündete seine Pfeife an. Der Tabak glomm auf, ein rotes Pünktchen in der Nacht.

Dann verschwand das Pünktchen plötzlich, als würde es von einem Schatten verdeckt. Jack hörte ein leises Stöhnen. Die Pfeife landete klappernd auf den Planken und Piper sackte lautlos zusammen. Der Schatten flog durch die Luft und die Takelage hinauf.

Jack brachte vor Schreck keinen Ton heraus. Was hatte er da soeben gesehen? Seine Augen hatten sich inzwischen ein wenig an die Dunkelheit gewöhnt und er bemerkte überall Schatten, die über das Schiff glitten. Zwei weitere Wachen auf dem Vordeck wurden von ihnen geschluckt und sanken zu Boden. Besonders gespenstisch war die vollkommene Lautlosigkeit des Überfalls. Denn dass es sich um einen Überfall handelte, hatte Jack inzwischen begriffen.

Er stürzte den Niedergang hinunter und rannte geradewegs zur Kajüte seines Vaters.

»Vater!«, schrie er. »Überfall!«

John Fletcher fuhr von seiner Koje hoch und riss Säbel, Messer und zwei Pistolen vom Tisch. Er war angezogen, als habe er mit einem Angriff gerechnet. Hastig schnallte er sich den Säbel um die Hüften und steckte die Pistolen und das Messer in den Gürtel.

»Warum haben die Wachen nicht Alarm geschlagen?«, wollte er wissen.

»Es gibt keine Wachen mehr, Vater. Sie sind tot!«

John blieb stehen und starrte seinen Sohn ungläubig an, doch ein Blick auf dessen aschgraues Gesicht genügte. Er zog das Messer aus dem Gürtel und gab es Jack zusammen mit dem Schlüssel zu seiner Kajüte.

»Du bleibst hier, hast du mich verstanden?«, entschied er. »Egal was passiert, du bleibst hier.«

Jack nickte gehorsam und ohne zu widersprechen. Er war

wie betäubt von den Ereignissen. Er hatte seinen Vater noch nie so ernst erlebt. Sie hatten auf der Fahrt an Südamerika vorbei und durch die berüchtigte Magellanstraße mehrere Frontalangriffe feindlicher portugiesischer Kriegsschiffe abgewehrt, aber sein Vater hatte ihm noch nie befohlen, in der Kajüte zu bleiben. Immer hatte Jack an seiner Seite gekämpft und ihm geholfen, die Pistolen zu laden.

»Schließ ab und warte, bis ich zurückkomme«, befahl ihm sein Vater und machte die Tür hinter sich zu.

Jack hörte, wie er den Gang draußen entlangeilte und die Besatzung alarmierte.

»Alle Mann an Deck! An die Geschütze! Bereit machen zur Abwehr des feindlichen Angriffs!«

Jack schloss die Tür ab.

Weil er nicht wusste, was er tun sollte, setzte er sich auf das Bett. Das Messer seines Vaters hielt er in der Hand. Er hörte die hastigen Schritte der von seinem Vater aufgescheuchten Männer. Schreiend und fluchend eilten sie die Treppe zum Deck hinauf.

Dann kehrte Schweigen ein.

Jack lauschte angespannt. Er hörte nur das Knarren der Planken unter den vorsichtigen Schritten der Männer. Sie schienen verwirrt.

»Wo sind die Angreifer?«, rief einer.

»Wir werden gar nicht überfallen«, sagte ein anderer.

»Ruhe!«, befahl John Fletcher und die Männer verstummten.

Das Schweigen zerrte an Jacks Nerven.

»Hier.« Das war Ginsels Stimme. »Piper ist tot.«

Jetzt schien die Hölle loszubrechen. Eine Pistole knallte, weitere Schüsse folgten. Männer schrien.

»Sie hängen in der Takelage!«, brüllte jemand.

»Mein Arm, mein Arm, mein …«, schrie ein Matrose und verstummte plötzlich.

Säbel klirrten, Schritte polterten über die Decks, Männer keuchten und fluchten. Sie schienen gegen die Angreifer zu kämpfen. Jack saß da wie erstarrt. Er hätte nicht sagen können, wovor er mehr Angst hatte – vor dem Kämpfen oder davor, sich zu verstecken.

Zum Lärm des Handgemenges kam das Stöhnen der Sterbenden. Jack hörte, wie sein Vater die Männer aufforderte, sich auf dem Achterdeck zu sammeln. Also lebte wenigstens er noch!

Etwas schlug krachend gegen die Kajütentür. Jack sprang erschrocken auf. Jemand rüttelte in Panik am Türgriff, aber das Schloss hielt.

»Hilf mir doch bitte, lass mich rein!«, flehte draußen verzweifelt ein dünnes Stimmchen. Es gehörte Christiaan. Er hämmerte mit den Händen gegen die abgesperrte Tür.

»Nein, nein, bitte nicht …« Hektisches Scharren war zu hören, dann ein dumpfer Laut, gefolgt von einem jämmerlichen Geheul.

Jack rannte zur Tür, wollte den Schlüssel hineinstecken, ließ ihn jedoch vor lauter Aufregung fallen. In Panik bückte er sich danach, steckte ihn ins Schloss, drehte ihn um und riss die Tür auf. Er hatte das Messer seines Vaters gezückt, bereit, sich zu verteidigen.

Christiaan fiel ins Zimmer. Aus seinem Bauch ragte ein kleines Wurfmesser. Blut spritzte auf die Planken. Jack spürte es warm und klebrig unter seinen Füßen.

Christiaan starrte ihn mit angsterfüllten Augen an.

Jack zog den Gefährten in die Kajüte und riss das Laken auf dem Bett seines Vaters in Streifen, um die Blutung damit zu stoppen. Dann hörte er seinen Vater vor Schmerzen aufschreien. Er ließ Christiaan liegen und eilte aus der Kajüte, um sich den nächtlichen Schatten zu stellen.

6

Fieber

Jack schrie laut vor Schmerzen.

Es war immer noch Nacht, doch ein weißes Licht schien durch die Dunkelheit.

Fremde, merkwürdig fern klingende Stimmen hüllten ihn ein.

Über ihm tauchte das Gesicht eines Mannes auf. Die eine Hälfte war schrecklich vernarbt und wirkte wie geschmolzen. Die Augen blickten ihn besorgt an.

Der Mann streckte die Hand aus.

Sengende Schmerzen fuhren durch Jacks Arm und Schweiß trat ihm auf die fieberheiße Stirn. Keuchend und sich windend versuchte er den unerträglichen Schmerzen zu entkommen. Schwindel erfasste ihn, er schien schwerelos auf einem Bett aus weichem Stroh zu schweben …

Sein Bewusstsein kam und ging … albtraumhafte Erinnerungen holten ihn ein …

Er stand auf dem Achterdeck.

Er hörte seinen Vater rufen. Überall lagen tote oder sterbende Männer. Sein Vater stand noch, war aber blutver-

schmiert und von fünf Schatten umringt. Er ließ einen Enterhaken über seinem Kopf kreisen und kämpfte wie ein Löwe. Die bis auf einen Schlitz für die Augen ganz in Schwarz gehüllten Schatten kamen nicht an ihn heran.

Einer sprang vor.

Sein Vater schlug mit dem Enterhaken zu und erwischte ihn seitlich am Kopf. Ein grässliches Knirschen ertönte und der Schatten sank zu Boden.

»Na los!«, brüllte sein Vater. »Ihr mögt Schatten sein, aber ihr seid nicht unsterblich!«

Zwei weitere Schattenkrieger griffen ihn an. Der rechte war mit einem an einer Kette hängenden tückischen Messer bewaffnet, der linke wirbelte zwei kleine Sicheln durch die Luft. Doch keiner der beiden konnte Jacks Vater zu nahe kommen. Sie umkreisten ihn und warteten darauf, dass er ermüdete.

Jack selbst war vor Angst wie gelähmt. Seine Füße fühlten sich an, als seien sie am Deck festgenagelt. Er hatte noch nie mit einem Messer gekämpft. Zitternd hob er die Hand mit dem Dolch seines Vaters, um ihm zu helfen.

Da warf einer der Schatten einen funkelnden Stern …

Alles erstrahlte in grellem Tageslicht. Jack kniff die Augen zusammen. Er schwitzte wie von einem inneren Feuer und sein Kopf dröhnte. Dumpfe Schmerzen pochten in seinem linken Arm. Unfähig sich zu bewegen lag er da und starrte an die Decke aus glänzendem Zedernholz. Er befand sich nicht mehr auf dem Schiff …

Jack sah den metallenen Wurfstern, sein Vater sah ihn nicht.

Er traf den Steuermann in den Oberarm. John Fletcher knirschte mit den Zähnen und riss ihn verächtlich heraus. Ein dünner Blutfaden lief aus der Wunde. John Fletcher lachte über die armselige kleine Waffe.

Doch der Wurfstern sollte ihn nicht töten, sondern nur ablenken. Ein Schatten fiel unmittelbar hinter ihm lautlos aus der Takelage wie eine Spinne, die sich auf ihre Beute stürzt.

Jack wollte seinen Vater warnen, doch Panik schnürte ihm die Kehle zu.

Der Schatten legte seinem Vater eine Würgeschlinge um den Hals und zog mit einem Ruck daran. Jack konnte nur hilflos zusehen. Die Gegner waren in der Überzahl und er war ein Kind. Wie sollte er seinem Vater helfen?

In blinder Verzweiflung schrie er auf und stürzte sich mit dem Messer seines Vaters auf die Schatten …

Verwirrt drehte Jack den Kopf zur Seite. Seine Nackenmuskeln waren steif und schmerzten.

Er sah eine kleine Frau neben sich knien. Sie kam ihm bekannt vor, aber er konnte sie nicht einordnen. Er sah alles unscharf.

»Mutter?«, fragte er. Die Frau rückte näher an ihn heran. Bestimmt war sie seine Mutter. Seine Mutter hatte ihn immer gepflegt, wenn er krank war. Aber sie konnte unmöglich hier sein!

»*Yasunde, gaijinsan*«, sagte eine sanfte Stimme, die klang wie ein plätschernder Bach.

Die Frau war ganz in Weiß gekleidet. Sie drückte ihm ein kühles Tuch auf die Stirn und ihre langen schwarzen Haare streiften seine Wange. Jack musste an seine kleine Schwester Jess denken ... Sie hatte genauso weiche Haare ... Aber Jess war in England ... Diese Frau dagegen ... nein, sie war ein Mädchen ... Sie sah aus wie ein Engel in Weiß ... War er vielleicht im Himmel? ... Wieder wurde ihm schwarz vor Augen ...

Der Schattenkrieger wandte sich Jack zu.

Ein einziges smaragdgrünes Auge funkelte ihn mit hämischem Vergnügen an.

Der Schatten hatte Jack am Hals gepackt und drückte ihm die Luft ab.

Jack ließ das Messer fallen. Klirrend landete es auf dem Deck.

»Portolan?«, zischte der grünäugige Schatten an Jacks Vater gewandt.

John Fletcher, der von einem anderen Schatten festgehalten wurde, hörte auf, sich gegen die Würgeschlinge zu wehren. Die unerwartete Frage verwirrte ihn.

»Portolan?«, wiederholte der grünäugige Schatten, zog das Schwert, das er sich auf den Rücken geschnallt hatte, und setzte es mit der Spitze an Jacks Herz.

»Nicht, er ist doch nur ein Kind!«, rief sein Vater erstickt und wollte dem Schatten in den Arm fallen.

Johns Augen blitzten wütend. Er zerrte an der Schlinge um seinen Hals und streckte die Hand nach seinem Sohn aus, doch vergeblich. Der Schatten hinter ihm riss ihn zurück. John würgte, dann verließ ihn nach und nach alle Kraft und seine Glieder erschlafften wie die einer Stoffpuppe.

»In meinem Schreibtisch … Kajüte«, keuchte er. Er zog einen kleinen Schlüssel aus der Tasche und warf ihn auf Deck.

Der grünäugige Schatten hatte ihn offenbar nicht verstanden.

»Im Schreibtisch in meiner Kajüte«, wiederholte John Fletcher und zeigte zuerst auf den Schlüssel und dann in Richtung seiner Kajüte.

Der Schattenkrieger nickte einem der vermummten Männer zu, der den Schlüssel aufhob und nach unten verschwand.

»Jetzt lassen Sie meinen Sohn los«, bat Jacks Vater.

Der grünäugige Schatten lachte heiser und holte mit dem Schwert zu einem tödlichen Streich aus …

Jack fuhr schreiend hoch und riss die Augen auf. Sein Herz hämmerte.

Aufgeregt sah er sich um. In der Ecke brannte flackernd eine Kerze. Eine Tür glitt auf, das Mädchen kam herein und kniete sich neben ihn.

»*Aku rei. Yasunde, gaijinsan*«, sagte es mit derselben sanften Stimme, die Jack schon einmal gehört hatte.

Sie drückte ihm erneut einen kühlen Lappen auf die Stirn und half ihm, sich wieder hinzulegen.

»Was? Ich … ich … ich verstehe dich nicht«, stotterte Jack. »Wer bist du? Wo ist mein Vater …?«

Das Gelächter war noch nicht verklungen.

Als Jacks Vater bewusst wurde, dass der Schatten Jack töten wollte, verlieh die Angst ihm ungeahnte Kräfte.

Er warf den Kopf zurück, schlug ihn dem Mann, der ihn festhielt, ins Gesicht und brach ihm die Nase. Die Schlinge um seinen Hals lockerte sich und fiel von ihm ab. Jacks Vater stürzte zu seinem Messer, das auf dem Boden lag, packte es und stieß es dem grünäugigen Schatten in einem letzten verzweifelten Versuch, seinen Sohn zu retten, mit aller Kraft ins Bein.

Der Schatten schrie auf und ließ Jack los. Jack sackte halb bewusstlos zusammen. Der Schatten fuhr mit gezücktem Schwert zu seinem Vater herum und griff ihn an.

Mit dem Schlachtruf »KIAI« stieß er John Fletcher die Klinge tief in die Brust.

7

Samurai

Der kleine, schmucklose Raum war makellos sauber, der Boden in einem geometrischen Muster mit weichen Strohmatten ausgelegt. Die Wände waren Rechtecke aus durchscheinendem Papier, welches das Tageslicht dämpfte und ihm einen überirdischen Schein verlieh.

Jack lag auf einem dicken Futon, zugedeckt mit einer Decke aus Seide. Er hatte noch nie unter einer seidenen Bettdecke geschlafen. Sie fühlte sich auf der Haut wie tausend Schmetterlingsflügel an.

Jack richtete sich auf, doch nach der langen Zeit auf See wurde ihm von dem bewegungslosen Boden schwindlig und übel. Als er sich mit der linken Hand abstützen wollte, schossen ihm heftige Schmerzen durch den Arm.

Er betrachtete ihn und stellte fest, dass er geschwollen, verfärbt und offenbar gebrochen war. Jemand hatte die Knochen gerichtet und mit einer hölzernen Schiene fixiert. Angestrengt versuchte Jack sich zu erinnern, was passiert war. Sein Fieber war gesunken und die zusammenhanglosen Bilder, die ihm durch den Kopf gegangen waren, nahmen Kontur an und verdichteten sich zu einer quälenden

Wirklichkeit: Christiaan, der in der Kajüte gestorben war, die nächtlichen Schatten, die niedergemetzelte Besatzung der *Alexandria*, sein Vater, der mit der Schlinge um den Hals gekämpft hatte, und der schattenhafte Krieger, der John das Schwert in die Brust gestoßen hatte …

Anschließend hatte Jack eine Ewigkeit auf dem blutbesudelten Deck gelegen. Die Schatten hatten ihn für tot gehalten und das Achterdeck verlassen, um das Schiff zu plündern. Dann hatte er plötzlich wie aus großer Entfernung die Stimme seines Vaters gehört.

»Jack …«, rief sein Vater kraftlos, »Jack … mein Sohn.«

Jack riss sich aus seiner Lähmung und kroch zu seinem sterbenden Vater.

»Jack … du lebst«, sagte sein Vater und auf seinen blutigen Lippen erschien ein flüchtiges Lächeln. »Der Portolan … hole ihn … er bringt … bringt dich nach Hause …«

Sein Blick wurde glasig und er tat den letzten Atemzug.

Jack vergrub den Kopf an seiner Brust und unterdrückte ein Schluchzen. Er klammerte sich an seinen Vater wie ein ertrinkender Matrose an eine Rettungsleine.

Als er sich wieder ein wenig gefasst hatte, wurde ihm erst die ganze Tragweite seiner Situation bewusst. Er war in einem fremden Land gestrandet und ganz auf sich allein gestellt. Nur mithilfe des Buches konnte er hoffen, die Heimat je wiederzusehen.

Er eilte zum unteren Deck hinunter. Die Piraten waren damit beschäftigt, Waffen, Gold und Sappanholz in ihr

Schiff zu laden und bemerkten ihn nicht. Der Weg zur Kajüte seines Vaters war mit Leichen übersät, in der Kajüte lag der inzwischen tote Christiaan.

Auch die Kajüte war geplündert worden. Der Schreibtisch seines Vaters war umgekippt und überall lagen Seekarten verstreut. Jack eilte zum Bett und zog die Matratze weg. Er drückte auf den Verschluss des Geheimfachs und zu seiner Erleichterung fand er darin das unversehrt in Öltuch eingeschlagene Buch.

Hastig steckte er es sich unter das Hemd und verließ die Kabine wieder. Er war fast am Niedergang angelangt, da streckte sich aus dem Dunkeln eine Hand nach ihm aus und packte ihn am Hemd.

Ein geschwärztes Gesicht tauchte vor ihm auf.

Es grinste ein wenig irre und zwei Reihen von Haifischzähnen wurden sichtbar.

»Der Teufel soll sie holen!«, flüsterte Ginsel mit aufgerissenen Augen. »Wir sind noch nicht geschlagen. Ich habe das Magazin in Brand gesteckt. BUM!«

Er schleuderte die Arme auseinander, um das Ausmaß der zu erwartenden Zerstörung zu verdeutlichen, und lachte kurz. Dann stöhnte er leise und ein überraschter Blick trat in seine Augen. Er brach zusammen. In seinem Rücken steckte ein großes, an einer Kette hängendes Messer.

Jack hob den Kopf. Eine unheimliche Gestalt war aus der Dunkelheit aufgetaucht. Ein einzelnes grünes Auge starrte zuerst ihn und dann das Buch unter seinem Hemd an. Der Schatten riss das Messer an der Kette zurück und fing es auf. Jack drehte sich um und rannte den Niedergang hinauf. Hoffentlich erreichte er rechtzeitig die Reling …

Die gewaltige Explosion schleuderte ihn bis zur Rah hinauf und er fiel zusammen mit anderen Trümmern ins Meer.

Dann … nichts mehr …

Stechende Schmerzen.

Nacht.

Grelles Licht.

Das vernarbte Gesicht eines Mannes.

Fremde, seltsam klingende Stimmen …

Plötzlich wurde Jack klar, dass er diese Stimmen auch jetzt hörte. Sie unterhielten sich vor dem Zimmer. Er hielt den Atem an.

Wo waren die Piraten? Wie kam es, dass er noch lebte?

Sein Hemd und seine Kniehosen lagen ordentlich zusammengefaltet in der Ecke, nur das Buch war nicht zu sehen. Er stand unsicher auf und zog hastig seine Kleider an. Suchend sah er sich nach der Tür um, doch er war auf allen Seiten von rechteckigen Wänden aus Papier umgeben.

Ratlos überlegte er. Nicht einmal einen Türgriff gab es.

Da fiel ihm einer seiner Fieberträume ein – das Mädchen hatte das Zimmer durch eine Schiebetür betreten. Er fasste eine Leiste an, um daran zu ziehen. Weil er noch nicht ganz sicher auf den Beinen war, schwankte er ein wenig und seine Hand brach durch die dünne Papierwand. Das Gespräch auf der anderen Seite der Schiebetür verstummte.

Die Tür wurde mit einem Ruck zurückgeschoben und Jack wich verlegen über seine Ungeschicklichkeit einen Schritt zurück.

Eine Frau mittleren Alters mit rundem Gesicht und ein untersetzter Mann mit schwarzen, mandelförmigen Augen starrten ihn an. Der Mann hatte ein grimmiges Gesicht und in seinem blutroten Gürtel steckten zwei Schwerter – eine Art Dolch und ein langes, leicht gekrümmtes Schwert. Die Hand am Griff des Schwerts trat er ein.

»*Naniwoshiteru, gaijin?*«, fragte er herausfordernd.

Jack wich ängstlich noch einen Schritt zurück. »Tut mir leid … ich verstehe Sie nicht.«

Die Frau redete auf den Mann ein, doch er ließ das Schwert nicht los.

Jack hatte Angst, er könnte ihn damit angreifen. In Panik sah er sich nach einer Fluchtmöglichkeit um. Doch der Mann trat vor ihn und zog das Schwert ein Stück aus der Scheide. Jacks Blick fiel auf die blitzende Klinge, deren rasiermesserscharfe Schneide ihm offenbar gleich die Kehle durchtrennen würde.

Pipers Worte fielen ihm ein. »Solltet ihr je einem Samurai begegnen, Burschen, verbeugt euch tief, am besten bis zum Boden!«

Jack hatte zwar noch nie einen Samurai gesehen, geschweige denn gesprochen, doch er vermutete, dass der furchterregende Mann vor ihm ein Samurai war. Über weiten, schwarzen Hosen mit goldenen Punkten trug er einen T-förmig geschnittenen Kittel aus knisternder weißer Seide.

Sein Scheitel war rasiert, die schwarzen Haare hinten am Kopf und an den Schläfen fest verknotet. Sein Blick war streng und unergründlich, der Blick eines Kriegers. Er sah aus, als könnte er Jack mit derselben Leichtigkeit töten, wie er eine Ameise zertreten würde.

Trotz seines geschundenen und mit blauen Flecken übersäten Körpers und obwohl ihn jeder Muskel schmerzte, zwang Jack sich zu einer tiefen Verbeugung.

Der Mann sah ihn überrascht an. Dann begann er belustigt zu kichern und aus dem Kichern wurde dröhnendes Gelächter.

8

Ofuro

Jack musste sich in den Schlaf geweint haben, nachdem man ihn wieder zu Bett gebracht hatte, denn als er sich jetzt umdrehte, kniete die Frau mit dem runden Gesicht neben ihm.

Sie trug wie der Samurai vom Vortag ein seidenes Gewand, das tiefblau und mit weißen und rosafarbenen Blumen verziert war. Mit einem freundlichen Lächeln bot sie ihm Wasser an. Jack nahm die kleine Schale und schluckte gierig. Das Wasser war kalt und frisch.

»Vielen Dank. Ob ich wohl noch etwas mehr bekommen könnte?«

Die Frau runzelte die Stirn.

»Kann ich bitte noch etwas Wasser bekommen?« Jack zeigte auf die Schale in seiner Hand und machte schlürfende Geräusche.

Die Frau verstand, verneigte sich lächelnd und verschwand durch die Schiebetür, die bereits repariert worden war, wie Jack bemerkte. Die Frau kehrte mit einem rot lackierten Tablett zurück, auf dem drei Schälchen standen. Eins enthielt Wasser, eins eine dünne, dampfende Fischsuppe und das dritte eine kleine Portion weißen Reis und ein wenig in Essig eingelegtes Gemüse.

Jack trank das Wasser. Die Suppe wärmte ihn, obwohl er den pfeffrigen Geschmack nicht mochte. Den Reis schlang er hungrig hinunter. Er benutzte dazu die Finger. Er hatte schon einmal Reis gegessen. Sein Vater hatte welchen von einer seiner Handelsreisen mitgebracht und seine Mutter hatte ihn zubereitet. Jack fand ihn ein wenig fad, was ihn aber nicht weiter kümmerte, da er seit Tagen nichts gegessen hatte. Zuletzt leckte er sich noch die Finger ab. Dann lächelte er, um zu zeigen, wie sehr er das Essen genossen hatte.

Die Frau starrte ihn schockiert an.

»Äh … danke. Vielen Dank.« Jack wusste nicht, was er sonst sagen sollte.

Sichtlich erregt sammelte die Frau die leeren Schalen ein und eilte aus dem Zimmer.

Was hatte er falsch gemacht? Hätte er ihr auch etwas zu essen anbieten sollen?

Kurz darauf ging die Schiebetür erneut auf und die Frau betrat das Zimmer mit einem weißen Gewand, das sie auf sein Bett legte.

»*Kimono wo kite choudai*«, sagte sie und bedeutete ihm, sich anzuziehen.

Jack, der unter der Bettdecke nackt war, weigerte sich.

Die Frau sah ihn verständnislos an und zeigte noch einmal auf das Gewand.

Ungeduldig, weil er sich nicht richtig verständlich machen

konnte, bedeutete Jack ihr, durch die Schiebetür nach draußen zu gehen. Sie war darüber verwirrt, verbeugte sich aber trotzdem und verließ das Zimmer.

Jack stand auf, so schnell seine schmerzenden Gliedmaßen es erlaubten, und schlüpfte vorsichtig mit dem geschienten Arm zuerst in das seidene Gewand.

Dann ging er zur Tür und schob sie vorsichtig auf, um sie nicht noch einmal zu beschädigen. Die Frau wartete auf einer hölzernen Veranda, die um das ganze Haus lief. Einige kleine Stufen führten in einen großen Garten, der von einer hohen Mauer umschlossen war. Einen solchen Garten hatte Jack noch nie gesehen.

Eine kleine Brücke spannte sich über einen mit rosafarbenen Wasserrosen gefüllten Teich. Kieswege schlängelten sich zwischen leuchtend bunten Blumen, grünen Büschen und dekorativen Steinen hindurch. Ein kleiner Wasserfall plätscherte in einen Bach, der um einen üppigen Kirschbaum herum in den Teich floss.

Der Garten bot ein Bild der Vollkommenheit und des Friedens. Meine Mutter wäre von den vielen Blumen begeistert gewesen, dachte Jack. Wie anders sahen doch die feuchten englischen, von Hecken umschlossenen Kräuter- und Gemüsegärten aus.

»Wie der Garten Eden«, murmelte er.

Die Frau bedeutete ihm, hölzerne Sandalen anzuziehen, und winkte ihm, ihr zu folgen. Mit kleinen Trippelschritten ging sie ihm voraus durch den Garten.

Auf der anderen Seite des Teiches bearbeitete ein knochiger alter Mann, offenbar der Gärtner, mit einer Harke ein Beet, das bereits vollkommen aussah. Als sie an ihm vorbeikamen, verbeugte er sich tief. Auch die Frau deutete eine Verbeugung an und Jack folgte ihrem Beispiel. Sich zu verbeugen, schien zu jedem Zeitpunkt das Richtige zu sein.

Sie betraten ein kleines, aus Holz errichtetes Gebäude auf der anderen Seite des Gartens. Im Inneren war es angenehm warm. Jack sah eine lange steinerne Bank und eine große, rechteckige, mit dampfendem Wasser gefüllte Holzwanne. Zu seinem Entsetzen bedeutete ihm die Frau, er solle hineinsteigen.

»Wie?«, rief er und wich einen Schritt zurück. »Sie erwarten doch wohl nicht, dass ich mich da reinsetze?«

Die Frau hielt sich lächelnd die Nase zu und zeigte zuerst auf Jack und dann auf die Wanne. *»Ofuro.«*

»Ich stinke doch nicht!«, sagte Jack. »Ich habe mich erst vor einem Monat gewaschen.« Wusste man hier denn nicht, dass man sich in Bädern alle möglichen Krankheiten holen konnte? Seine Mutter hatte ihn gewarnt, dass er davon Durchfall und noch Schlimmeres bekommen könne!

»Ofuro haitte!«, wiederholte die Frau und schlug mit der Hand auf die Wanne. *»Anata ni nomiga tsuite iru wa yo!«*

Jack verstand sie nicht und es war ihm auch egal. Auf keinen Fall würde er sich in diese Wanne setzen.

»Uekiya!«, rief die Frau. *»Chiro! Kocchi ni kite!«* Sie wollte Jack packen.

Er rannte um die Wanne herum zur Tür, doch dort stand der Gärtner und versperrte ihm den Weg.

Eine junge Frau eilte herein und hielt Jack fest. Die ältere Frau zog ihm das Gewand aus und begann ihn mit kaltem Wasser abzuwaschen.

»Aufhören!«, rief Jack. »Das Wasser ist eiskalt! Lassen Sie mich los!«

»*Dame, ofuro no jikan yo, ohkina akachan ne*«, sagte die Frau und die junge Frau lachte.

Jack wehrte sich so heftig, dass auch der Gärtner ihn festhalten musste. Er achtete jedoch darauf, Jacks gebrochenen Arm nicht zu berühren.

Jack kam sich vor wie ein Baby. Die Frauen schrubbten ihn ab und setzten ihn, obwohl er immer noch protestierte, in das dampfende Bad. Das Wasser war unerträglich heiß, aber sobald er aufstehen wollte, drückten die Frauen ihn behutsam wieder nach unten.

Endlich ließen sie ihn aus der Wanne heraus, allerdings wuschen sie ihn anschließend erneut mit warmem Seifenwasser ab. Er war inzwischen zu müde, um sich zu wehren, und ließ die demütigende Prozedur resigniert über sich ergehen. Am schlimmsten war das parfümierte Seifenwasser. Er roch jetzt wie ein *Mädchen*!

Die Frauen setzten ihn wieder in die Wanne. Seine Haut hatte sich vor Hitze rosa gefärbt. Nach einer Weile ließen sie ihn heraus und wuschen ihn noch ein letztes Mal mit kaltem Wasser. Dann trockneten sie ihn ab und zogen ihm ein neues Gewand an.

Er wurde in sein Zimmer zurückgebracht, wo er erschöpft auf die Matte sank und augenblicklich einschlief.

侍

9

Kimonos und Stäbchen

»*Ofuro*«, sagte die Frau.

»Ich hatte doch erst gestern ein Bad«, jammerte Jack.

»*Ofuro!*«, beharrte die Frau.

Jack sah ein, dass Widerstand zwecklos war, zog sein Gewand an und folgte ihr durch den Garten zum Badehaus. Diesmal fand er das Bad fast angenehm.

Zwar spürte er noch die pochenden Schmerzen in seinem Arm und einen dumpfen Kopfschmerz, doch davon abgesehen hatte ihm das Bad gutgetan. Er fühlte sich ausgeruht und seine Kopfhaut juckte nicht mehr wegen der Läuse oder des Salzwassers.

Bei der Rückkehr in sein Zimmer lagen auf dem Bett Kleider. Sie sahen denen ähnlich, die der Samurai getragen hatte. Was hatten diese Menschen mit ihm vor? Sie versorgten ihn mit Essen, badeten ihn und gaben ihm Kleider, doch ansonsten hielten sie sich von ihm fern.

Die rundgesichtige Frau trat ein.

»Chiro!«, rief sie und die junge Frau eilte hinter ihr ins Zimmer.

Sie war zierlich und vielleicht achtzehn Jahre alt, was aufgrund ihrer makellosen, glatten Haut allerdings schwer zu schätzen war. Sie hatte kleine, schwarze Augen und kurze, schwarze Haare. Sie war hübsch, aber nicht mit dem Mädchen vergleichbar, das Jack während seines Fiebers gepflegt hatte.

Wo war dieses Mädchen? Oder der Mann mit dem vernarbten Gesicht? Jack war in dem Haus bisher nur zwei anderen Männern begegnet – dem alten Gärtner, den die Frau Uekiya nannte, und dem grimmig dreinblickenden Samurai – und sie hatten beide keine Narben im Gesicht. Vielleicht hatte er sich das Mädchen und den Mann mit den Narben nur eingebildet, so wie das andere Mädchen, das er auf der Landzunge gesehen hatte.

»*Goshujin kimono*«, sagte die Frau und zeigte auf die Kleider.

Jack begriff, dass er die merkwürdigen Kleidungsstücke anziehen sollte. Er betrachtete sie unschlüssig. Mit welchem sollte er beginnen? Er hob ein Paar seltsam aussehende Socken mit geteilten Zehen auf. Wenigstens war klar, wohin sie gehörten. Sie waren jedoch viel zu klein für seine Füße. Die junge Frau sah seine Ratlosigkeit und kicherte leise hinter vorgehaltener Hand.

»Woher soll ich wissen, wie man das anzieht!«, sagte Jack ärgerlich. Er mochte es nicht, wenn man ihn auslachte.

Die junge Frau hörte auf zu lachen, fiel auf die Knie und verbeugte sich entschuldigend. Die ältere Frau trat zu ihm.

Jack legte die Socken wieder hin und ließ sich notgedrungen von den beiden Frauen beim Anziehen helfen. Zuerst zogen sie ihm die weißen Zehensocken an, die sich zum Glück ein wenig dehnten. Dann reichten sie ihm Unterwäsche, ein weißes Baumwollhemd und einen Rock, den sie *juban* nannten. Als Nächstes umwickelten sie ihn mit einem Seidengewand, wobei sie sorgfältig darauf achteten, dass die linke Seite über der rechten zu liegen kam. Anschließend befestigten sie das Gewand mit einem am Rücken geknoteten, breiten roten Gürtel, den sie *obi* nannten.

Befangen trat Jack in seinen neuen Gewändern auf die Veranda hinaus. Er war Hosen und Hemden gewöhnt, nicht »Kleider« und »Röcke«. Beim Gehen fühlte der Kimono sich ungewohnt luftig an. Doch er musste zugeben, dass die glatte Seide viel angenehmer auf der Haut lag als steife Hosen und die aus grobem Hanf gesponnenen Matrosenhemden, die er sonst immer trug..

Die junge Frau verschwand in einem Zimmer, während die ältere Frau ihn die Veranda entlang zu einer anderen Schiebetür führte.

Sie betraten einen kleinen Raum mit einem niedrigen, rechteckigen Tisch, um den vier flache Kissen lagen. An der gegenüberliegenden Wand lagen auf einem Ständer zwei prächtige Schwerter mit dunkelrot umsponnenen Griffen und schwarz glänzenden, mit Perlmutt eingelegten Scheiden. Unter den Schwertern befand sich ein kleiner, in die Wand eingelassener Schrein, in dem zwei Kerzen und ein Räucherstäbchen brannten. Ein schwacher Duft nach Jasmin erfüllte das Zimmer.

Auf einem der Kissen saß im Schneidersitz ein kleiner

japanischer Junge und starrte den Fremden, der goldene Haare und blaue Augen hatte, staunend an.

Die Frau bedeutete Jack, sich neben den Jungen zu setzen. Sie selbst nahm auf der gegenüberliegenden Seite Platz.

Verlegenes Schweigen trat ein.

Der vierte Platz blieb leer. Offenbar wurde noch jemand erwartet, dachte Jack. Der Junge starrte ihn weiter an.

»Ich heiße Jack Fletcher«, sagte er zu ihm, um das Schweigen zu brechen. »Und wie heißt du?«

Als der Junge Jack sprechen hörte, begann er haltlos zu kichern.

Die Frau wies den Jungen mit einigen scharfen Worten zurecht und er verstummte. Jack sah die Frau an.

»Tut mir leid. Ich weiß nicht, wer Sie sind und wo ich bin, aber ich danke Ihnen dafür, dass Sie sich um mich kümmern. Darf ich fragen, wie Sie heißen?«

Die Frau erwiderte seinen Blick verständnislos. Dann lächelte sie.

»Ich heiße Jack Fletcher.« Er zeigte auf seine Brust und dann auf die Frau. »Und Sie?«

Er wiederholte die Handbewegung einige Male. Die Frau schien ihn immer noch nicht zu verstehen, lächelte aber weiter ihr rätselhaftes und zugleich so aufreizendes Lächeln. Er wollte gerade aufgeben, da meldete sich der Junge zu Wort.

»Jaku Furecha.« Dann zeigte er auf seine Nase. »Jiro.«

»Jiro, verstehe. Ich bin Jack.«

»Jaku, Jiro, Jaku, Jiro«, krähte der Junge entzückt und zeigte abwechselnd auf Jack und sich.

Jetzt begriff auch die Frau und sie verneigte sich. »*Watashi wa Dāte Hiroko. Hi-ro-ko.*«

»Hi-ro-ko«, wiederholte Jack langsam und erwiderte die Verbeugung höflich. Wenigstens wusste er jetzt, wie die beiden hießen.

Eine seitliche Schiebetür glitt auf und die junge Frau namens Chiro trat ein. Sie trug ein Tablett mit sechs kleinen, lackierten Schälchen. Sie stellte die Schälchen auf den Tisch und Jack merkte plötzlich, dass er großen Hunger hatte. Es gab Fischsuppe, Reis, in Streifen geschnittenes rohes Gemüse, das er nicht kannte, eine Art dicken Weizenbrei und kleine Stückchen rohen Fisch. Die junge Frau verbeugte sich und ging wieder.

Jack überlegte, wo das restliche Essen blieb. Auf dem Tisch standen einige kleine Schälchen, aber das reichte doch bestimmt nicht für sie alle. Wo war das Fleisch? Die Soße? Oder auch nur ein Butterbrot? Der Fisch war nicht einmal gekocht! Da er seine Gastgeberin nicht wieder kränken wollte, wartete er darauf, dass die anderen ihm etwas zu essen anboten. Es folgte ein längeres unbehagliches Schweigen, dann nahm Hiroko zwei kleine Stäbchen in die Hand, die neben ihrer Schale lagen.

Jiro tat dasselbe.

Sie hielten die Stäbchen in einer Hand, nahmen damit kleine Mengen des Essens auf und steckten sie sich geschickt in den Mund. Dabei ließen sie Jack nicht aus den Augen.

Jack hatte die Stäbchen neben seiner Schale gar nicht bemerkt. Er betrachtete die bleistiftdünnen Hölzchen. Wie um alles in der Welt sollte er damit essen?

Jiro lächelte ihn mit vollem Mund an.

»*Hashi*«, sagte er und zeigte auf die Stäbchen.

Jiro spreizte die Finger und zeigte Jack, wie man die *hashi* richtig hielt. Es gelang Jack zwar, die Stäbchen scherenartig zu bewegen, doch er konnte weder den Fisch noch das Gemüse lange genug halten, um sie zum Mund zu führen.

Er ließ einen Bissen nach dem anderen fallen und wurde ärgerlich. Doch er gab nicht so leicht auf und beschloss, es mit dem Reis zu versuchen. Davon war mehr da, deshalb musste es leichter sein. Die Hälfte des Reises fiel gleich wieder in die Schale zurück, die andere landete auf dem Tisch und flog in alle Richtungen. Als Jack die Stäbchen zum Mund geführt hatte, klebte nur noch ein einziges Reiskorn daran.

Er war trotzdem mit seinem Erfolg zufrieden und kaute ausgiebig auf dem einzelnen Korn herum, als sei dies der höchste Genuss.

Jiro lachte.

Für ihn mochte das lustig sein, dachte Jack, aber wenn er selbst nicht bald lernte, mit den Stäbchen umzugehen, verhungerte er – und das war überhaupt nicht lustig!

10

Abunai!

Die Tage vergingen mit Baden, Essen und Schlafen.

Jack erholte sich allmählich vom Fieber, sein Arm heilte und er ging regelmäßig im Garten spazieren. An den meisten Tagen saß er unter dem Kirschbaum und sah zu, wie der Gärtner Uekiya mit unendlicher Sorgfalt die Blumenbeete jätete oder einen Busch zurückschnitt. Uekiya begrüßte Jack immer mit einem kurzen Nicken, ansonsten blieben sie beide stumm, da Jack kein Wort der seltsamen Sprache beherrschte, die hier gesprochen wurde.

Angesichts der ewig gleichen Zimmer, der täglichen Bäder und des makellos gepflegten Gartens erfasste Jack schon bald eine innere Unruhe. Er fühlte sich in einen goldenen Käfig eingesperrt wie ein Kanarienvogel. Was wollten diese Menschen von ihm? Er stand unter ständiger Beobachtung, aber niemand versuchte mit ihm zu sprechen. Er durfte durch Garten und Haus spazieren, aber nie weiter. Überlegten die Japaner um ihn herum noch, was sie mit ihm anstellen sollten? Oder warteten sie darauf, dass jemand anders eine Entscheidung traf?

Jack hätte zu gern gewusst, was hinter der Gartenmauer

lag. Bestimmt gab es dort jemanden, der Englisch verstand und ihm helfen konnte, nach Hause zurückzukehren. Vielleicht fand er sogar ein Schiff, das einen ausländischen Hafen ansteuerte. Er könnte heimlich an Bord gehen und hoffen, dass im nächsten Hafen ein englisches Schiff vor Anker lag, das ihn zu seiner Schwester zurückbrachte, dem letzten noch lebenden Mitglied seiner Familie. Das war jedenfalls besser, als untätig unter einem Baum zu sitzen.

Er beschloss zu fliehen.

Er hatte gesehen, wie der Samurai Taka-san, der Hirokos Haus zu bewachen schien, täglich durch ein kleines Tor in der Gartenmauer kam und ging. Diese Entdeckung wollte er nutzen. Zu fragen, ob er gehen durfte, war sinnlos – er war ein Gefangener der Umstände und der Sprache. Auf alles, was er sagte, verbeugten die Frauen sich nur und antworteten »*Gomennasai, wakarimasen*«, was ihrem Gesichtsausdruck und Ton nach zu schließen so viel bedeutete wie: »Tut mir leid, ich verstehe dich nicht.«

Nach dem inzwischen vertrauten Frühstück aus Reis, sauer eingelegtem Gemüse und Weizenbrei brach er zu seiner täglichen Runde durch den Garten auf. Als Uekiya sich bückte, um einen bereits makellos geschnittenen Busch weiter zu verschönern, eilte er zu dem Gartentor. Er vergewisserte sich noch einmal, dass Jiro und Hiroko im Haus waren. Dann schob er den Riegel zurück und schlüpfte lautlos hinaus. Das Tor schloss sich mit einem kaum hörbaren Klicken hinter ihm. Uekiya hörte es trotzdem und begann zu rufen.

»Ie! Abunai! Abunai!«

Jack rannte los.

Ohne auf das Geschrei hinter sich zu achten oder zu wissen, wohin er lief, rannte er einen schmutzigen Weg entlang und zwischen einigen Gebäuden hindurch, bis er vom Haus aus nicht mehr gesehen werden konnte.

Er orientierte sich kurz. Das Dorf erstreckte sich bis zu einem großen natürlichen Hafen. In der Ferne ragten Berge auf, in der unmittelbaren Umgebung lagen zahllose Terrassenfelder, auf denen Bauern Reis anbauten.

Trotz der Schmerzen in seinem verletzten Arm rannte Jack an den überraschten Dorfbewohnern vorbei hangabwärts in Richtung Meer.

Er bog um eine Ecke und stand zu seiner Verblüffung mitten auf dem Dorfplatz. Vor sich sah er eine große, gepflasterte Mole, auf der Männer und Frauen Fische ausnahmen und Netze flickten.

Im Hafen dahinter war das Wasser mit Tausenden von Fischerbooten gesprenkelt. Nur mit dünnen weißen Höschen bekleidete Frauen tauchten neben den Booten und kehrten mit Beuteln voller Seetang, Krebsen und Austern zurück. In der Mitte der Bucht lag eine kleine, sandige Insel, über deren Strand ein Tor aus rotem Holz aufragte.

Die Gespräche auf dem Platz verstummten und Jack spürte, wie sich Hunderte von Augen auf ihn richteten. Im ganzen Dorf schien die Zeit stillzustehen. Frauen in bunten Kimonos knieten bewegungslos vor Händlern, die ihnen etwas verkauften. Die halb ausgenommenen Fische in den

Händen der Fischer glitzerten in der Sonne und ein Samurai starrte ihn mit grimmiger Miene an.

Jack stutzte und verbeugte sich zögernd. Der Samurai erwiderte den Gruß kaum und ging weiter, ohne ihn zu beachten. Einige Frauen verbeugten sich verwirrt ebenfalls und das Dorf erwachte wieder zum Leben. Jack überquerte den Marktplatz und stieg zu einem kleinen Strand hinunter. Im Rücken spürte er die misstrauischen Blicke der Dorfbewohner.

Auf der Suche nach einem ausländischen Segler ließ er den Blick über den Hafen wandern. Doch er sah nur japanische Schiffe mit japanischen Fischern. Niedergeschlagen hockte er sich neben ein kleines Fischerboot und starrte aufs Meer hinaus.

England lag zwei Jahre und zwölftausend Meilen von hier entfernt. Er hatte das einzige Zuhause, das er kannte, und die einzige Angehörige, die er noch hatte, Jess, auf der anderen Seite der Welt zurückgelassen. Konnte er hoffen, Jess je wiederzusehen? Warum war er geflohen? Er konnte ohne Geld, ohne sein Buch und sogar ohne seine Kleider doch nirgendwo hin! Mit seinen blonden Haaren fiel er unter den schwarzhaarigen Japanern auf wie ein bunter Hund.

Ratlos sah er zu, wie die kleinen Boote im Hafen auf und ab hüpften. Da tauchte plötzlich ein Mädchen aus dem Wasser auf wie eine Meerjungfrau. Es hatte dieselbe schneeweiße Haut und dieselben kohlschwarzen Haare wie das Mädchen, das er zusammen mit dem weißen Hengst neben dem Tempel gesehen hatte.

Jack beobachtete, wie sich das Mädchen in ein Boot in Ufernähe hochzog. Ein Fischer hievte einen mit Austern gefüllten Sack an Bord. Während das Mädchen sich abtrocknete, stemmte der Fischer die Austern auf und suchte nach Perlen. Das Mädchen fuhr sich mit den Händen durch die Haare. Unzählige Wassertropfen, die in der Morgensonne funkelten wie tausend kleine Sterne, flogen durch die Luft.

Der Fischer ruderte das Boot durch den Hafen, während sich das Mädchen ruhig und mit der Anmut einer Weide im Takt der schaukelnden Bewegungen wiegte. Es schien über das Wasser zu schweben. Das Fischerboot näherte sich einem kleinen hölzernen Steg und Jack konnte das Gesicht des Mädchens genauer erkennen. Es war nicht viel älter als er, hatte eine makellose Haut, halbmondförmige, tiefschwarze Augen und unter einer kleinen, sanft geschwungenen Nase einen wie eine Knospe geformten Mund mit Lippen, die an die Blütenblätter einer roten Rose erinnerten. Wenn Jack sich je eine Märchenprinzessin vorgestellt hätte, sie hätte genau so ausgesehen.

»*Gaijin!*«

Jack fuhr aus seinem Tagtraum hoch, hob den Kopf und sah mit blinzelnden Augen in die Sonne. Vor ihm standen zwei mit einfachen Kimonos und Riemensandalen bekleidete Japaner. Der eine war untersetzt, hatte einen runden Kopf und eine platt gedrückte Nase, der andere war dürr wie eine Bohnenstange und hatte die Augen zu Schlitzen zusammengekniffen.

»*Nani wo shiteru, gaijin?*«, wollte der Mann mit der platt gedrückten Nase wissen.

Der dünne Mann beäugte Jack über die Schulter seines Kumpans und stieß dem Jungen einen hölzernen Stock unsanft in die Brust.

»*Eh, gaijin?*«, plärrte er näselnd.

Jack wollte zurückweichen, doch er hatte das Boot im Rücken.

»*Onushi ittai doko kara kitanoda, gaijin?*«, fragte Plattnase und zog grob an Jacks blonden Haaren.

»*Eh, gaijin?*«, wiederholte der Dürre hämisch und stellte seinen Stock absichtlich auf Jacks Finger.

Jack zog seine Hand weg.

»Ich … ich verstehe Sie nicht …«, stotterte Jack und suchte verzweifelt nach einer Fluchtmöglichkeit.

Plattnase packte ihn am Kragen seines Kimonos, riss ihn hoch und starrte ihm in die Augen.

»*Nani?*«, zischte er.

»*Yame!*«

Jack nahm den Ruf erst wahr, als plötzlich die Augen seines Gegenübers aus den Höhlen quollen, weil eine Hand ein Messer in seinen Rücken gestoßen hatte. Plattnase brach zusammen und blieb mit dem Gesicht nach unten bewegungslos im Sand liegen. Eine Welle überspülte den Mann.

Taka-san, der junge Samurai aus Jacks Haus, war aus dem Nichts aufgetaucht. Er fuhr zu Jacks zweitem Angreifer herum und schwang sein Schwert. Der dürre Mann warf sich auf den Boden und entschuldigte sich aufgeregt.

Das Schwert sauste in einem Bogen durch die Luft auf den ausgestreckten Mann hinunter.

»*Ie, Taka-san! Dõzo*«, befahl eine andere Stimme. Taka-san hielt das Schwert einen Zentimeter vor dem bloßen Hals des Mannes an.

Jack erkannte die sanfte Stimme sofort.

»*Konnichiwa*«, sagte das Mädchen. Es trat zu Jack und verbeugte sich anmutig. »*Watashi wa Dãte Akiko.*«

Das Mädchen von der Landzunge, das er in seinen Fieberträumen gesehen hatte, hieß Akiko.

侍

11

Sencha

Als Jack an diesem Abend zum Essen gerufen wurde, saßen Hiroko und ihr Sohn Jiro auf ihren gewohnten Plätzen. Auf dem vierten Kissen saß Akiko. Über ihr hingen die beiden schimmernden Samuraischwerter.

Die Gegenwart des japanischen Mädchens machte Jack verlegen und verursachte ihm zugleich Herzklopfen. Akiko wirkte vornehm wie eine Dame und strahlte zugleich eine Autorität aus, wie Jack sie noch nie bei einem Mädchen erlebt hatte. Der junge Samurai Taka-san gehorchte ihr aufs Wort und die Hausangestellten verbeugten sich vor ihr besonders tief.

Zu seiner Überraschung war Jack für seine Flucht nicht bestraft worden. Die Angestellten schienen mehr besorgt als wütend, vor allem der Gärtner Uekiya, und Jack hatte ein schlechtes Gewissen, dass er den Alten so in Aufregung versetzt hatte.

Nach dem Essen führte Akiko Jack auf die Veranda hinaus und sie setzten sich im letzten Licht der Abendsonne auf dicke Kissen. Stille hatte sich wie eine weiche Decke über das Dorf gesenkt. Jack hörte das Zirpen der ersten Grillen und das Plätschern des Bachs, der sich durch Uekiyas Garten schlängelte.

Akiko schien den Frieden zu genießen und zum ersten Mal seit Tagen ließ Jacks Wachsamkeit ein wenig nach.

Da sah er Taka-san lautlos und mit der Hand am Schwert in einer dunklen Ecke stehen und sofort kehrte seine Anspannung zurück. Man ging kein Risiko mehr ein. Jack wurde jetzt bewacht.

Eine Tür glitt auf und Chiro erschien mit einem lackierten Tablett, auf dem ein schöner Topf und zwei kleine Tassen standen. Sie stellte das Tablett auf den Boden und schenkte sorgfältig ein heißes, grünes Wasser in die Tassen. Die Flüssigkeit erinnerte Jack an Tee, ein neues Modegetränk, das niederländische Händler aus China nach Holland eingeführt hatten.

Chiro reichte Akiko mit beiden Händen eine Tasse und Akiko hielt die Tasse Jack hin.

Jack nahm sie entgegen und wartete darauf, dass auch Akiko ihre Tasse nahm, doch sie bedeutete ihm, zuerst zu trinken. Zögernd nippte er an dem dampfenden Getränk. Es schmeckte nach gekochtem Gras und war so bitter, dass er eine Grimasse unterdrücken musste. Akiko trank nach ihm aus ihrer Tasse. Eine stille Zufriedenheit breitete sich auf ihrem Gesicht aus.

Einige schweigende Minuten vergingen, dann nahm Jack seinen ganzen Mut zusammen und stellte eine Frage.

Er zeigte auf den grünen Tee, der Akiko so gut zu schmecken schien, und sagte: »Wie heißt dieses Getränk?«

Eine kurze Pause entstand, in der Akiko überlegte, was seine Frage bedeutete. »*Sencha*«, antwortete sie schließlich.

»*Sen-cha*«, wiederholte Jack und versuchte sich die Lippenbewegungen und das Wort einzuprägen. Offensichtlich musste er sich daran gewöhnen, auch in Zukunft *sencha* zu trinken.

»Und das?« Er zeigte auf die Tasse.

»*Chawan*«, sagte Akiko.

»*Chawan*«, sprach Jack nach.

Akiko klatschte in die Hände, zeigte auf weitere Gegenstände und sagte dazu ihre japanischen Namen. Sie schien Gefallen daran zu finden, Jack in ihrer Sprache zu unterrichten, und Jack war erleichtert, dass zum ersten Mal jemand versuchte, sich richtig mit ihm zu unterhalten. Er fragte nach immer neuen Wörtern, bis ihm der Kopf schwirrte und es Zeit zum Schlafengehen war.

Taka-san begleitete ihn zu seinem Zimmer und schloss die Schiebetür hinter ihm.

Jack legte sich auf seinen Futon. Doch er konnte nicht einschlafen. Ständig gingen ihm japanische Wörter durch den Kopf und die verschiedensten Gefühle ergriffen ihn. Im Zimmer war es dunkel, aber durch die Wände schienen weich die Laternen, die nachts draußen brannten. Ein Hoffnungsschimmer stahl sich in sein Herz. Wenn er die Sprache lernte, konnte er in diesem seltsamen Land überleben. Vielleicht konnte er auf einem japanischen Schiff anheuern und in fremden Häfen nach englischen Seglern Ausschau halten. Vielleicht hatte das Schicksal ihm Akiko geschickt. Vielleicht konnte sie ihm eines Tages helfen, nach Hause zurückzukehren!

Ein Schatten wanderte draußen an der Papierwand entlang. Taka-san war noch auf und bewachte ihn.

Am folgenden Tag hatte Jack gerade seinen frühmorgendlichen Spaziergang durch den Garten beendet, da rannte Jiro um die Ecke der Veranda.

»*Kinasai!*«, rief er und zerrte Jack zum vorderen Eingang des Hauses.

Jack konnte kaum mit ihm Schritt halten.

Vor dem Haus warteten Akiko und der Samurai Taka-san. Akiko trug einen schimmernden elfenbeinfarbenen, mit dem Bild eines fliegenden Kranichs bestickten Kimono. Als Sonnenschutz hielt sie sich einen karmesinroten Schirm über den Kopf.

»*Ohayō gozaimasu,* Jack«, sagte Akiko mit einer anmutigen Verbeugung.

»*Ohayō gozaimasu,* Akiko.« Auch Jack wünschte ihr einen guten Morgen.

Akiko schien über seine Antwort erfreut. Sie gingen den Weg zum Hafen hinunter.

An der Mole kletterten sie in das Boot des Perlenfischers und der Mann ruderte sie zu der Insel in der Mitte der Bucht. Beim Näherkommen sah Jack zu seinem Erstaunen, dass sich auf dem Strand vor dem roten Holztor eine große Menschenmenge versammelt hatte.

»*Ise Jingu Torii*«, sagte Akiko und zeigte auf das Tor.

Jack nickte zum Zeichen, dass er verstand. Das Tor hatte die Farbe eines abendlichen Feuers und war so hoch wie ein doppelstöckiges Haus. Es bestand aus zwei aufrechten Pfeilern, verbunden durch zwei große waagerechte Balken, von denen der obere ein schmales Dach aus jadegrünen Ziegeln trug.

Sie landeten an der südlichen Inselspitze und traten zu den anderen Dorfbewohnern, Frauen in leuchtend bunten Kimonos und Samurai mit ihren Schwertern. Die Menge bildete einen ordentlichen Halbkreis. Als Akiko und ihre Begleiter eintrafen, verbeugten sich alle und machten ihnen Platz. Sie gingen nach vorn, wo eine größere Gruppe von Samurai wartete.

Die Krieger verbeugten sich tief bei Akikos Ankunft. Akiko erwiderte ihren Gruß und begann ein Gespräch mit einem jungen Samurai. Er war in Jacks Alter, hatte kastanienbraune Augen und schwarze, stachelig vom Kopf abstehende Haare. Der Junge warf Jack einen verächtlichen Blick zu und beachtete ihn dann nicht mehr.

Die Dorfbewohner dagegen schienen durch Jacks Gegenwart verunsichert. Sie wichen vor ihm zurück und unterhielten sich flüsternd hinter vorgehaltenen Händen, was Jack jedoch nicht weiter störte, weil er deshalb umso besser sah.

Unter dem Tor vor ihm stand ein einsamer Samurai wie ein alter Gott. Er trug einen schwarz-goldenen Kimono, auf Brust, Ärmeln und Rücken mit einem runden Symbol bestickt, das vier gekreuzte Blitze zeigte. Die Haare hatte er nach traditioneller Art der Samurai verknotet und über den rasierten Scheitel nach vorn gelegt. Zusätzlich hatte er sich ein dickes weißes Stoffband um den Kopf gebunden. Er war stämmig und kräftig und seine Augen funkelten drohend. Insgesamt erinnerte er Jack an eine große, zum Kämpfen abgerichtete Bulldogge.

In den Händen hielt er das größte Schwert, das Jack je gesehen hatte. Allein die Klinge maß deutlich über einen Meter und zusammen mit dem Griff war sie so lang wie Jack groß. Der Krieger hielt den Blick unverwandt auf das ferne Ufer des Hafens gerichtet und verlagerte ungeduldig das Gewicht von einem Fuß auf den anderen. Sein Schwert fing das Sonnenlicht ein und leuchtete einen kurzen Moment auf wie ein Blitz.

Akiko bemerkte Jacks erstaunten Blick und flüsterte ihm den Namen des Schwertes zu: »*Nodachi.*«

Der Samurai schien zu warten und Jack überlegte, wo sein Gegner blieb. Von den Anwesenden bereitete sich niemand auf einen Kampf vor. Jack ließ den Blick über die Menge wandern und bemerkte, dass ein paar Samurai auf der gegenüberliegenden Seite dasselbe Blitzsymbol auf ihren Kimonos trugen wie der einzelne Krieger, während die Samurai in Jacks unmittelbarer Umgebung das Wappen eines Phönix trugen.

Wer war ihr Kämpfer?

Jacks Schätzung nach war etwa eine Stunde vergangen, denn die Sonne war ungefähr fünfzehn Grad über den wolkenlosen Himmel gewandert. Es wurde heiß und unter den Dorfbewohnern breitete sich Unruhe aus. Der Samurai unter dem Torbogen war noch ungeduldiger geworden und ging im Sand auf und ab wie ein eingesperrter Tiger.

Eine weitere Stunde verstrich.

Die Hitze wurde unerträglich und die Menge noch unruhiger. Jack war über den seidenen Kimono froh, den er trug, und wollte sich gar nicht vorstellen, wie er in seinem alten Hemd und den Hosen geschwitzt hätte.

Dann, als die Sonne senkrecht über ihnen stand, legte ein Boot von der Anlegestelle des Hafens gegenüber ab.

Sofort erfasste eine gespannte Erwartung die Anwesenden. Jack sah einen kleinen Fischer ohne Eile durch die Bucht rudern. Am Bug des Bootes saß wie ein Buddha ein hochgewachsener Mann.

Das Boot kam näher. Die Menge brach in lauten Beifall aus und begann im Sprechgesang den Namen des Samurai zu rufen. »Masamoto! Masamoto! Masamoto!«

Akiko, Taka-san und Jiro fielen in die donnernden Rufe ein.

Die Gruppe der Samurai mit dem Blitzemblem antwortete darauf mit dem Namen ihres Kämpfers. »Godai! Godai! Godai!«

Godai trat vor und reckte sein Schwert hoch in die Luft. Seine Anhänger brüllten noch lauter.

Das Boot erreichte das Ufer. Der kleine Fischer legte die

Ruder hinein und wartete geduldig darauf, dass sein Passagier aussteigen würde. Der Samurai stand auf und trat barfuß in den Sand. Die Menge brach wieder in lauten Beifall aus.

Jack dagegen hielt unwillkürlich die Luft an. Masamoto, der Kämpfer der Phönix-Samurai, war der Mann mit dem Narbengesicht.

12

Der Zweikampf

Die runzligen Narben und geröteten Striemen im Gesicht des Samurai liefen fächerartig wie geschmolzene Lava von der Stirn über das linke Auge und die Wange bis hinunter zum Kinn. Die unversehrte Gesichtshälfte war ebenmäßig und fest umrissen. Masamoto hatte den massigen und muskulösen Körper eines Ochsen und seine Augen leuchteten honigfarben wie Bernstein. Er trug einen dunkelbraunen und cremefarbenen Kimono mit dem runden Phönixemblem und wie Godai ein Stirnband, allerdings in leuchtendem Rot.

Anders als Godai hatte er den Kopf ganz kahl geschoren. Nur ein kurz geschnittenes Bärtchen umgab seinen Mund. Jack fühlte sich mehr an einen Mönch als an einen Krieger erinnert.

Der Samurai ließ den Blick über die Menge wandern, dann drehte er sich langsam um, holte zwei verschieden lange Schwerter aus dem Boot und steckte sie mitsamt der schützenden Scheiden in den Obi seines Kimonos, zuerst das kürzere, dann das längere. Dann näherte er sich ohne Eile dem Tor.

Empört über die späte Ankunft seines Gegners und die dadurch entstandene Demütigung, rief Godai ihm eine Flut von Beschimpfungen entgegen.

Masamoto ging unbeeindruckt weiter und begrüßte seine Samurai mit einem Nicken. Endlich stand er vor Godai und verbeugte sich feierlich, was Godai nur noch mehr reizte. Blind vor Wut versuchte er Masamoto anzugreifen, bevor der Wettkampf offiziell begann.

Doch Masamoto war darauf gefasst und wich seinem Gegner seitlich aus. Godais schweres Kampfschwert verfehlte ihn nur knapp. Blitzschnell riss nun Masamoto seine Schwerter aus den Scheiden, hob das Langschwert mit der Rechten und hielt sich das kurze Schwert mit der Linken schützend vor die Brust.

Godai griff erneut an. Pfeifend sauste sein gewaltiges Schwert auf Masamotos Kopf zu. Masamoto verlagerte sein Gewicht und hob das Langschwert noch höher, um den Schlag nach links abzuwehren. Klirrend schlugen die beiden Schwerter zusammen und Godais *nodachi* fuhr scharrend über Masamotos blanke Klinge.

Nun griff auch Masamoto an und zog sein kürzeres Schwert über Godais Bauch. Er schlitzte Godais Kimono auf, verletzte ihn aber nicht. Godai war mit einem Satz nach hinten ausgewichen.

Masamoto folgte ihm zum Ufer. Ununterbrochen sausten seine Schwerter durch die Luft. Doch dann schlug Godai plötzlich wieder mit seinem *nodachi* zu. Masamoto konnte sich gerade noch darunter wegducken.

Das Geschick und die Beweglichkeit, mit der die beiden Krieger ihre Schwerter führten, machten Jack sprachlos. Sie kämpften mit der Anmut von Tänzern und drehten Pirouetten wie in einem kunstvollen und zugleich höchst gefährlichen Tanz. Jeder Hieb wurde mit äußerster Präzision und Kraft ausgeführt. Masamoto schwang seine Schwerter, als seien sie verlängerte Arme.

Kein Wunder, dass die japanischen Piraten Jacks Kameraden auf der *Alexandria* so mühelos getötet hatten. Gegen einen Feind, der diese Kunst beherrschte, hatten die Engländer keine Chance gehabt.

Godai trieb Masamoto den Strand wieder hinauf. Seine Samurai feuerten ihn an.

Er führte sein Schwert trotz der gewaltigen Größe mit atemberaubendem Geschick und einer Leichtigkeit, als wäre es eine Bambusstange. Immer weiter trieb er Masamoto rückwärts über den Strand und in die Menge der Zuschauer hinein, in der auch Jack stand.

Godai täuschte einen Schlag nach rechts vor, änderte die Richtung und schlug nach Masamotos ungeschütztem Arm. Masamoto konnte dem Schlag ausweichen und die mit großer Wucht geführte mächtige Klinge fuhr stattdessen in die Menge.

Die Dorfbewohner stoben in Panik auseinander, nur Jack blieb wie gelähmt vor Angst stehen. Der Samurai schien darauf aus, seinen Gegner zu töten.

Taka-san konnte Jack im letzten Moment zur Seite reißen. Der Mann hinter Jack hatte weniger Glück. Er hatte die Hand abwehrend erhoben und die Klinge schnitt ihm die ausgestreckten Finger ab. Er begann zu schreien.

Godai beachtete ihn nicht, sondern wischte nur das Blut von seinem Schwert und griff den weiter zurückweichenden Masamoto erneut an.

Das war kein Übungskampf, dachte Jack verwirrt, sondern ein Kampf auf Leben und Tod.

Zwei Samurai Masamotos zogen den verwundeten Mann zur Seite, während die Schaulustigen an ihre Plätze zurückkehrten, um den Fortgang des Kampfes nicht zu versäumen. Die abgeschnittenen Finger wurden von einigen Hundert Füßen in den Sand getrampelt.

Jack war aschgrau im Gesicht. Besorgt fragte Akiko ihn mit einigen Gesten, ob ihm etwas fehle.

Jack schüttelte den Kopf. »Nein«, sagte er, »alles in Ordnung.« Er zwang sich zu einem Lächeln, obwohl ihm überhaupt nicht danach zumute war.

Tapfer schluckte er seine Übelkeit hinunter und versuchte zu verdrängen, was er gerade gesehen hatte. Wie konnten Menschen, die so malerische Gärten anlegten und ihre Kimonos mit Bildern von Schmetterlingen bestickten, so grausam sein?

Um Akikos besorgtem Blick zu entgehen, wandte er seine Aufmerksamkeit wieder dem Kampf zu. Die beiden Samurai umkreisten einander keuchend vor Anstrengung in einiger Entfernung und warteten auf die nächste Gelegenheit zum Angriff.

Godai täuschte einen Schlag vor und die Menge wich zurück, um nicht noch einmal in den Kampf hineingezogen zu werden.

Doch Masamoto kannte das Vorgehen seines Gegners inzwischen. Er sprang in die andere Richtung, parierte Godais *nodachi* mit seinem kurzen Schwert und griff seinerseits mit dem Langschwert an. Das Schwert sauste auf Godais Kopf zu, Godai duckte sich und die Klinge fuhr dicht über ihn hinweg.

Die beiden Krieger wandten sich einander zu und erstarrten. Die Menge hielt den Atem an. Dann rutschte Godais Haarknoten vom Kopf und fiel in den Sand. Masamoto lächelte triumphierend über diese öffentliche Demütigung Godais und seine Samurai stimmten wieder ihren Sprechchor an. »Masamoto! Masamoto! Masamoto!«

Rasend vor Wut über den Verlust seines Haars schrie Godai laut *»kiai!«* und griff an. Sein Schwert schlug nach unten und nach oben wie ein Adler, der auf seine Beute herunterstößt und wieder aufsteigt. Dagegen war Masamotos Langschwert machtlos.

Masamoto wich zurück, um dem Hieb auszuweichen, und hob das Schwert, um die Klinge von seinem Hals abzuwehren. Doch das Schwert wurde ihm aus der Hand geschlagen und Godais *nodachi* schnitt ihm mit der Spitze tief in die rechte Schulter. Masamoto stöhnte vor Schmerzen auf, ließ sich auf den Rücken fallen und rollte über den Boden, um sich von Godai zu entfernen. Nach einigen Umdrehungen sprang er wieder auf.

Diesmal brachen Godais Samurai in Beifall aus.

Godai war sich jetzt, da er Masamoto das lange Schwert aus der Hand geschlagen hatte, seines Sieges sicher. Masamotos kurzes Schwert war seinem mächtigen *nodachi* nicht gewachsen. Masamotos Samurai mussten erkennen, dass ihr Meister gegen Godai kaum noch eine Chance hatte. Zum ersten Mal in seinem Leben hatte Masamoto, dessen Geschick im Umgang mit zwei Schwertern legendär war, gegen ein *nodachi* verloren.

Masamoto zog sich zum Ufer zurück, in Richtung des Boots, in dem er gekommen war. Godai folgte ihm im Vorgefühl seines baldigen Sieges und sprang rasch zwischen Masamoto und das Boot, um ihm den Fluchtweg abzuschneiden.

Masamoto schien endgültig besiegt. Aus seiner Schulterwunde rann Blut. Entkräftet senkte er das Kurzschwert. Die schaulustige Menge stöhnte auf und Godai hob mit einem breiten Grinsen sein Schwert zum entscheidenden Schlag.

Doch Masamoto hatte nur auf den Augenblick gewartet, in dem sein Gegner sich in Sicherheit wiegte. Mit einem scharfen Ruck des Handgelenks schleuderte er sein Kurzschwert durch die Luft. Der überraschte Godai wich nach hinten zurück, um nicht von der Klinge getroffen zu werden, und verlor das Gleichgewicht.

Blitzschnell rannte Masamoto an ihm vorbei zum Boot. Godai, der sich wieder aufrappelte, schrie seinem fliehenden Gegner etwas hinterher.

Doch Masamoto wollte gar nicht fliehen. Er packte nur das lange hölzerne Ruder und wandte sich zu Godai um.

Er besaß jetzt eine Waffe, die genauso lang war wie das *nodachi.*

Godai griff sofort wieder an und Masamoto parierte seine Schläge mit dem Ruder. Holzspäne flogen durch die Luft. Dann führte Godai einen tiefen Schlag nach Masamotos Beinen.

Masamoto sprang über die Klinge und schlug das Ruder auf Godais ungeschützten Kopf. Er traf ihn und unter der Wucht des Schlages knickten Godais Beine ein. Godai kippte wie ein gefällter Baum nach hinten um.

Masamotos Samurai jubelten und die Menge feuerte ihn im Sprechchor an, Godai zu töten. Doch Masamoto senkte das Ruder und trat zurück. Er hatte eindeutig und ohne jeden Zweifel gesiegt und brauchte Godai nicht zu töten.

Er ging auf die Menge zu und die Schaulustigen verstummten. Sie fielen auf die Knie und neigten die Köpfe über den Sand. Auch Akiko, Jiro und Taka-san knieten.

Nur Jack blieb unschlüssig stehen. Er gehörte nicht zu ihnen. Doch Masamoto strahlte eine so absolute Autorität und Macht aus, dass er unwillkürlich trotzdem den Kopf senkte. Den Blick auf den Sand gerichtet, spürte er, wie Masamoto näher kam.

Die nackten Füße des Narbenmannes blieben direkt vor ihm stehen.

侍

13

Pater Lucius

»*Você fala o português?*«, fragte der Priester Jack.

Masamoto saß auf einem Podest im größten Zimmer des Hauses und der Priester kniete vor dem Samurai auf dem Boden.

»*Parlez-vous français?*«

Der Priester hatte harte, glasige Augen und schüttere, fettige Haare. Er trug die knopflose Soutane eines portugiesischen Jesuiten. Man hatte ihn als Dolmetscher geholt. Misstrauisch musterte er Jack.

»*Habla español?*«, fuhr er ungeduldig fort. »Sprichst du Englisch?«

»*Falo um pouco*«, antwortete Jack. »*Oui, un petit peu. Sí, un poco.* Aber am liebsten spreche ich meine Muttersprache Englisch. Meine Mutter war Lehrerin und hat dafür gesorgt, dass ich andere Sprachen lerne, sogar Ihre.«

»Verwünschtes Kind! Du wärst gut beraten, mich nicht noch mehr zu deinem Feind zu machen. Du stammst ganz offensichtlich von Ketzern ab und bist in diesem Land nicht willkommen …«

Der Priester bekam einen heftigen Hustenanfall und

wischte sich mit einem Taschentuch dunkelgelben Speichel von den Lippen.

Und du bist ganz offensichtlich krank, dachte Jack.

»Du lebst nur deshalb noch, weil du ein Kind bist«, fuhr der Priester fort.

Jack hatte bereits geglaubt, sein letztes Stündlein habe geschlagen, als Masamoto sich am Strand vor ihn gestellt hatte. Doch Masamoto hatte Jack nur befohlen, ihm und seinen Samurai zum Festland zu folgen. Dort wartete Hiroko, um sie zum Haus zu geleiten.

»*Doushita? Kare wa doko kara kitanoda?*«, fragte Masamoto den Priester.

Seine Schulterwunde war verbunden worden und er trug jetzt einen knisternden himmelblauen, mit weißen Ahornblättern gemusterten Kimono. Er nippte ruhig an einer Tasse Grüntee. Jack konnte nicht glauben, dass derselbe Mann noch wenige Stunden zuvor um sein Leben gekämpft hatte.

Jack stand zwischen zwei bewaffneten Samurai. Links von ihm kniete Akiko und neben ihr der Junge, mit dem sie vor dem Zweikampf gesprochen hatte. Beim Betreten des Zimmers hatte der Junge ihn finster und drohend angestarrt.

»*Sumimasen,* Masamoto-sama«, sagte der Priester, der auf der anderen Seite von Jack kniete, entschuldigend und steckte sein Taschentuch ein. Er verneigte sich ehrerbietig und das dunkle Holzkreuz, das er um den Hals trug, streifte über den mit Strohmatten bedeckten Boden.

»Herr Masamoto Takeshi will wissen, wer du bist, woher

du stammst und wie du hierhergekommen bist«, sagte er zu Jack.

Jack kam sich vor wie vor Gericht. Man hatte ihn in das Zimmer gerufen, um diesem niederträchtigen Jesuiten Rede und Antwort zu stehen. Sein Vater hatte ihn vor solchen Leuten gewarnt. Die Portugiesen hatten wie die Spanier fast zwanzig Jahre lang Krieg gegen England geführt. Zwar war der Krieg jetzt offiziell beendet, aber zwischen den Ländern herrschte noch immer große Feindseligkeit. Die katholischen Jesuiten waren nach wie vor die schlimmsten Feinde Englands – eine schwierige Situation für Jack als englischen Protestanten.

»Ich bin Jack Fletcher aus England. Ich kam an Bord eines Handelsschiffes hierher …«

»Unmöglich, in diesen Gewässern verkehren keine Engländer. Du bist ein Pirat, also verschwende meine Zeit oder die des Samurai nicht mit Heucheleien. Man hat mich nicht hergebracht, um deine Lügengeschichten zu übersetzen.«

»*Douka shimashita ka?*«, fragte Masamoto.

»*Nani no nai,* Masamoto-sama …«, sagte der Priester, doch Masamoto unterbrach ihn mit einer herrischen Geste.

»*Moushiwake arimasen,* Masamoto-sama«, entschuldigte sich der Priester unterwürfig und verbeugte sich erneut. Er hustete in sein Taschentuch und wandte sich wieder an Jack. »Ich frage dich noch einmal, Bürschchen, wie bist du hierhergekommen? Aber beim Blut Christi, sag mir die Wahrheit!«

»Ich habe sie Ihnen schon gesagt. Ich bin mit der *Alexan-*

dria gekommen, einem Schiff der Niederländischen Ostindien-Kompanie. Mein Vater war der Steuermann. Wir waren fast zwei Jahre unterwegs …«

Der Priester übersetzte, während Jack sprach, und unterbrach ihn dann. »Auf welchem Weg?«

»Wir sind Richtung Süden gefahren, durch die Magellanstraße …«

»Unmöglich, die ist geheim.«

»Mein Vater kannte sie.«

»Nur wir, die rechtgläubigen Portugiesen, wissen um diese sichere Passage«, empörte sich der Priester. »Und wir bewachen sie gut gegen protestantische Ketzer wie deinen Vater.«

»Die portugiesischen Kriegsschiffe konnten gegen meinen Vater nichts ausrichten«, sagte Jack stolz. »Er hat sie an einem einzigen Tag abgehängt.«

Der Priester informierte Masamoto über die Demütigung der Portugiesen.

Jack sah ihn misstrauisch an. »Wer sind Sie überhaupt?«

»Ich bin Pater Lucius, Bruder der Gesellschaft Jesu«, antwortete der Priester. »Ich stehe unter dem Schutz der katholischen Kirche und bin hier in Toba ihr einziger Missionar.« Er bekreuzigte sich und küsste inbrünstig das hölzerne Kreuz, das an einer Kette um seinen Hals hing. »Ich bin nur Gott und meinem Oberen Pater Diego Bobadilla in Osaka verpflichtet. Ihm berichte ich, was ich hier sehe und höre.«

»Und wer ist dieser Samurai?«, fragte Jack mit einem

Nicken in Richtung Masamotos. »Warum verbeugen Sie sich vor ihm, wenn Sie selber so bedeutend sind?«

»Hüte deine Zunge, Bursche, wenn du nicht sterben willst. Die Samurai fordern Respekt.«

Mit einer weiteren tiefen Verbeugung fuhr der Priester fort: »Das ist Masamoto Takeshi, der Herr von Shima und die rechte Hand von Takatomi Hideaki, dem Daimyõ der Provinz Kyoto …«

»Was ist ein Daimyõ?«, fiel Jack ihm ins Wort.

»Ein Lehnsherr. Takatomi Hideaki regiert die ganze Provinz im Namen des Kaisers. Die Samurai und Masamoto sind seine Vasallen.«

»Vasallen …? Sind das Sklaven?«

»Nein, den Sklaven entsprechen mehr die Bauern, die Dörfler, die du gesehen hast. Die Samurai gehören der Klasse der Krieger an, genau wie die Ritter, sie sind nur viel besser ausgebildet. Masamoto ist ein bislang unbesiegter Schwertmeister. Ihm hast du zu verdanken, dass du noch lebst. Er hat dich halb ertrunken aus dem Meer gefischt und deinen gebrochenen Arm behandelt. Erweise ihm also den gebührenden Respekt!«

Jack staunte. Eine solche ärztliche Kunst war in England unbekannt. Ein auf See gebrochener Arm bedeutete entweder einen langsamen, qualvollen Tod am Wundbrand oder eine schmerzhafte und gefährliche Amputation. Er hatte wirklich großes Glück, dass er Masamoto begegnet war.

»Können Sie ihm danken, dass er mir das Leben gerettet hat?«

»Das kannst du selbst tun. *Arigatō* heißt auf Japanisch ›danke‹.«

»*Arigatō*«, wiederholte Jack, zeigte auf seinen gebrochenen Arm und verbeugte sich so tief, wie er es mit dem Arm konnte. Dies schien Masamoto zu gefallen und er antwortete auf die Dankesbezeugung mit einem kurzen Kopfnicken.

»Also ist das hier Masamotos Haus?«

»Nein, das ist das Haus seiner Schwester Hiroko. Sie wohnt hier mit ihrer Tochter Akiko.« Der Priester bekam wieder einen heftigen Hustenanfall und brauchte eine Weile, bis er sich erholt hatte. »Das reicht jetzt mit Fragen! Wo ist die restliche Besatzung deines Schiffes?«

»Tot.«

»Tot? Alle? Das glaube ich nicht!«

»Ein Sturm hat uns vom Kurs abgetrieben und wir mussten in einer Bucht Schutz suchen. Dabei ist die *Alexandria* an einem Riff leckgeschlagen. Wir mussten sie reparieren und wurden angegriffen. Ich weiß nicht genau von wem, es waren … Schatten.«

Der Priester übersetzte Jacks Worte. Masamoto hob interessiert den Kopf.

»Beschreibe diese Schatten«, übersetzte Pater Lucius.

»Es handelte sich meiner Meinung nach um Männer … ganz in Schwarz gekleidet. Ich konnte nur die Augen sehen. Sie waren mit Schwertern, Ketten und Wurfmessern bewaffnet … mein Vater hielt sie für Piraten.«

»Ninja«, sagte Masamoto leise.

»Wer auch immer, einer tötete jedenfalls meinen Vater«, fuhr Jack fort. Seine Stimme klang belegt. Die Erinnerung an die Nacht drohte ihn zu überwältigen. »Ein Ninja mit einem grünen Auge!«

Pater Lucius übersetzte und Masamoto beugte sich vor, sichtlich erregt durch das, was er gehört hatte.

»Wiederhole noch einmal genau, was du soeben gesagt hast«, befahl Pater Lucius.

Jack sah wieder das verhüllte Gesicht und seinen sterbenden Vater. Er schluckte. »Der Ninja, der meinen Vater getötet hat, hatte nur ein Auge. Es war grün wie Schlangenhaut. Ich werde es nie vergessen.«

»Dokugan Ryu«, zischte Masamoto, als habe er Gift geschluckt.

Die Samuraiwachen zuckten bei seinen Worten sichtbar zusammen. Auf dem Gesicht des schwarzhaarigen Jungen malte sich Angst und Akiko sah Jack mitfühlend an.

»Doku-was?«, fragte Jack.

»Dokugan Ryu, das bedeutet ›Drachenauge‹«, erklärte Pater Lucius. »Der Ninja Dokugan Ryu war vor zwei Jahren für die Ermordung von Masamotos Erstgeborenem verantwortlich. Masamoto-sama hatte ein Attentat auf den Daimyō vereitelt und suchte nach den Tätern. Dokugan Ryu wurde beauftragt, dafür zu sorgen, dass Masamoto die Suche einstellte. Als Warnung tötete er Masamotos Sohn Tenno. Seitdem ist der Ninja spurlos verschwunden.«

Masamoto sagte etwas zu Pater Lucius. Seine Stimme klang ernst.

»Masamoto will wissen, wo sich deine restliche Familie befindet. Wo ist deine Mutter? War sie auch an Bord?«

»Nein, sie starb in England, als ich zehn war. An Lungenentzündung.« Jack sah Pater Lucius vielsagend an. Er hatte sofort erkannt, an welcher Krankheit der Priester litt. »Mein Vater ließ meine kleine Schwester Jess in der Obhut einer Nachbarin zurück, Mrs Winters, eine sehr alte Frau, die keinen Platz hatte, auch mich aufzunehmen. Deshalb ging ich mit aufs Schiff. Ich war alt genug zum Arbeiten und mein Vater beschaffte mir eine Stelle als Mastaffe an Bord der *Alexandria.*«

»Du hast viel durchgemacht«, sagte Pater Lucius. »Der Tod deiner Mutter und auch der deines Vaters tun mir sehr leid.« Er schien es aufrichtig zu meinen.

Der Priester übersetzte Jacks Worte für Masamoto, der ihm reglos zuhörte. Als Pater Lucius geendet hatte, schenkte sich Masamoto Tee ein. Er betrachtete die Tasse eine Weile, dann nippte er daran.

Niemand wagte, das Schweigen zu stören.

Endlich setzte Masamoto die Tasse wieder ab und begann zu sprechen. Aus dem Gesicht des Priesters wich alle Farbe und Akiko riss erstaunt die Augen auf. Der schwarzhaarige Junge schien wie versteinert und seine finstere Miene wurde noch finsterer.

Pater Lucius übersetzte. Seine Stimme zitterte ein wenig.

»Masamoto beschließt hiermit, dass er dich, Jack Fletcher, bis zu deiner Volljährigkeit in seine Obhut nimmt. Der Tod seines Sohnes jährt sich genau heute zum zweiten Mal. Er glaubt deshalb, dass die Götter dich geschickt haben. Dokugan Ryu hat auch dir Leid zugefügt, du sollst deshalb Tennos Platz an Masamotos Seite einnehmen und fortan als Mitglied der Familie gelten.«

Jack starrte Pater Lucius fassungslos an. Ein hoher Samurai wollte ihn als Sohn aufnehmen und er wusste nicht, ob er darüber lachen oder weinen sollte. Bevor er antworten konnte, hatte Masamoto schon Taka-san ins Zimmer gewinkt. Taka-san trug ein in Sackleinen eingewickeltes, rechteckiges Paket, das er Jack zu Füßen legte.

Masamoto sagte etwas zu Jack und Pater Lucius übersetzte.

»Als Masamoto dich aus dem Meer holte, hast du das in den Händen gehalten. Jetzt, nach deiner Genesung, gibt er dir dein rechtmäßiges Eigentum zurück.«

Masamoto bedeutete Jack, das Paket auszupacken. Jack zog an dem Band, mit dem es verschnürt war, das Sackleinen ging auf und ein in Öltuch eingewickelter Gegenstand kam zum Vorschein. Die Anwesenden beobachteten Jack mit wachsendem Interesse. Pater Lucius schob sich näher an ihn heran.

Jack wusste, was das Paket enthielt, auch ohne es ganz auszuwickeln – das Buch seines Vaters.

Das Zimmer drehte sich um ihn und aus dem Nichts tauchte plötzlich das Gesicht seines Vaters auf. John Fletcher lag sterbend auf dem Deck der *Alexandria* und aus seinem Mund lief Blut. Sein Kopf fiel zur Seite und ihre Blicke trafen sich.

»Jack … der Portolan … hole ihn … er bringt … bringt dich nach Hause …«

Dann tat er seinen letzten Atemzug.

»Jack?«, fragte Pater Lucius und riss ihn aus seinen Gedanken. »Was ist mit dir?«

»Nichts.« Jack hatte sich sofort wieder unter Kontrolle. »Ich bin nur traurig. Das hier gehörte meinem Vater.«

»Verstehe. Handelt es sich um seine Seekarten?« Pater Lucius sagte es beiläufig, doch seine glasigen Augen waren begehrlich auf den noch immer in Öltuch eingewickelten Gegenstand gerichtet.

»Nein … nein … um sein privates Tagebuch«, log Jack und nahm das Paket rasch an sich.

Pater Lucius schien nicht überzeugt, sagte aber nichts.

Masamoto hielt das Gespräch mit der Übergabe des Buches offenbar für beendet, denn er stand auf. Alle verbeugten sich.

»Masamoto-sama sagt, dass du jetzt ausruhen sollst«, übersetzte der Priester. »Er will dich morgen wiedersehen.«

Alle verbeugten sich noch einmal und Masamoto rauschte hinaus, gefolgt von seinen beiden Wachen und dem schlecht gelaunten schwarzhaarigen Jungen.

Auch Pater Lucius erhob sich und wollte gehen, doch ein schwerer Hustenanfall schüttelte ihn. Als der Husten nachließ, wischte er sich den Schweiß von der Stirn.

Er sah Jack an.

»Fahr zur Hölle mitsamt deinem Schiff!«, krächzte er. »Du bringst mir nur Unglück – seit deiner Landung bin ich krank.« Er stützte sich an der Schiebetür ab. »Und sei gewarnt, Jack Fletcher. Vergiss nie, dass ein Samurai dich gerettet hat. Die Samurai haben viele bewundernswerte Fähigkeiten, aber sie sind auch rücksichtslos. Widersetze dich einem von ihnen und er macht Hackfleisch aus dir.«

侍

14

Die Vorladung

Den Nachmittag verbrachte Jack im Garten.

Er konnte immer noch nicht fassen, dass ein Samurai ihn als Familienmitglied aufgenommen hatte. Wahrscheinlich musste er ihm dankbar sein. Er hatte zu essen und ein Dach über dem Kopf und wurde nicht länger behandelt wie ein streunender Hund. Er fühlte sich geradezu wie ein Ehrengast. Taka-san hatte sich sogar vor ihm verbeugt!

Trotzdem gehörte er nicht hierher. Er war ein Fremder in einem Land von Kriegern, Kimonos und *sencha*. Aber wohin gehörte er dann?

Vater und Mutter waren tot, er hatte deshalb kein Zuhause mehr. Seine Schwester wohnte bei Mrs Winters, aber was passierte, wenn das Geld, das sein Vater der Frau für Jess' Unterhalt gegeben hatte, aufgebraucht war? Oder die Alte starb? Jack musste nach Hause zurückkehren und sich um seine kleine Schwester kümmern. Aber England lag auf der anderen Seite des Globus und er als zwölfjähriger Junge konnte unmöglich zwei Meere überqueren, auch wenn er das Buch seines Vaters zurückhatte.

Seine Ohnmacht ließ ihn trotz der Hitze frösteln. Er saß

in Japan fest, bis er ein Schiff nach England fand oder alt genug war, auf eigene Faust aufzubrechen.

Wenn er überleben wollte, blieb ihm nichts anderes übrig als hierzubleiben.

Er setzte sich in den Schatten des Kirschbaums und überlegte, inwiefern das Buch ihm nützen konnte.

Er erinnerte sich noch genau, wie aufgeregt er gewesen war, als sein Vater ihm das in Leder gebundene Buch zum ersten Mal gezeigt hatte – ein Buch, randvoll gefüllt mit Wissen und Geheimnissen. Als er es aufgeschlagen hatte, hätte er schwören können, dass die Seiten nach Meer rochen.

Das Buch enthielt aufwendig von Hand gezeichnete Karten, Kompasspeilungen für Häfen und Landzungen, Angaben zu Tiefe und Beschaffenheit des Meeresgrunds und ausführliche Berichte über die Seereisen seines Vaters, Orte, an denen Freunde wohnten, und feindliche Hafenstädte. Riffe waren mit ihrer exakten Lage ebenso eingetragen wie Strömungen und sichere Häfen. Und auf jeder Seite war noch etwas in Geheimschrift vermerkt, um das kostbare Wissen vor feindlichen Augen zu schützen.

»Ein solches Buch«, hatte sein Vater gesagt, »ist für den Steuermann dasselbe wie die Bibel für den Priester.«

Fasziniert hatte Jack zugehört, wie sein Vater erklärt hatte, dass man zwar den Breitengrad anhand der Position der Sterne bestimmen könne, doch nicht den Längengrad. Sobald man das Land vom Schiff aus nicht mehr sehen könne, sei man im Grunde verloren. Entsprechend sei eine Seereise ein gefährliches Unterfangen, es sei denn …

»Es sei denn, man hat ein solches Buch«, hatte sein Vater gesagt. »In ihm steht alles, was du brauchst, um ein Schiff sicher über das Meer zu führen. Es wurde unter großen Gefahren für Leib und Leben zusammengestellt. Ich selbst füge nach jeder vollendeten Reise meine eigenen Betrachtungen hinzu. Das Buch ist von unschätzbarem Wert! Es gibt nur wenige Aufzeichnungen einer vergleichbaren Genauigkeit. Wer dieses Buch besitzt, beherrscht das Meer! Und deshalb hätten unsere Feinde, die Portugiesen, am liebsten auch so ein Buch … und zwar um jeden Preis.«

Jetzt gehörte das Buch Jack.

Es war die einzige Verbindung zu seinem bisherigen Leben und seinem Vater. Und nur mit seiner Hilfe, mit der Hilfe seiner Kursangaben, die um die ganze Welt führten, konnte Jack hoffen, je nach Hause zurückzukehren.

Er blätterte durch die Seiten und ein loses Stück Pergament fiel heraus. Jack hob es auf. Es war brüchig vom Meersalz und an den Rändern zerknittert und abgenutzt. Er faltete es auf. Zum Vorschein kam eine Kinderzeichnung, auf der vier Personen, ein kleiner Garten und ein rechteckiges Haus zu sehen waren. Jack erkannte die Personen sofort: seinen Vater, hochgewachsen und mit vom Wind zerzausten schwarzen Haaren, er selbst mit einem übergroßen Kopf und hellem Haar, seine kleine Schwester, die ihn an der Hand hielt und mit der anderen Hand winkte, und schließlich über ihnen in der Mitte des Bildes und mit Engelsflügeln seine Mutter.

Jess hatte das Bild gemalt und ihrem Vater an dem Tag

geschenkt, als sie nach Japan aufgebrochen waren. Jack schluckte tapfer seine Tränen hinunter. Was würde Jess sagen, wenn sie erfuhr, dass ihr Vater auch tot war?

Er sah von dem Bild auf, denn er spürte plötzlich, dass er beobachtet wurde. Der schwarzhaarige Junge starrte ihn vom Haus her an. Wie lange stand er schon da?

Jack wischte sich über die Augen, dann grüßte er ihn mit einer kurzen Verbeugung, wie es sich gehörte. Der Junge erwiderte den Gruß nicht.

Was hat er eigentlich gegen mich?, dachte Jack. Der Junge war mit Masamoto gekommen und schien einen höheren Rang zu bekleiden, aber er hatte sich Jack nicht vorgestellt und war ihm von Anfang an mit Feindseligkeit begegnet.

Akiko und Jiro kamen um die Hausecke. Jiro wedelte aufgeregt mit einem Blatt Papier. Der schwarzhaarige Junge schloss die Schiebetür und verschwand. Jack faltete die Zeichnung seiner Schwester zusammen und steckte sie sorgfältig wieder in das Buch.

Als Akiko vor ihm stand, verbeugte sie sich, nahm das Blatt Papier von Jiro und überreichte es ihm ehrerbietig mit beiden Händen.

»*Arigatō*«, bedankte sich Jack.

»*Dōmo*«, erwiderte Akiko.

Wieder überkam Jack Ungeduld, weil er sich nicht richtig mit ihr unterhalten konnte. Dabei gab es so viel zu sagen und er hatte Fragen, auf die er Antworten brauchte. Die Menschen in seiner Umgebung behandelten ihn sehr höflich, doch die Sprache machte ihn vollkommen einsam. Der kurze Sprachunterricht mit Akiko am Vortag war seit dem Rückgang seines Fiebers vor zwei Wochen einem Gespräch noch am nächsten gekommen.

Er öffnete das Papier und las die Nachricht.

Deine Anwesenheit ist erforderlich. Komm bitte morgen gleich nach dem Frühstück in meine Unterkunft.
Ich wohne im vierten Haus links neben der Mole.
Pater Lucius

Jack lehnte sich an den Baum. Was wollte Pater Lucius von ihm?

侍

15

Yamato

Pater Lucius bewohnte ein kleines, von der Straße ein wenig zurückgesetztes Haus. Der Samurai Taka-san, der Jack begleitet hatte, zog an der neben dem Tor hängenden Glocke und wartete auf Antwort.

Kurz darauf hörte Jack schlurfende Schritte, dann ging das Tor auf. Pater Lucius erschien keuchend und mit verquollenen Augen.

»Willkommen in meinem bescheidenen Heim, Ketzer. Tritt ein.«

Jack trat durch das Tor und in einen kleinen Garten, der mit Uekiyas Paradies jedoch keine Ähnlichkeit hatte. Im Dreck wuchsen verschiedene Gemüsesorten und ein paar Kräuter. Gepflegte Zierpflanzen oder künstlich angelegte kleine Bäche gab es nicht, nur einen einsamen Apfelbaum, der einige wenige Äpfel angesetzt hatte. Es handelte sich um einen reinen Nutzgarten.

Taka-san, der seine Aufgabe erfüllt hatte, verbeugte sich und ging.

Pater Lucius führte Jack in ein kleines, einfach möbliertes Zimmer mit einem Tisch, zwei Stühlen und einem behelfsmäßigen Altar. Ein großes hölzernes Kruzifix schmückte die hintere Wand.

»Setz dich«, sagte er und sank selbst auf den Stuhl auf der gegenüberliegenden Seite des Tisches. Er hustete immer wieder in sein Taschentuch.

»Wie geht es dem jungen Samurai heute?«, fragte er spöttisch.

»Warum haben Sie mich gerufen?«, fragte Jack, ohne darauf einzugehen.

»Ich soll dir Japanisch beibringen.«

»Warum?« Jack sah ihn ungläubig an. »Gestern waren Sie noch nicht so hilfsbereit.«

»Es ist klug, zu tun, was Masamoto von einem verlangt.« Der Priester sah Jack an. »Wir fangen immer vormittags um diese Zeit an. Du wirst genau das tun, was ich sage. Vielleicht können wir ja sogar deine Seele retten.«

»Meine Seele braucht nicht gerettet zu werden, Pater. Bringen Sie mir Japanisch bei, aber ersparen Sie mir Ihre Predigten …«

»Schweig, unverschämter Bengel!« Pater Lucius schlug mit der flachen Hand auf den Tisch. »Gott schütze dich vor deiner Unwissenheit. Fangen wir an. Je früher du Japanisch sprichst, desto früher kannst du dich mit deiner vorlauten Zunge selbst ans Messer liefern!«

Er wischte sich den Speichel vom Mund und fuhr fort. »Der Zugang zu den Japanern erschließt sich über ihre Sprache. Sie hat einen ganz eigenen Wortschatz und Satzbau und ist, in einem Wort, einzigartig. Sie spiegelt die

Denkart der Japaner wider. Wer Japanisch kann, versteht die Japaner. Kannst du mir so weit folgen?«

»Ja. Um Japanisch zu sprechen, muss ich wie ein Japaner denken.«

»Ausgezeichnet. Wie ich sehe, hat deine Mutter dir zumindest das Zuhören beigebracht.«

Pater Lucius griff hinter sich und drückte eine kleine Tafel an der Wand zur Seite. Dahinter kam ein Fach zum Vorschein. Er holte ein dickes Buch und einige Blatt Papier heraus, außerdem Feder und Tinte, legte alles auf den Tisch und der Unterricht konnte beginnen.

»Verglichen mit anderen Sprachen kann man Japanisch relativ leicht sprechen. Es gibt keine Artikel vor den Substantiven. Das Wort *hon* kann Buch, das Buch, ein Buch, Bücher oder die Bücher bedeuten.«

Vielleicht wäre eine jesuitische Predigt erträglicher gewesen als Japanisch zu lernen, dachte Jack.

»Verben werden nicht konjugiert und haben keine Infinitive …« Pater Lucius brach ab. »Warum schreibst du nicht mit? Kannst du nicht schreiben?«

Widerwillig nahm Jack die Feder, tauchte sie in die Tinte ein und begann zu schreiben.

Als Taka-san ihn wieder abholte, schwirrte Jack der Kopf vor unzähligen Verben und Eigenheiten der japanischen Sprache. Doch er wollte vor Pater Lucius nicht klein beigeben und begrüßte den jungen Samurai ausführlich in stockendem Japanisch.

Taka-san sah ihn verwirrt an und lächelte dann, als er das Japanisch hinter Jacks dickem Akzent erkannte.

Sie kehrten zu Hirokos Haus zurück und gleich nach ihrer Rückkehr wurde Jack zu Masamoto gerufen.

Masamoto saß auf dem erhöhten Platz und beherrschte das Zimmer wie ein Götterbild einen heiligen Schrein. Neben ihm hielt einer der bewaffneten Samurai Wache. Auch der schwarzhaarige Junge war anwesend. Er saß stumm vor sich hin brütend neben Masamoto.

Zu Jacks Kummer trat durch die andere Schiebetür Pater Lucius ein und kniete sich Jack gegenüber auf den Boden. Doch man hatte ihn nur zum Dolmetschen gerufen.

»Wie war der Unterricht bei Pater Lucius?«, ließ Masamoto den Priester fragen.

»Ii desu yo, arigatõ gozaimasu«, antwortete Jack. »Sehr gut, vielen Dank.« Hoffentlich hatte er die Worte richtig ausgesprochen.

Masamoto nickte anerkennend.

»Du lernst schnell, Jack, das ist gut«, fuhr Masamoto fort und Pater Lucius übersetzte schlecht gelaunt. »Ich muss nach Kyoto zurückkehren und mich um meine Schule dort kümmern. Du bleibst hier in Toba, bis dein Arm ganz geheilt ist. Meine Schwester Hiroko wird dich versorgen und Pater Lucius wird dich weiter unterrichten. Bei meiner Rückkehr sprichst du hoffentlich fließend Japanisch.«

»*Hai,* Masamoto-sama«, sagte Jack, als Pater Lucius fertig übersetzt hatte.

»Ich beabsichtige vor Wintereinbruch nach Toba zurückzukehren. Jetzt will ich dir meinen zweiten Sohn Yamato vorstellen. Er bleibt hier bei dir. Jeder Junge braucht einen Freund – er wird dein Freund sein. Ihr seid jetzt Brüder.«

Yamato verbeugte sich kurz und sah Jack dabei herausfordernd an. Seine Botschaft war klar. Jack würde nie ein gleichwertiger Ersatz für seinen Bruder Tenno sein. Yamato dachte auch nicht im Entferntesten daran, Jacks Freund zu werden.

侍

16

Das Schwert aus Holz

An dem Kirschbaum in der Mitte des Gartens las Jack den Wechsel der Jahreszeiten ab. Bei seiner Ankunft war das Laub üppig grün gewesen und in seinem kühlen Schatten hatte er Zuflucht vor der heißen Sommersonne gefunden. Jetzt, ein Vierteljahr später – Jacks Arm war inzwischen vollkommen geheilt –, hatten die Blätter sich goldbraun verfärbt und begannen abzufallen.

Der Baum war für Jack ein willkommener Ort des Rückzugs geworden. Stundenlang hatte er in seinem Schatten gesessen und im Buch seines Vaters gelesen. Er hatte die sorgfältig gezeichneten Sternbilder betrachtet, die Karten verschiedener Küsten studiert und die geheimen Zeichen auf jeder Seite zu entziffern versucht, die die Geheimnisse der Meere vor feindlichen Augen schützten. Eines Tages, hatte sein Vater versprochen, würde er ihn in die Bedeutung dieser Chiffren einweihen. Doch jetzt war sein Vater tot und Jack musste die Zeichen selbst entschlüsseln. Mit jeder Lösung, die er fand, fühlte er sich seinem Vater näher.

Der Baum war allerdings auch eine symbolische Brücke, über die er langsam in die japanische Kultur eindrang.

Denn unter ihm traf er sich meist nachmittags mit Akiko, um das Sprechen zu üben.

Akiko hatte drei Tage nach Masamotos Abreise gehört, wie er sich mit der Aussprache eines Satzes abmühte, den Pater Lucius ihm zum Auswendiglernen aufgegeben hatte. Sie hatte ihm ihre Hilfe angeboten.

»*Arigatō,* Akiko«, hatte er gesagt und den Satz mehrere Male wiederholt, um ihn sich fest einzuprägen.

So hatten ihre gemeinsamen Nachmittage unter dem Kirschbaum angefangen und in Verbindung mit dem Unterricht des Priesters machte Jack rasche Fortschritte. Mit jeder Woche konnte er sich flüssiger auf Japanisch unterhalten. Akiko war seine Rettung.

Yamato dagegen begegnete ihm trotz des väterlichen Befehls, sein Freund zu sein, kalt und abweisend. Für ihn existierte Jack nicht.

»Warum spricht Yamato nicht mit mir?«, fragte Jack Akiko eines Tages. »Habe ich etwas falsch gemacht?«

»Nein, Jack«, erwiderte sie höflich, aber entschieden. »Er ist dein Freund.«

»Alle in diesem Haus sind meine Freunde, aber nur, weil Masamoto es ihnen befohlen hat«, erwiderte Jack gereizt.

»Mir hat er es nicht befohlen.« Akiko sah ihn gekränkt an.

Jack merkte, dass er unhöflich gewesen war, und suchte verzweifelt nach den passenden japanischen Worten, um sich zu entschuldigen. Sich zu entschuldigen, gelte in Japan als Tugend, hatte Pater Lucius erklärt. Anders als für Europäer, für die eine Entschuldigung das Eingeständnis einer Schuld oder eines Fehlers war, bedeutete sie für Japaner, Verantwortung für das eigene Handeln zu übernehmen, statt andere zu beschuldigen. Wer sich entschuldigt und Reue zeigt, dem wird vergeben und nichts nachgetragen.

»Es tut mir sehr leid, Akiko«, sagte Jack schließlich. »Du warst sehr nett zu mir.«

Akiko verbeugte sich und nahm die Entschuldigung an. Dann setzten sie ihr Gespräch fort. Jacks bittere Worte waren vergessen.

Als Jack an diesem Tag zum Üben in den Garten trat, sah er, dass der Baum viele Blätter verloren hatte, die unter seinen Ästen einen goldenen Teppich bildeten. Der Gärtner Uekiya harkte das Laub zusammen und stopfte es in einen alten Sack.

Jack nahm den Rechen und wollte dem Alten helfen.

»Das ist keine Arbeit für einen Samurai«, sagte Uekiya freundlich und nahm ihm den Rechen wieder ab.

In diesem Augenblick kam Akiko über die Brücke zu ihnen. Sie trug einen mit elfenbeinfarbenen Blumen gesprenkelten lila Kimono, zusammengehalten von einem gelb-goldenen Obi. Jack staunte, denn er hatte sich noch nicht daran gewöhnt, wie vornehm die Japanerinnen immer gekleidet waren.

Sie setzten sich unter den Baum und Uekiya entfernte sich mit einer Verbeugung, um einen seiner bereits kunstvoll geschnittenen Büsche weiter zu bearbeiten. Dann begannen sie mit den Sprachübungen. Sie waren noch nicht weit gekommen, da fragte Jack Akiko nach der seltsamen Bemerkung des Gärtners.

»Wie kann ich ein Samurai sein? Ich habe doch nicht einmal ein Schwert.«

»Ein Samurai zu sein, heißt nicht nur, ein Schwert zu führen, auch wenn wir Samurai *bushi*, Angehörige des Kriegerstandes, sind. Weil Masamoto dich als Sohn angenommen hat, bist du jetzt auch ein Samurai.« Akiko machte eine Pause, damit ihre Worte wirken konnten. »Das Wort Samurai kommt von ›dienen‹. Ein Samurai schuldet zuerst dem Kaiser und dann seinem Daimyō bedingungslosen Gehorsam. Das ist seine Bestimmung. Du bist Masamoto verpflichtet und nicht dem Garten.«

»Das verstehe ich immer noch nicht.« Welche Dienste würde Masamoto von ihm verlangen? War er lebenslänglich an diesen Samurai gebunden?

»Du wirst es noch verstehen. Ein Samurai zu sein, ist eine geistige Haltung. Du wirst sie von Masamoto lernen.«

Jack dachte über Akikos Worte nach. In diesem Augenblick trat Yamato aus dem Haus. Er trug einen Stock aus dunklem Holz. Der Stock war etwa so lang wie sein Arm. Ein Drittel davon war zu einem stabilen Griff gerundet, der Rest wie eine Art Klinge geformt, die an der Spitze leicht gekrümmt war.

»Was ist das für ein Stock?«, fragte Jack.

»Ein *bokken*. Ein Schwert aus Holz«, erklärte Akiko ihm freundlich.

Yamato sah Akiko und Jack, verbeugte sich steif und marschierte zu einer Ecke des Gartens, in der nichts wuchs.

»Was? Ein Spielzeugschwert?« Jack lachte.

Yamato wirbelte den Stock ungestüm über seinem Kopf herum und führte einen heftigen Schlag gegen einen unsichtbaren Gegner.

»Ein Spielzeug? Nein, das ist ein *bokken* nicht.« Akiko war ernst geworden. »Man kann damit einen Menschen töten. Masamoto-sama hat mit einem solchen *bokken* einmal über dreißig Samurai besiegt, die mit Schwertern bewaffnet waren.«

»Und was tut Yamato da? Es sieht aus, als wollte er vor mir angeben.«

Yamato hatte den Schlag wiederholt und ließ eine ganze Reihe weiterer Angriffsschläge und Paraden folgen.

»Das ist eine *kata*, eine feste Abfolge von Bewegungen, mit deren Hilfe der Samurai sich im Kämpfen übt. Yamato lernt die Kunst des Schwertkampfes.«

»Wenn ich ein Samurai bin, muss ich das auch lernen.« Jack stand auf und rückte seinen Kimono zurecht.

Ohne auf Akikos Protest zu hören, ging er zu Yamato hinüber und sah ihm neugierig zu. Yamato beachtete ihn nicht und fuhr fort, seinen unsichtbaren Gegner anzugreifen und dessen Schläge zu parieren.

»Darf ich auch mal?«, fragte Jack, nachdem Yamato seinen Gegner mit einem gewaltigen Kreuzhieb offenbar geköpft hatte.

Yamato steckte das Übungsschwert in seinen Obi und

musterte Jack wie einen Rekruten. Jack glaubte schon, Yamato würde ablehnen, um ihm zu zeigen, dass er der Stärkere von ihnen war.

»Warum nicht, *gaijin*«, sagte Yamato schließlich spöttisch. »Dann habe ich endlich jemanden, an dem ich meine Schläge ausprobieren kann. Jiro, bring einen *bokken* für den *gaijin*!«

Der kleine Junge kam mit einem zweiten Holzschwert auf den Armen aus dem Haus gerannt. Er hatte Schwierigkeiten, es zu halten, denn es war größer als er. Er gab es Yamato, der es mit ausgestreckten Händen und einer Verbeugung Jack hinhielt.

Jack wollte es nehmen.

»Nein! Du musst dich verbeugen, wenn du die Ehre hast, das Schwert eines anderen zu verwenden.«

Jack ärgerte sich über Yamatos Zurechtweisung, tat aber wie geheißen. Er wollte das Schwert unbedingt ausprobieren und wissen, wie man es benutzte. Er hatte nicht vergessen, wie Masamoto damals am Strand mit seinen beiden Schwertern gekämpft hatte.

»Nimm es mit beiden Händen«, sagte Yamato wie zu einem kleinen Kind.

Jack packte das Holzschwert mit beiden Händen. Es war überraschend schwer. Jetzt glaubte er, dass man damit sogar jemanden töten konnte.

»Nein, mit der scharfen Seite nach unten«, stöhnte Yamato, als Jack das Schwert vor sich hielt. Yamato drehte das Schwert in Jacks Händen um.

»Die *kissaki* darf nicht nach unten zeigen!« Yamato verdrehte verächtlich die Augen, als könnte er Jacks Unkenntnis nicht fassen.

»*Kissaki?*«, fragte Jack.

»Die Schwertspitze. Sie sollte auf den Hals deines Gegners zeigen. Du stellst einen Fuß nach vorn und einen nach hinten. Weiter auseinander. Du musst richtig gut stehen.«

Yamato fand nach und nach Gefallen an seiner Lehrerrolle. Er ging um Jack herum und verbesserte seine Haltung, bis er endlich zufrieden war.

»Das muss genügen. Zuerst üben wir *kihon* – die Grundlagen. Angriffsschlag und Parade.«

Er stellte sich Jack gegenüber und brachte seine Schwertspitze auf dieselbe Höhe wie die von Jack. Im nächsten Augenblick schlug er auf Jacks Schwert.

Ein heftiger Ruck lief durch Jacks Arme. Er tat so weh, dass Jack das Schwert fallen ließ. Blitzschnell schlug Yamato erneut zu und hielt die Klinge erst unmittelbar vor Jacks Hals an. Verächtlich musterte er ihn. Wehe, Jack wagte es, sich zu bewegen.

»Lernt man bei euch zu Hause nicht, wie man kämpft?«, sagte Yamato tadelnd. »Du hältst das Schwert wie ein Mädchen. Heb es auf. Das nächste Mal hältst du es nicht mit Daumen und Zeigefinger. Dieser Griff ist schwach und man kann ihn leicht aufbrechen. Sieh dir meine Hände an. Leg den kleinen Finger der linken Hand um das Griffende und die restlichen Finger darüber um den Griff. Die beiden unteren Finger müssen fest anliegen. Die rechte Hand sollte sich um das Stichblatt schließen und das Schwert genauso halten wie die linke. Das ist die richtige Haltung.«

Yamato machte es sichtlich Spaß, Jack vor Akiko und Jiro bloßzustellen. Er genoss das Gefühl der Überlegenheit so sehr, dass er nicht bemerkte, wie sehr Akiko sich für ihn schämte.

Egal, dachte Jack. Er würde bald lernen, mit dem Holzschwert zu kämpfen, und Yamato dann selbst eine Lektion erteilen.

Sobald er das Schwert richtig hielt, griff Yamato erneut an. Diesmal ließ Jack das Schwert nicht fallen.

»Gut. Jetzt greif du an.«

Einen Schlag mit dem Holzschwert zu führen war zunächst sehr ungewohnt. Jack hatte Schwierigkeiten, seinem Schlag genug Kraft zu verleihen, doch Yamato ließ ihn die Bewegung so lange wiederholen, bis er allmählich ein Gefühl dafür bekam.

Sie übten den ganzen Nachmittag. Yamato zeigte Jack drei grundlegende Bewegungen: einen Angriffsschlag, eine Ausweichdrehung und eine einfache Verteidigung. Die Übungen waren anstrengend und nach einer Weile wurde Jack müde. Er hatte sich seit seiner Ankunft in Japan kaum noch körperlich betätigt und das Übungsschwert lag wie Blei in seinen Händen. Yamato bemerkte Jacks Erschöpfung mit sichtlicher Schadenfreude.

»Wie wäre es mit einem *randori*, *gaijin*?«, rief er herausfordernd.

»Was ist das?«, fragte Jack außer Atem.

»Ein Übungskampf. Sagen wir drei Runden? Der Sieger muss zwei gewinnen.«

»Entschuldige bitte, Yamato«, fiel Akiko ein, der Böses schwante, »wollt ihr nicht mit mir Tee trinken? Ihr habt lange geübt und solltet ausruhen.«

»Nein danke, Akiko, ich habe keinen Durst. Aber Jack sieht aus, als könnte er eine Pause brauchen.«

Jack wusste, dass Yamato ihn nur kleinkriegen wollte. Er kannte das von der *Alexandria*. Wer sich in der ersten Woche nicht behauptete, stand als Letzter in der Essenschlange, bekam die dem Kielraum nächstgelegene Hängematte und musste die niedrigsten Arbeiten verrichten, wie zum Beispiel das Speigatt reinigen, wo die Mannschaft sich erleichterte. Jack musste zeigen, dass er sich nicht so leicht geschlagen gab. Wenn er sich jetzt drückte, konnte er das nie wiedergutmachen.

»Nein danke, Akiko, ich bin nicht müde.«

»Aber dein Arm«, beharrte Akiko. »Du solltest ihn nicht zu sehr …«

»Dem passiert nichts«, unterbrach Jack sie höflich und wandte sich wieder an Yamato. »Ein *randori*, ja? In drei Runden? Warum nicht?«

Sie stellten sich gegenüber auf, sodass sich die Spitzen ihrer Schwerter berührten.

Jacks Hände waren schweißnass und rutschig. Er versuchte sich an alles zu erinnern, was er gelernt hatte, die Stellung der Füße und die verschiedenen Schlagbewegungen. Er machte sich bereit, doch Yamato kam ihm zuvor. Er stieß Jacks Übungsschwert zur Seite und schlug ihm auf die ungeschützten Finger. Jack schrie vor Schreck und Schmerzen auf und ließ das Schwert fallen.

»Zu langsam«, sagte Yamato und ein triumphierendes Lächeln breitete sich auf seinem Gesicht aus. »Ich habe gemerkt, wie du vor dem Schlag zuerst noch überlegt hast.«

Jack bückte sich nach seinem Schwert. Seine Finger pochten vor Schmerzen und er konnte sie nur mit Mühe um den Griff schließen. Doch er biss die Zähne zusammen und hob das Schwert an.

Diesmal sah er, wie Yamatos Schwert zuckte, und er trat einen Schritt zurück, um dem Schlag auszuweichen. Yamato holte zum zweiten Mal aus, doch Jack hatte Glück und konnte den Schlag abfangen. Yamato wurde wütend und vollführte einen heftigen Stoß, dem Jack nur ausweichen konnte, weil er sich schnell zur Seite drehte. Yamato traf ihn hart auf den Rücken. Jack fiel auf die Knie. Stechende Schmerzen fuhren ihm durch den Unterleib und er bekam keine Luft mehr.

»Zwei zu null«, bemerkte Yamato hämisch, während Jack sich auf dem Boden krümmte. »Ein guter Rat: Kehre deinem Gegner nie den Rücken zu.«

»Das reicht, Yamato«, mischte sich Akiko ein. »Er kann doch noch gar nicht mit dem *bokken* umgehen und sich wehren!«

Keuchend stand Jack auf und stützte sich auf sein Holzschwert wie auf eine Krücke. Er würde sich nicht unterkriegen lassen. Jetzt musste er sich erst recht beweisen. Dass er nicht gewinnen konnte, hatte er von vornherein gewusst. Aber wenigstens wollte er die Entscheidung, wann sie aufhörten, nicht Yamato oder Akiko überlassen. Mit letzter Kraft hob er sein Schwert.

Yamato sah ihn entgeistert an.

»Sei nicht dumm. Ich habe doch schon zwei von drei Runden gewonnen.«

»Und? Hast du Angst, ich könnte dich schlagen?«

Jacks herausfordernde Bemerkung tat ihre Wirkung. Augenblicklich erwachte Yamato aus seiner Starre und hob kampfbereit das Schwert.

Er wartete wieder darauf, dass Jack seine Absicht durch eine Bewegung verriet. Jack täuschte deshalb einen Schlag nach links vor, wie er es den Samurai Godai mit seinem Kampfschwert am Strand hatte tun sehen. Yamato wollte den Schlag abwehren, aber Jack wechselte die Richtung und schlug mit aller Kraft nach rechts.

Damit hatte Yamato nicht gerechnet. Er musste den Schlag ungeschickt parieren und Jacks Schwert fuhr über seine rechte Hand.

Durch die unerwartete Berührung in äußerste Wut versetzt, deckte Yamato Jack mit einem Hagel von Schlägen ein. Den ersten beiden Hieben konnte Jack ausweichen und den dritten wie durch ein Wunder abwehren, doch der vierte traf ihn ins Gesicht.

Jack war, als hätte jemand die Verbindung zwischen seinem Gehirn und dem Rest des Körpers durchtrennt. Seine Beine knickten ein und er brach besinnungslos vor Schmerzen zusammen. Kleine helle Lichtblitze schossen vor seinen Augen vorbei.

Im nächsten Augenblick kniete Akiko neben ihm. Sie beauftragte Chiro, Wasser und Handtücher zu bringen, um das aus seiner Nase strömende Blut zu stoppen. Jiro zog erschrocken über die plötzliche Gewalt an Jacks Ärmel. Selbst Taka-san tauchte auf und beugte sich besorgt über ihn.

Nur Yamato stand mit finsterer Miene abseits. Niemand nahm seinen Sieg zur Kenntnis. Er mochte Jack geschlagen haben, doch letztlich hatte Jack gewonnen.

17

Gaijin

»Was ist mit dir passiert?«, fragte Pater Lucius kurzatmig. Er lag im Bett.

»Ich habe gekämpft«, erwiderte Jack trotzig. Die Blutergüsse an seinen Augen waren unübersehbar.

»Und offenbar hast du diesen Kampf verloren. Ich habe dich gewarnt, Junge. Die Samurai sind ausgezeichnete Krieger kennen keine Rücksicht.«

Pater Lucius setzte sich auf und hustete in sein Taschentuch. Husten und gelber Auswurf wurden seit einiger Zeit von Fieber und Schüttelfrost begleitet. Trotzdem beharrte Pater Lucius darauf, Jack zu unterrichten, wie Masamoto es angeordnet hatte, auch wenn ihn oft die Erschöpfung überwältigte. Diesmal mussten sie schon nach wenigen Sätzen abbrechen.

»Ich fürchte, meine Krankheit ist trotz der vielen Tees, Kräuter und Salben, die der Dorfarzt mir verordnet, stärker als ich. Selbst die unvergleichliche japanische Medizin kann sie nicht besiegen.«

Er bekam erneut einen Hustenanfall, krampfte sich zusammen und verzerrte das Gesicht vor Schmerzen. Nur ganz allmählich ließ der Husten nach und der mühsame Atem des Paters war wieder zu hören.

»Das tut mir leid, Pater«, sagte Jack ratlos.

Die Feindseligkeit ihrer ersten Begegnungen war im Lauf der Unterrichtsstunden einer wachsamen Freundschaft gewichen und Jack war aufrichtig um den kranken Priester besorgt.

»Ich brauche kein Mitleid, Jack. Ich habe meine Pflicht hier auf Erden erfüllt und werde bald meinen rechtmäßigen Lohn im Himmel empfangen.« Der Pater bekreuzigte sich. »Morgen geht es mir bestimmt wieder besser, aber heute musst du dich selbst unterrichten. Gib mir bitte mein Buch.«

Jack gab ihm die dicke Kladde, die auf dem Tisch lag.

»Das ist mein Lebenswerk.« Pater Lucius strich zärtlich über den weichen Ledereinband. »Ein japanisch-portugiesisches Lexikon. Seit meiner Ankunft in Japan vor über zehn Jahren habe ich daran gearbeitet. Es enthält den Schlüssel zum Verständnis der japanischen Sprache und Denkart. Damit kann die Gesellschaft Jesu das Wort des Herrn auf jede Insel des Landes bringen.«

In seinen wässrigen Augen leuchtete religiöser Eifer.

»Es gibt nur ein solches Lexikon«, sagte er. Er sah Jack einige Augenblicke lang ernst an, dann hielt er ihm das Buch mit zitternden Händen hin.

»Würdest du für mich darauf achtgeben und im Fall meines Hinscheidens dafür Sorge tragen, dass es in die Hände Seiner Eminenz Pater Diego Bobadilla in Osaka gelangt?«

Jack nickte. Er konnte Pater Lucius die letzte Bitte nicht abschlagen. »Es wäre mir eine Ehre.«

»Nein, die Ehre wäre ganz meinerseits. Du warst trotz deines Glaubens ein guter Schüler. Deine Mutter muss eine tüchtige Lehrerin gewesen sein. Wenn Akiko dir weiterhin hilft, wirst du Japanisch bis zum Ende des Jahres so gut sprechen wie ein Japaner.«

Er lächelte Jack freundlich an und fuhr in einem ungewohnt liebenswürdigen Ton fort.

»Vielleicht darf ich mir im Gegenzug das Tagebuch deines Vaters ansehen? Ich fürchte, meine Zeit auf dieser Welt neigt sich dem Ende zu, und es wäre mir eine besondere Freude, von den weltlichen Abenteuern eines Seemanns zu lesen.«

Jack wurde sofort misstrauisch. Hatte der Priester ihm das Lexikon nur gegeben, um an das Buch seines Vaters zu kommen?

Ihm fiel ein, wie die Augen des Jesuiten begehrlich geleuchtet hatten, als Masamoto ihm das Buch zurückgegeben hatte. Seit damals war der Pater im Unterricht oft darauf zu sprechen gekommen. Hatte Jack einen sicheren Aufbewahrungsort dafür gefunden? Wo bewahrte er es auf? Wollte er ihm nicht daraus vorlesen? Oder eine Seite zeigen? Der Priester wollte das Buch ganz offensichtlich in seinen Besitz bringen, wenn nicht für sich selbst, dann für seinen Orden.

Die Bitte des Paters ärgerte Jack ein wenig. Ob er nur deshalb so freundlich zu ihm war, weil er das wertvolle Buch wollte?

»Tut mir leid, Pater Lucius«, sagte Jack, »aber wie Sie wissen, handelt es sich um ein privates Tagebuch. Es ist das Einzige, was ich von meinem lieben Vater noch habe.«

»Ich weiß, ich weiß, macht nichts.« Der Priester schien zu erschöpft, um weiter nach dem Buch zu fragen. »Sehe ich dich morgen wieder?«

»Ja, Pater Lucius, natürlich.«

An jenem Nachmittag blätterte Jack unter dem Kirschbaum in dem Lexikon. Pater Lucius war mit Recht stolz auf sein Werk. Es enthielt zahlreiche japanische Wörter zusammen mit ihren portugiesischen Entsprechungen, außerdem ausführliche Erläuterungen zur Grammatik, Anleitungen für die richtige Aussprache und eine Übersicht zu den wichtigsten japanischen Umgangsformen. Es war in jeder Beziehung ein bedeutendes Buch.

»Entschuldige bitte, Jack«, rief Akiko und näherte sich ihm über die kleine Brücke. »Ich störe dich hoffentlich nicht.«

»Überhaupt nicht«, sagte Jack und legte das Lexikon weg. »Du bist willkommen. Ich glaubte nur, du wolltest heute nach Perlen tauchen.«

»Heute nicht.« Akiko klang ein wenig enttäuscht.

»Warum nicht? Ist heute nicht dein Tag dafür?«

»Schon …« Sie zögerte und überlegte offenbar, ob sie sich Jack anvertrauen sollte. Sie schien zu einem Entschluss zu kommen und kniete sich neben ihn.

»Meine Mutter meint, ich sei jetzt zu alt, um mit solchen

Leuten zu verkehren. Perlentauchen sei keine passende Beschäftigung für eine Dame des Samuraistandes. Sie verbietet es mir.«

»Nicht passend? Warum denn nicht?«

»Perlentauchen kann sehr gefährlich sein, Jack. Perlentaucher werden manchmal von Strömungen erfasst oder von Haien angegriffen. Deshalb verrichten Dörfler geringeren Standes diese Arbeit.«

»Warum hast du dann damit angefangen?«, fragte Jack erstaunt.

»Weil ich es gern tue«, sagte Akiko eifrig und ihre Augen begannen zu leuchten. »Man sieht Krebse, Kraken, Seeigel und manchmal sogar Haie. Unter Wasser kann ich gehen, wohin ich will, und tun, was ich will. Ich bin frei … ein herrliches Gefühl.«

Jack nickte. »Ich weiß genau, was du meinst. Ich hatte dasselbe Gefühl, wenn die *Alexandria* unter vollen Segeln über das Meer fuhr und ich am Bug stand. Mir war, als würde ich über die Wellen reiten und als könnte ich die ganze Welt erobern!«

Sie verfielen in Schweigen, versuchten sich das Gefühl des anderen vorzustellen und sahen zu den herbstlich braunen Blättern des Baums hinauf. Sonnenflecken sprenkelten ihre aufwärtsgerichteten Gesichter.

»Fühlst du dich heute wieder etwas besser?«, fragte Akiko schließlich.

»Ja, danke, Yamato hat mich auch gar nicht so schlimm getroffen«, sagte Jack gespielt tapfer.

Akiko betrachtete ihn zweifelnd.

»Gut, meine Nase tut ziemlich weh«, räumte Jack schließlich ein, »und ich habe immer noch Kopfschmerzen. Aber es geht mir heute schon viel besser.«

»Es ist meine Schuld, ich hätte nicht zulassen dürfen, dass du gegen ihn antrittst.« Akiko verbeugte sich. »Ich entschuldige mich für Yamatos Verhalten. Er hätte nicht gegen dich kämpfen dürfen.«

»Du brauchst dich nicht zu entschuldigen. Es war nicht deine Schuld.«

»Aber es ist in meinem Haus passiert. Yamato wollte dich bestimmt nicht verletzen. Er hat sich nur von der Hitze des Gefechts mitreißen lassen.«

»Dann will ich nicht erleben, wie Yamato zuschlägt, wenn er es absichtlich tut«, sagte Jack heftig.

»Es tut mir so leid. Du musst verstehen, er steht unter großem Druck durch seinen Vater. Seit Tennos Tod erwartet Masamoto von ihm, dass er ein genauso guter Samurai ist wie sein Bruder, obwohl er jünger ist. Das entschuldigt allerdings nicht, was er getan hat und dass er dich als *gaijin* beschimpft hat.«

»Hör doch auf, dich ständig für ihn zu entschuldigen!«, sagte Jack ungeduldig. »Was ist denn so schlimm daran, wenn er mich *gaijin* nennt?«

»*Gaijin* bedeutet Barbar. So nennen wir ungesittete Ausländer. Es ist ein Schimpfwort, und da du jetzt zu unserer Familie gehörst, darf er dich nicht so nennen. Er beleidigt dich damit.«

In diesem Augenblick kam Yamato aus dem Haus. Sein Holzschwert hatte er in den Obi gesteckt. Er verbeugte sich absichtlich tief vor Akiko. Jack würdigte er keines Blickes. Dann begann er mit seinen Übungen.

Jack sah ihm eine Weile zu, dann klappte er Pater Lucius' Lexikon zu und stand auf.

»Wohin willst du?«, fragte Akiko beunruhigt.

»Ich muss auch üben.« Er ging zu Yamato, der gerade mit dem zweiten Durchgang der Bewegungsabfolgen begonnen hatte.

»Du willst dir wieder Prügel holen?«, fragte Yamato ungläubig, ohne seine Übungen zu unterbrechen.

»Warum nicht? Schlimmer als gestern kann es mir nicht ergehen.«

»Für einen Gaijin bist du wirklich mutig«, sagte Yamato ein wenig belustigt.

Jack unterdrückte eine Antwort. Er wollte es sich mit seinem Rivalen nicht verderben, sondern möglichst viel von ihm lernen.

Yamato beauftragte Jiro, wieder ein Übungsschwert aus dem Haus zu holen.

»Mach es genauso wie ich«, sagte er, als sie ihre Schwerter in der Hand hielten.

Er stand mit geschlossenen Füßen da, sodass sich die Fersen berührten. Das Holzschwert hatte er auf der linken Seite durch den Obi geschoben. Er hielt es mit der linken Hand dicht unterhalb des Griffes fest an seine Hüfte gedrückt.

»Mit der anderen Seite nach oben«, sagte er mit einem

Nicken auf Jacks Schwert. »Die scharfe Seite muss nach oben zeigen, damit du sofort zuschlagen kannst, wenn du ziehst.«

Jack drehte die Klinge, sodass die gekrümmte Schneide nach oben zeigte.

»Gut. Jetzt sieh mir zu.«

Yamato bewegte die rechte Hand über den Bauch und packte den Griff. Er trat mit dem rechten Fuß einen großen Schritt vor, riss zugleich das Schwert aus dem Gürtel, packte es mit beiden Händen und schlug es nach unten. Er machte noch einen Schritt nach vorn und hob die Spitze an die Kehle seines unsichtbaren Gegners. Nach Beendigung des Angriffs drehte er das Schwert mit einem Ruck der Hand nach rechts. Dann zog er den anderen Fuß nach und steckte es wieder in die Scheide.

»Jetzt bist du dran.«

Jack begann mit der rechten Hand, doch noch bevor er den Griff seines Schwertes gepackt hatte, unterbrach ihn Yamato.

»Nein! Du musst die Hand am Körper entlangführen. Wenn du sie von dir wegstreckst, schlägt dein Gegner sie dir ab.«

Jack fing wieder von vorn an. Yamato unterbrach ihn bei jeder neuen Bewegung und verbesserte ihn. Er war ein gnadenloser Kritiker und Jacks Laune verschlechterte sich rasch.

»Wofür ist dieser letzte Ruck eigentlich gut?«, fragte Jack nach einer Weile gereizt.

»Er heißt *chiburi*«, antwortete Yamato mit einem boshaften Lächeln. »Damit schüttelst du das Blut deines Gegners von der Klinge ab.«

Sie wiederholten den ganzen Nachmittag lang die Bewegungen einer einzigen Übung. Nach und nach gelang es Jack, die einzelnen Schritte zu verbinden, bis er schließlich die ganze Folge als zusammenhängenden Bewegungsablauf ausführen konnte. Zwar wirkte das Ganze noch etwas holprig, aber er hatte die grundlegende Technik begriffen. Die Sonne neigte sich bereits dem Horizont zu, als Yamato die Übung beendete.

»*Arigatõ*«, sagte Jack und verbeugte sich höflich.

»*Dõmo*, Gaijin.«

»Ich heiße Jack.« Er erwiderte Yamatos herrischen Blick unbewegt und forderte stumm den ihm gebührenden Respekt ein.

»Du heißt so lange Gaijin, bis du beweist, dass du keiner bist«, sagte Yamato und steckte sein Schwert in die Scheide.

Er drehte sich um und verschwand im Haus, ohne Jacks Verbeugung zu erwidern.

侍

18

Kampf in drei Runden

Am nächsten Tag ging Jack früh in den Garten. Er wollte üben, bevor Yamato auftauchte. Yamato sagte kein Wort, als er ebenfalls in den Garten trat. Aber Jack hatte seine Absicht deutlich gemacht. Nichts würde ihn davon abhalten, mit dem *bokken* zu üben, auch wenn Yamato ihn mit der größten Verachtung behandelte.

Yamato stellte sich ohne eine Begrüßung neben Jack und begann sein Holzschwert im gleichen Rhythmus durch die Luft zu schlagen.

Er war keineswegs ein Meister mit dem Schwert. Er übte erst seit einem Jahr, hatte von seinem Vater aber ganz offensichtlich das Geschick im Umgang mit Waffen geerbt und wusste genug, um Jack in die Grundlagen des *kenjutsu*, der Kunst des Schwertkampfes, einzuführen.

Aus dem Herbst wurde Winter und Jack machte stetig Fortschritte. Die Bewegungen, die anfangs noch ungeschickt und hölzern gewirkt hatten, begannen zu fließen und das Holzschwert wurde zu einer natürlichen Verlängerung seiner Arme. Selbst Yamato konnte Jacks Fortschritte nicht bestreiten. Ihre Kämpfe waren nicht mehr so unausgeglichen wie am Anfang und Yamato musste sich jedes Mal mehr anstrengen, um Jack zu besiegen.

Akiko missbilligte Jacks Entscheidung, mit Yamato zu üben. Ihrer Meinung nach hätte Jack warten sollen, bis Masamoto zurückkehrte und ihn in der Schwertkunst ausbilden konnte, ohne dass Jack ständig verletzt wurde. Sie merkte jedoch sehr schnell, dass sie Jack nicht umstimmen konnte, und begnügte sich damit, die zahlreichen Schnitte und Prellungen, die er jedes Mal erlitt, mit Kräutersalben zu behandeln.

Als Ausgleich hatte sie darauf bestanden, dass Jack sich neben der Kriegskunst auch mit den kultivierteren Seiten des Samurai befasste, insbesondere mit den förmlichen japanischen Umgangsformen. Schließlich erwartete Masamoto von Jack als seinem Adoptivsohn, dass er sie beherrschte. Jack durfte ihn nicht enttäuschen.

Deshalb zeigte Akiko ihm, wie man sich in Gegenwart eines Samurai und Hausherrn verbeugte, wie man aufstand oder sich setzte und wie man ein Geschenk richtig überreichte oder entgegennahm, nämlich mit beiden Händen. Sie half Jack dabei, seine Sprachkenntnisse zu vervollkommnen und Menschen verschiedenen Ranges, zu denen man in unterschiedlichen Verhältnissen stand, richtig anzusprechen.

Jack hatte nach Akikos Benimmunterricht immer das Gefühl, der Kopf würde ihm platzen. Es gab unendlich viele Verhaltensregeln und Konventionen, und die Furcht, jemanden zu kränken, lähmte ihn geradezu.

Vielleicht kämpfte er deshalb so gern gegen Yamato. Dabei war er frei und konnte in einem engen Rahmen sein Handeln selbst bestimmen.

»Kampf in drei Runden?«, rief Jack eines Tages herausfordernd. Der Schnee hatte den Garten mit einer dünnen Decke überzogen.

»Warum nicht, Gaijin?«, erwiderte Yamato und nahm seine Kampfhaltung ein.

Akiko, die Jiro gerade japanische Schriftzeichen in den Schnee schreiben ließ, machte wie üblich ein unzufriedenes Gesicht und wandte sich wieder dem Unterricht zu.

Jack überprüfte seine Haltung und hob sein Schwert. Yamato griff sofort an, schlug Jacks Schwert zur Seite und drang auf ihn ein. Jack konnte gerade noch seitlich ausweichen und griff seinerseits an.

Yamato wehrte ihn mühelos ab und konterte mit einem von unten nach oben geführten Schlag. Jack sprang zurück und Yamatos Schwertspitze verfehlte sein Kinn nur knapp. Er hörte Akiko erschrocken aufstöhnen.

Yamato drang wieder auf ihn ein und erwischte ihn mit einem abwärts geführten Schlag an der Schulter. Jack zuckte zusammen.

»Die erste Runde geht an mich, Gaijin«, rief Yamato triumphierend.

Sie nahmen wieder Aufstellung.

Diesmal machte Jack nicht denselben Fehler, sondern ging geradewegs auf Yamato los. Er stieß Yamatos Schwert zur Seite und zielte auf sein Gesicht. Yamato wich der Schwertspitze im letzten Moment nach hinten aus und schlug im Zorn wild um sich. Jack musste sich zurückziehen, um nicht getroffen zu werden.

Er lockte Yamato aus der Deckung, indem er die Schwertspitze senkte. Yamato sah die Blöße, hob sein Schwert und schlug nach Jacks ungeschütztem Kopf. Doch Jack wich zur Seite aus und schlug ihm über den Bauch. Der überrumpelte Yamato krümmte sich zusammen und ging zu Boden.

Jiro, der das Interesse an Akikos Schreibunterricht verloren hatte, juchzte laut. »Jack hat gewonnen! Zum ersten Mal!«

»Eins zu eins, wenn ich mich nicht irre«, sagte Jack und half dem atemlosen Yamato auf die Beine.

»Glück gehabt, Gaijin«, keuchte Yamato und schüttelte Jacks Hand ab.

Wütend über seinen Fehler brach er mit den Regeln des Kampfes und griff Jack ohne vorherige Aufstellung an.

Er schlug nach Jacks Schwert und dann nach seinem Hals. Jack konnte sich im letzten Moment durch eine Drehung retten und machte einen Schritt rückwärts, um den Abstand zwischen sich und Yamato zu vergrößern. Yamato schlug nach Jacks Beinen und Jack musste springen, um nicht getroffen zu werden. Er verlor das Gleichgewicht, konnte Yamatos nächsten Schlag auf seinen Magen aber trotzdem irgendwie abfangen.

»*Yamato!*«, rief Akiko vorwurfsvoll, aber Yamato überhörte sie geflissentlich.

Er schlug Jack mit einem von unten geführten Schlag das Schwert aus der Hand und versetzte ihm einen heftigen Tritt gegen die Brust, der Jack gegen den Kirschbaum warf.

Ohne zu warten, schlug er dann direkt nach Jacks Kopf. Jack duckte sich im letzten Augenblick und spürte, wie der Stamm hinter ihm unter dem Aufprall des *bokken* erzitterte. Schnee regnete von den Ästen.

Aus dem Übungskampf ist ernst geworden, dachte Jack und griff nun seinerseits mit aller Kraft an. Er rammte seine Schulter in Yamatos Bauch. Yamato fiel nach hinten und sie landeten übereinander auf dem Boden.

»Halt!«, rief Akiko. »Es reicht!« Jiro hüpfte neben ihr aufgeregt auf und ab. Aus dem Schwertkampf war ein Ringkampf geworden.

Jack rollte über den Boden und suchte verzweifelt nach seinem Schwert. Er sah es am Fuß der Brücke liegen und rappelte sich auf. Yamato folgte ihm aus Leibeskräften brüllend. Er hatte sein Schwert erhoben, bereit zuzuschlagen.

Jack packte sein Schwert und rannte, ohne auf Akikos Schreie zu achten, an ihr vorbei auf die Brücke. Yamato hörte er unmittelbar hinter sich. Er fuhr herum und schlug nach Yamatos Kopf. Yamato hatte ebenfalls auf Jacks Kopf gezielt. Die Holzschwerter schlugen krachend aufeinander und blieben wenige Zentimeter von ihren Hälsen entfernt zitternd stehen.

»Unentschieden!«, rief Jiro begeistert.

In diesem Moment tauchte Taka-san auf. Die beiden Kämpfer senkten ihre Schwerter.

»Jack-kun!«, rief Taka-san und kam näher. »Pater Lucius ruft dich. Es ist dringend.«

Jack wusste sofort, dass das nur eins bedeuten konnte.

Er verbeugte sich vor Yamato und Akiko und eilte hinter Taka-san her.

Aus Pater Lucius' Zimmer schlug ihm ein bestialischer Gestank nach Erbrochenem, altem Schweiß und Urin entgegen. Es roch nach Tod.

Eine dünne flackernde Kerze erleuchtete das Halbdunkel schwach. Von der gegenüberliegenden Ecke hörte Jack den rasselnden Atem des Priesters.

»Pater Lucius?«

Vorsichtig näherte er sich der schattenhaften Gestalt, die ausgestreckt auf dem Futon lag. Er stieß mit dem Fuß gegen etwas, senkte den Blick und sah einen kleinen, randvoll mit Erbrochenem gefüllten Eimer. Er begann selbst zu würgen, zwang sich aber weiterzugehen und sich über das Bett zu beugen.

Die Kerze flackerte wieder und leuchtete plötzlich hell auf. Jack sah das von der Krankheit gezeichnete, eingefallene Gesicht von Pater Lucius.

Die fahle Haut des Priesters schimmerte bläulich und glänzte ölig vor Schweiß. Schüttere, angegraute Haarsträhnen klebten nass an den eingesunkenen Wangen. Die aufgesprungenen Lippen waren blutig und unter den Augen lagen tiefe Schatten.

»Pater Lucius?«, fragte Jack noch einmal und hoffte fast,

der Priester wäre schon tot und von seinen schrecklichen Leiden erlöst.

»Jack?«, krächzte Pater Lucius und fuhr sich mit der Zunge über die aufgesprungenen Lippen.

»Ja, Pater?«

»Ich muss dich um Verzeihung bitten …«

»Für was?«

»Es tut mir leid, Jack … Du magst der Sohn eines Ketzers sein … aber du bist tapfer …«

Er sprach abgehackt in kurzen Satzfetzen und holte dazwischen immer wieder pfeifend Luft. Jack hörte ihm traurig zu. Der Priester war seine letzte Verbindung zur anderen Seite der Welt und er hatte ihn trotz der ständigen Predigten achten gelernt. Auch Pater Lucius mochte den Jungen inzwischen, obwohl Jack sich nach wie vor weigerte zu konvertieren.

»Ich habe meine Meinung über dich geändert … Unser Unterricht hat mir Freude gemacht … Ich wünschte, ich hätte dich retten können …«

»Seien Sie unbesorgt, Pater Lucius«, tröstete Jack ihn. »Mein Gott passt genauso auf mich auf wie Ihrer.«

Pater Lucius stöhnte kläglich.

»Es tut mir leid … Ich musste es ihnen sagen … Es war meine Pflicht …«, flüsterte er schwach.

»Wem mussten Sie was sagen?«, fragte Jack.

»Bitte verstehe das … Ich wusste nicht, dass sie dafür töten … Gott sei mir gnädig …«

»Wovon sprechen Sie denn?«

Der Priester bewegte die Lippen weiter und wollte noch etwas sagen, doch seine Worte waren nicht mehr zu hören.

Er hustete ganz leise, tat den letzten Atemzug und starb.

19

Masamotos Rückkehr

Der Kirschbaum hatte inzwischen alle Blätter verloren. Die kahlen, schneebedeckten Äste ragten wie ein Skelett zum Himmel auf. Jack ging durch den Garten und unter dem Schatten des Baums hindurch. Der Tod schien allgegenwärtig. Was hatte Pater Lucius mit »Ich wusste nicht, dass sie dafür töten« gemeint? Hatte er vom Buch seines Vaters gesprochen? In diesem Fall drohte Jack Gefahr. Nur von wem?

Eine leise Stimme hinter ihm riss ihn aus seinen beunruhigenden Gedanken.

»Es tut mir so leid, dass Pater Lucius gestorben ist. Bestimmt bist du sehr traurig.«

Akiko sah in ihrem schlichten weißen Kimono aus wie eine Schneeflocke in einer Welt nur aus Weiß.

»Danke«, sagte Jack und verbeugte sich. »Aber ich glaube nicht, dass er mein Freund war.«

»Wie kommst du darauf?«, fragte Akiko. Sie schien erschrocken über seine Antwort.

Jack antwortete nicht gleich. Konnte er Akiko trauen? Durfte er hier überhaupt jemandem trauen? Doch Akiko war noch am ehesten seine Freundin. Sonst wusste er niemanden, dem er sich hätte öffnen können.

»Pater Lucius sagte kurz vor seinem Tod etwas sehr Merkwürdiges«, begann er schließlich. »Aus seinen Worten ging hervor, dass mich jemand töten will. Er bat Gott um Verzeihung und starb.«

»Warum sollte dich jemand töten wollen, Jack?« Akiko zog verwirrt die Nase kraus.

Jack überlegte. Sollte er ihr auch erzählen, was es mit dem Buch seines Vaters auf sich hatte? Nein, beschloss er, er durfte ihr nicht die ganze Wahrheit sagen. Jedenfalls noch nicht. Das Buch war sein einziger Besitz von Wert. Er konnte nur vermuten, dass andere Personen es darauf abgesehen hatten. Aber solange er nicht wusste, wer diese anderen Personen waren, war es am besten, wenn möglichst wenige von dem Buch wussten.

»Ich habe keine Ahnung«, log er. »Vielleicht Leute, die keine Gaijin mögen.«

»Wer denn?«

»Ich weiß nicht. Pater Lucius starb, bevor er es mir sagen konnte.«

»Wir sollten mit jemandem darüber sprechen«, schlug Akiko vor.

»Nein! Wer würde mir glauben? Alle würden sagen, das seien die Fantasien eines Sterbenden.«

»Aber du scheinst Pater Lucius zu glauben.« Akiko musterte Jack aufmerksam. Sie war nicht dumm und spürte, dass er etwas vor ihr verbarg. Aber Jack wusste auch, dass die japanische Höflichkeit sie daran hinderte, weiter nachzufragen.

Er zuckte die Schultern. »Vielleicht habe ich ihn falsch verstanden. Ich bin mir nicht ganz sicher, was er gesagt hat.«

»Natürlich.« Akiko wandte den Blick ab. »Aber nur falls du richtig gehört hast: Sei vorsichtig. Geh am besten mit dem Übungsschwert schlafen. Ich werde meine Mutter bitten, eine Lampe brennen zu lassen. Ich sage einfach, ich hätte Albträume. Dann glaubt ein Eindringling, dass jemand wach ist.«

»Danke, Akiko. Bestimmt stellt sich alles als ganz harmlos heraus.« Jack glaubte zwar selbst nicht, was er gerade gesagt hatte, doch er behielt Recht. Es passierte nichts.

Pater Lucius wurde nach den Bräuchen seines Glaubens begraben und Jack kehrte zum Japanischunterricht mit Akiko und zum *kenjutsu* mit Yamato zurück.

Einige Tage später traf ein berittener Samurai mit einem Brief ein, in dem Masamoto seine Rückkehr nach Toba innerhalb der folgenden Woche ankündigte.

Im Haus brach geschäftiges Treiben aus. Hiroko begab sich persönlich zum Markt, um die von Masamoto bevorzugten Nahrungsmittel zu besorgen. Sie stellte zur Vorbereitung eines Festmahls sogar zusätzliche Gehilfen für den Koch ein. Chiro schrubbte die Böden, wusch Bettzeug und Kimonos und richtete Masamotos Zimmer her. Uekiya kehrte die Gartenwege und brachte es sogar fertig, den Garten trotz seiner winterlichen Kahlheit schön aussehen zu lassen.

Am Abend vor Masamotos Ankunft gingen alle früh zu Bett, um am folgenden Tag frisch und ausgeschlafen zu sein. Jiro wäre vor Aufregung am liebsten die Papierwände hinaufgelaufen und Hiroko hatte große Mühe, ihn zu Bett zu bringen.

Yamatos Laune hatte sich dagegen verschlechtert, je näher die Ankunft seines Vaters rückte. Er übte bis spät in die Nacht mit dem Schwert, denn er wusste, dass er die Gunst seines Vaters nicht leicht erringen würde.

Jack legte sich auf seinen Futon und starrte auf den gedämpften Schein der Nachtlampe hinter der Schiebetür. Der Kopf schwirrte ihm. Er hatte keine Ahnung, was Masamoto von ihm erwartete, wenn er vor ihm stand. Musste er sich beweisen wie Yamato? Kämpfen? Würde Masamoto prüfen, wie gut er Japanisch konnte? Oder alles drei? Und schlimmer noch, was passierte, wenn er ihn durch einen Verstoß gegen die Etikette kränkte?

Masamoto war niemand, der sich Fragen stellen ließ oder der davor zurückschreckte, jemanden zu töten. Er war streng und schroff und sein vernarbtes Gesicht machte Jack Angst. Er hätte gern gewusst, was den Mann so entstellt hatte.

Dennoch verehrten ihn alle Menschen in seiner Umgebung. Akiko hielt ihn für einen der größten Samurai aller Zeiten. Er hatte Jacks gebrochenen Arm mit einer Kenntnis gerichtet, die sogar das Wissen der erfahrensten englischen

Ärzte übertraf. Masamoto war offenbar sehr viel mehr als ein Krieger mit einem vernarbten Gesicht und einem locker sitzenden Schwert.

Ein Schatten strich vor der Nachtlaterne vorbei und tauchte Jacks Zimmer für einen kurzen Moment in vollkommene Dunkelheit. Jack hielt unwillkürlich die Luft an, doch da war niemand. Nicht einmal Schritte waren zu hören.

Vielleicht war Yamato in sein Zimmer zurückgekehrt. Oder ein Luftzug hatte die Flamme nach unten gedrückt. Jack drehte sich auf die andere Seite.

Er schloss die Augen und stellte sich wie so oft beim Einschlafen vor, er stehe am Bug der von seinem Vater gesteuerten *Alexandria* und kehre im Triumph nach England zurück. Der Bauch des Schiffes war mit Gold, Seide und exotischen Gewürzen aus dem Osten voll beladen und Jess winkte ihnen vom Hafen aus zu …

Wieder strich draußen ein Schatten vorbei.

Jack spürte, wie es im Zimmer dunkel wurde, und öffnete die Augen. Er hörte, wie die Schiebetür hinter ihm ganz vorsichtig aufgezogen wurde.

Normalerweise betrat niemand nachts sein Zimmer. Leise nahm er sein Schwert, das neben dem Futon lag, und lauschte mit angehaltenem Atem.

Er hörte das unmissverständliche Knarren der hölzernen Veranda und das leise Knistern einer Strohmatte unter einem Fuß. Jemand war in seinem Zimmer.

Jack rollte von seinem Futon herunter, kniete sich auf ein

Bein und hob zugleich das Schwert, um sich zu verteidigen. Ein silberner Blitz flog an seinem Gesicht vorbei – ein Wurfstern. Er schlug in den Balken hinter ihm ein.

Jack lief ein eiskalter Schauer über den Rücken.

Vor ihm stand geduckt der Schattenkrieger mit dem einzelnen grünen Auge und starrte ihn an.

»Dokugan Ryu!«, flüsterte Jack ungläubig.

20

Akiko

Der Schattenkrieger stutzte bei der Nennung seines japanischen Namens.

Jack wartete nicht lange. Er wusste, dass er den Ninja unmöglich besiegen konnte. Aber vielleicht konnte er ihm entkommen.

Er warf sich mit aller Kraft an die Außenwand seines Zimmers. Die dünnen hölzernen Querlatten splitterten und die Vierecke aus Papier rissen. Er brach durch die Wand und stürzte nach draußen.

Benommen rappelte er sich auf, packte sein Holzschwert, das auf den Boden gefallen war, und rannte ohne einen Blick zurück die Veranda entlang.

Im Laufen sah er zwei Schatten durch den Garten huschen. Ein weiterer Schemen betrat das Zimmer direkt vor ihm.

Akiko! Er musste sie warnen.

Der Lärm der splitternden Schiebetür hatte alle im Haus geweckt. Der Koch trat auf die Veranda, um nachzusehen, was vorging. Verschlafen starrte er dem jungen Gaijin entgegen, der auf ihn zurannte. Jack wäre beinahe mit ihm zusammengestoßen und konnte nur noch im letzten Moment ausweichen.

Ein zweiter Wurfstern flog über Jacks Schulter und traf den Hals des Kochs. Der Mann sah Jack überrascht an. Vor lauter Schreck über die in seinem Hals steckende Waffe spürte er keine Schmerzen. Er gurgelte etwas Unverständliches und brach zusammen.

Jack rannte um sein Leben, Drachenauge folgte ihm dicht auf den Fersen.

Jack schlug einen Haken und rannte durch eine offene Schiebetür. Im selben Augenblick tauchte Taka-san auf und schwang seine beiden Schwerter.

Sein plötzliches Erscheinen lenkte Drachenauge für einen kurzen Moment ab.

Der kampferprobte und tapfere Taka-san erfasste die Lage mit einem Blick und schlug nach dem Kopf des Ninja. Dokugan Ryu duckte sich mit der Leichtigkeit eines Grashalms im Wind und wich dem Schlag aus. Taka-sans Langschwert fuhr durch die Luft und über das nach oben gerichtete Gesicht des Ninja hinweg.

Der Ninja sprang auf und trat Taka-san blitzschnell ins Zwerchfell. Der Samurai taumelte rückwärts gegen einen Pfeiler.

Der Ninja riss sein Schwert aus der Scheide, die er sich auf den Rücken geschnallt hatte, und stürmte auf Taka-san zu.

Sein Schwert mit dem charakteristischen rechteckigen Handschutz hatte eine geradere, kürzere Klinge als das

Langschwert des Samurai, war aber nicht weniger tödlich. Drachenauge griff ohne Rücksicht an.

Taka-san wehrte den Ninja mit einem Hagel von Schlägen ab und trieb ihn über die Veranda zurück.

Jack war inzwischen in ein anderes Zimmer geflohen, doch dort stand ein zweiter Ninja. Zu Jacks Glück kehrte er ihm den Rücken zu und kämpfte gegen jemanden, der sich verzweifelt wehrte. Dann verlor das Opfer des Ninja plötzlich das Gleichgewicht und stürzte. Jack sah Yamatos Gesicht. Kreideweiß vor Angst starrte es zu dem Angreifer hinauf. Schon holte der Ninja aus, um Yamato den tödlichen Schlag zu versetzen.

»Nein!«, schrie Jack.

Die ganze seit der Ermordung seines Vaters in ihm aufgestaute Wut brach aus ihm heraus wie aus einem Vulkan.

Die Ninja hatten seinen Vater, seine Gefährten und die ganze Besatzung der *Alexandria* getötet und griffen jetzt die einzige andere Familie an, die er kannte. Hitze durchströmte ihn und er griff den Ninja, ohne nachzudenken, an.

Der Ninja fuhr erschrocken und mit gezücktem Schwert herum, doch Jack schlug ihm sein Holzschwert mit aller Kraft auf den Schwertarm. Das Handgelenk des Ninja brach mit einem hässlichen Knacken und der Mann ließ sein Schwert mit einem Schmerzensschrei fallen.

Jack holte sofort zu einem zweiten Schlag aus. Er versuchte sich an alles zu erinnern, was Yamato ihn gelehrt hatte, und zielte auf den Kopf des Ninja.

Der Ninja konnte sich wie durch ein Wunder ducken,

warf sich zur Seite, rollte über den Boden und packte mit der unverletzten Hand das Schwert, das er hatte fallen lassen. Mit gefletschten Zähnen stürzte er sich auf Jack. Die Hand an dem gebrochenen Handgelenk hing nutzlos an seiner Seite.

Schlagartig der Gefahr bewusst, in der er sich befand, wich Jack zurück. Er kämpfte gegen einen Ninja!

Der Ninja hielt das Schwert anders und Jack bemerkte, dass er mit dem linken Arm offenbar nicht so gut zurechtkam. Vielleicht war dieser kleine Vorteil seine Chance! Jack wusste, dass er nur einen Versuch hatte. Aber wohin sollte er schlagen? Der Ninja konterte blitzschnell jede Bewegung, die er machte.

Plötzlich fiel ihm der Zweikampf der Samurai ein – Masamotos Täuschung, die Godai leichtsinnig gemacht und zum Sieg Masamotos geführt hatte.

Er senkte wie Masamoto die Spitze seines Schwerts, als gebe er auf.

Der Ninja witterte ein leichtes Opfer, kam schnell näher und holte mit dem Schwert zu einem Rückhandschlag auf Jacks Kopf aus. Jack sprang im letzten Augenblick zur Seite und traf den Ninja seinerseits mit voller Kraft am Bauch. Der Ninja knickte ein und würgte wie ein abgestochener Keiler. Im nächsten Moment stand Jack über ihm und schlug ihm das Holzschwert auf den Hinterkopf. Mit einem dumpfen Schlag fiel der Ninja bewusstlos auf die Matte, die den Boden bedeckte.

Jack konnte selbst nicht fassen, was er getan hatte. Mit

hämmerndem Herzen stand er da, das Schwert in seinen Händen zitterte.

Yamato stand hastig auf. »Woher hast du diesen Trick?«, fragte er.

»Von deinem Vater.« Der Schreck saß Jack noch in den Gliedern und sein Mund war wie ausgetrocknet.

»*Arigatõ*, Gaij… Jack …« Yamato verbesserte sich und machte eine kurze, aber respektvolle Verbeugung. Ihre Blicke trafen sich und für einen kurzen Moment spürten sie so etwas wie Kameradschaft.

Jack brach das Schweigen. »Wir müssen nach Akiko sehen.«

»*Hai!*« Yamato nickte, eilte auf die Veranda hinaus und zu Akikos Zimmer. Jack folgte dicht hinter ihm.

Im Garten kämpfte Taka-san immer noch mit Drachenauge. Jack warf einen Blick über die Schulter. Taka-san drängte den Ninja über die kleine Brücke zurück.

»Hörst du etwas?«, flüsterte Yamato. Von außen herrschte in Akikos Zimmer unheilvolle Stille.

Yamato zog die Schiebetür auf. Auf dem mit Matten bedeckten Boden lag inmitten einer wachsenden roten Lache leblos ein Mädchen.

»*Nein!*«, schrie Jack. »Akiko!«

Das Mädchen lag mit dem Gesicht nach unten und hatte die Arme ausgebreitet, als versuchte es vergeblich dem Tod zu entkommen. Jack kniete sich daneben. In seine Augen traten wütende Tränen. Er streckte die Hand aus und strich dem Mädchen die Haare aus dem Gesicht. Darunter kamen die durchscheinend weißen Gesichtszüge von Akikos Zofe Chiro zum Vorschein.

Jack blickte ängstlich zu Yamato auf. Wo war Akiko?

Sie hörten eine Bewegung aus dem Nebenzimmer und rissen die Verbindungstür auf. Akiko stand gleich zwei Ninjas gegenüber. Sie hielt in der einen Hand einen kurzen Stock, in der anderen ihren Obi, den sie abgenommen hatte.

Der eine Ninja hatte ein Kampfmesser gezückt, der andere hielt ein Schwert. Sie griffen gleichzeitig an.

Akiko schleuderte dem Ninja mit dem Schwert ihren langen Gürtel ins Gesicht. Der Gürtel schlug ihm wie eine Peitsche über die Augen, sodass er einen Augenblick nichts sah. Der andere Ninja sprang auf sie zu und stach mit dem Messer nach ihrem Gesicht. Akiko wehrte das Messer mit ihrem kurzen Stock ab, trat zwischen die beiden Ninja und schlug dem zweiten Angreifer die Hand, mit der sie den Obi hielt, in den Nacken. Der Ninja ließ, von dem Schlag betäubt, das Messer fallen und taumelte rückwärts gegen die hintere Wand.

Der andere Ninja zischte wütend und holte mit seinem Schwert aus. Akiko fuhr zu ihm herum, wirbelte ihren Obi erneut durch die Luft und fing damit den ausgestreckten Schwertarm des Ninja ein. Dann zog sie an dem Obi. Doch mit dem Arm kam auch das Schwert auf sie zu.

Jack schrie warnend auf. Akiko wich der Klinge geschickt aus und lenkte sie in die Richtung des anderen Ninja. Der mit dem Gürtel gefangene Kämpfer taumelte ein paar

Schritte nach vorn und bohrte sein Schwert tief in die Brust seines Kameraden.

Akiko hatte blitzschnell gehandelt. Jack und Yamato hatten das Zimmer noch gar nicht richtig betreten, da war schon alles vorbei. Zwar zog der Ninja sein Schwert rasch wieder heraus, aber zu spät. Sein Kumpan spuckte Blut und brach tot auf dem Boden zusammen.

Der Ninja drehte sich um und sah sich drei Kindern gegenüber – einem Mädchen, einem Jungen und einem Gaijin. Alle drei hielten Waffen in den Händen. Nach einem letzten verstörten Blick auf seinen toten Kameraden ergriff der Ninja die Flucht.

»Wie … hast du das gemacht?«, stotterte Jack fassungslos über Akikos schnelle Reaktion.

»Japanische Frauen tragen nicht nur Kimonos, Jack«, erwiderte Akiko ein wenig gekränkt.

Draußen hörten sie Taka-san rufen.

»Rasch!«, sagte Akiko. »Taka-san braucht unsere Hilfe.« Sie eilte den beiden Jungen voraus zur Tür.

Sie rannten in den Garten hinaus und sahen gerade noch, wie Drachenauge Taka-san mit dem Schwert durchbohrte. Sie brüllten alle drei aus Leibeskräften und griffen den Ninja an.

Drachenauge zog sein Schwert aus Taka-san heraus, trat einen Schritt zurück und wandte sich ihnen zu. Taka-san sank zu Boden, hielt sich den Bauch und hustete Blut. Jack, Akiko und Yamato stellten sich schützend vor ihn.

»Kleine Samurai!«, lachte Drachenauge, belustigt über

den ungewohnten Anblick dreier bewaffneter Kinder. »Etwas ganz Neues!«

»Zum Sterben allerdings nicht zu klein«, fügte er hämisch hinzu.

Zwei weitere Ninja tauchten mit gezückten Waffen aus der Nacht auf. Der eine hielt sich den rechten Arm mit einem gebrochenen Handgelenk vor die Brust. Offenbar habe ich nicht fest genug zugeschlagen, dachte Jack bitter.

»Der Portolan«, zischte Drachenauge und funkelte Jack mit seinem grünen Auge an. »Wo ist er?«

21

Niten Ichi Ryū

»Ich weiß nicht, wovon Sie sprechen«, antwortete Jack geistesgegenwärtig.

Akiko und Yamato wechselten einen verwirrten Blick. Waren die Ninja wegen Jack gekommen?

»Lügner!«, entgegnete Drachenauge. »Sie wissen, dass du ihn hast, sonst wären wir nicht hier.«

Plötzlich ertönte ein Sirren, gefolgt von einem dumpfen Laut. Der Ninja mit dem gebrochenen Handgelenk fiel mit dem Gesicht vornüber auf den schneebedeckten Boden. In seinem Rücken steckte zitternd ein Pfeil.

»Masamoto!«, fauchte Drachenauge.

Schon stürmte Masamoto mit gezückten Schwertern in den Garten, gefolgt von vier Samurai. Drei weitere Samurai rannten polternd über die Veranda und legten zugleich neue Pfeile auf.

»Ein anderes Mal, Gaijin«, rief Drachenauge drohend und floh mit dem letzten Ninja über die Brücke.

Yamato drückte Akiko und Jack auf den Boden. Pfeile schwirrten über ihre Köpfe hinweg. Der erste erwischte den hinter Drachenauge herlaufenden Ninja am Bein, der zweite durchbohrte seine Kehle. Der dritte galt Dokugan Ryu, der katzengleich in den Kirschbaum hinaufsprang. Der Pfeil bohrte sich unter ihm in den Stamm. Schnee regnete vom Baum. Der Ninja schwang sich vom untersten Ast über die Mauer und verschwand.

»Bei *Akuma!* Wer war das?«, wollte Masamoto wissen, als er vor den Kindern stand.

»Drachenauge«, sagte Jack und stand auf.

»Dokugan Ryu?«, wiederholte Masamoto ungläubig und wandte sich sofort an den Samurai neben ihm. »Hauptmann! Sofort ausschwärmen und das Haus sichern. Rufen Sie alle Samurai aus dem Dorf zusammen. Beim Namen meines Sohnes Tenno, finden Sie diesen sogenannten Drachen und töten Sie ihn!«

Der Hauptmann brüllte einige Befehle und verschwand mit den Samurai in der Nacht. Masamoto rief einen stämmigen Samurai und die aufgelöste Hiroko aus dem Haus und wandte sich wieder Jack, Yamato und Akiko zu. Akiko kniete noch auf dem Boden und hielt den verwundeten Taka-san in den Armen.

»Kuma-san wird sich um euch kümmern«, sagte er. »Er ist einer meiner treuesten Samurai.« Er bemerkte Akikos bittenden Blick. »Mach dir keine Sorgen um Taka-san, Akiko. Er wird auch versorgt. Jetzt geht!«

Am folgenden Tag ließ Masamoto Jack, Akiko und Yamato zu sich rufen.

»Setzt euch«, befahl er kurz.

Er saß auf seinem üblichen, ein wenig erhöhten Platz, wirkte auf Jack aber weniger gefasst als bei früheren Gelegenheiten. Die Narben in seinem Gesicht waren gerötet, seine Stimme klang angespannt und heiser.

Hiroko schenkte ihm Tee ein.

»Dokugan Ryu wurde nicht gefunden«, begann er ohne Einleitung, sichtlich verärgert über den Misserfolg seiner Samurai. »Meine Kundschafter hatten von einem Ninja berichtet, der in dem Dorf Matsuzaka zehn *ri* von hier gesehen worden war. Wir haben uns sofort auf den Weg hierher gemacht, doch unsere Pferde waren nicht schnell genug, um Chiro zu retten.«

Hiroko unterdrückte ein Schluchzen und Masamoto bedeutete ihr, sich unauffällig zu entfernen. Alle wussten, wie sehr sie um ihre getreue Dienerin trauerte.

»Darf ich fragen, wie es Taka-san heute geht, Masamoto-sama?«, fragte Akiko.

»Den Umständen entsprechend gut, Akiko-chan. Die Wunde ist tief, aber man hat mir gesagt, er werde genesen. Dokugan Ryu ist ein fürchterlicher Gegner und Taka-san hat tapfer gegen ihn gekämpft.«

Masamoto musterte die drei Kinder.

»Er hatte allerdings Glück, dass ihr drei zur Stelle wart. Ihr habt dem *bushido* alle Ehre gemacht. Weißt du, was das ist, Jack-kun?«

»Nein, Masamoto-sama«, antwortete Jack und verbeugte sich, wie Akiko es ihm beigebracht hatte.

»*Bushido* bedeutet ›Weg des Kriegers‹, Jack-kun. Es ist

der Verhaltensgrundsatz der Samurai. Er wurde nie aufgeschrieben, aber er regelt unser Leben. Man erkennt ihn nur an der Tat.«

Masamoto nahm einen Schluck Tee und fuhr dann fort.

»Die sieben Tugenden des Bushido sind Aufrichtigkeit, Mut, Güte, Höflichkeit, Wahrhaftigkeit, Ehre und Treue. Gestern Abend habt ihr diese Tugenden durch euer Handeln gezeigt.«

Er ließ die Bedeutung seiner Worte nachwirken und die drei verbeugten sich tief zum Zeichen ihrer Dankbarkeit.

»Doch ich habe eine Frage, denn ich verstehe nicht, warum Dokugan Ryu wieder hier aufgetaucht ist. Ich kann nicht glauben, dass er noch im Auftrag der Feinde meines Daimyō handelt. Dieser Fall ist erledigt. Ich habe alle für den Mordversuch Verantwortlichen eigenhändig getötet. Ich kann nur vermuten, dass er einen neuen Auftrag hat, weiß aber nicht, inwiefern dieser mit meiner Familie zusammenhängt. Hat Dokugan Ryu euch gegenüber eine Andeutung gemacht, warum er den Frieden dieses Hauses zu stören wagt?«

Jack schwieg, aber ihm war plötzlich unangenehm warm unter seinem Kimono. Er spürte Masamotos Blick auf sich. Sollte er verraten, was es mit dem Buch auf sich hatte? Chiro war wegen des Buches gestorben, doch sein Vater hatte ihn zu Stillschweigen verpflichtet. Nur das Buch konnte ihn eines Tages nach Hause bringen. Solange er nicht wusste, wer hinter ihm her war, wollte er niemanden in dessen wahren Inhalt einweihen, nicht einmal Masamoto.

»Jack …«, begann Yamato.

Akiko brachte ihn mit einem bösen Blick zum Schweigen. Wenn Jack etwas wusste, sollte er das Masamoto selbst sagen, nicht Yamato.

»Ja, Yamato?«

»Jack …« Yamato zögerte einen Moment. »Jack hat mir das Leben gerettet. Er hat mit seinem Übungsschwert einen Ninja besiegt.«

»Du kannst mit dem Schwert umgehen, Jack-kun?«, fragte Masamoto überrascht. Seine Frage nach Dokugan Ryu war vorerst vergessen. »Wirklich, du übertriffst meine Erwartungen. Ich habe von Anfang an gespürt, dass du einen starken Charakter hast und den Geist des Bushido in dir trägst.«

»Ich habe bei Yamato gelernt, Masamoto-sama«, sagte Jack. Er wollte Yamato die Möglichkeit verschaffen, seinen Vater zu beeindrucken. Außerdem wollte er das Gespräch von dem Buch weglenken.

»Ausgezeichnet. Aber Yamato ist kein Lehrer.« Masamoto sagte es ohne böse Absicht, doch er verletzte Yamato mit seiner Bemerkung zutiefst in seinem Stolz.

Yamato tat Jack leid. Er schien es seinem Vater nie recht machen zu können. Sein eigener Vater hatte Jack immer sofort für seine Erfolge gelobt. Wie stolz er jetzt auf mich gewesen wäre, dachte Jack traurig. Er hatte einen Ninja besiegt!

»Jack-kun, du hast dich würdig gezeigt, den Weg des Kriegers zu beschreiten. Ich beschließe deshalb, dass du an der *Niten Ichi Ryū*, meiner ›Schule der beiden Himmel‹, ausgebildet wirst. Was immer Dokugan Ryu will, unter meiner direkten Aufsicht bist du sicherer. Wir brechen morgen nach Kyoto auf.«

22

Der Tokaido

Die Morgendämmerung hatte kaum eingesetzt, da wurde Jack durch Hufgetrappel und die knappen Befehle eines Samuraioffiziers geweckt, der mit seiner Truppe vor dem Haus hielt.

Jack sammelte seine wenige Habe ein – einen zweiten Kimono und Obi, ein zusätzliches Sockenpaar, Sandalen, sein Übungsschwert und, am wichtigsten, das Buch seines Vaters. Auch das Lexikon des Priesters legte er dazu, schließlich hatte er ihm versprochen, es bei Gelegenheit zu Pater Bobadilla nach Osaka zu bringen. Er steckte alles in eine Umhängetasche und vergewisserte sich noch einmal, dass der Portolan zuunterst lag, wo er vor neugierigen Blicken verborgen war. Dann trat Jack auf die Veranda hinaus.

Ein blasser orangefarbener Schein erhellte den Winterhimmel und Jack konnte die Äste des Kirschbaums erkennen, die sich schwarz von der weißen Landschaft abhoben. Der Pfeil des Samurai steckte noch im Stamm des Baums, eine Erinnerung daran, dass Drachenauge irgendwo da draußen unterwegs war und sein Buch stehlen wollte. Jack fröstelte in der morgendlichen Kühle.

»Guten Morgen, Jack-kun.«

Uekiya kam auf ihn zugeschlurft und verbeugte sich tief.

»Guten Morgen, Uekiya-san, was tun Sie so früh schon im Garten?«

»Nimm bitte dieses bescheidene Geschenk, Jack-kun.«

Der Alte gab ihm ein kleines Holzkistchen mit einem Tragegriff und öffnete den Deckel. In dem Kistchen stand eine kleine Topfpflanze.

»Was ist das?«, fragte Jack.

»Ein Bonsai«, erklärte Uekiya, »ein kleiner *sakura*-Baum wie der, unter dem du im Garten immer sitzt.«

Jack betrachtete die Pflanze. Es handelte sich um einen perfekt ausgeformten Kirschbaum, der allerdings nicht viel größer als die Spanne seiner Hand war.

»Er blüht im April«, erklärte Uekiya zärtlich. »Seine Blütezeit ist kurz, aber schön. Wie das Leben.«

»*Arigatō*, Uekiya-san. Leider habe ich kein Geschenk für dich.«

»Das ist auch nicht nötig. Deine Freude an meinem Garten war mein Geschenk. Mehr kann ein alter Gärtner sich nicht wünschen.«

»Jack-kun!« Hiroko eilte aus dem Haus. »Jack-kun! Spute dich. Ihr müsst los.«

»Wenn du in Kyoto diesen Bonsai betrachtest, denkst du an den alten Uekiya und seinen Garten?«

»Das werde ich«, versprach Jack und verbeugte sich zum Dank. Er merkte plötzlich, dass er den Garten vermissen würde – die hölzerne Brücke über den Bach und den kleinen Wasserfall, am meisten aber den schützenden Schatten des Kirschbaums.

Hiroko begleitete ihn zur Vorderseite des Hauses. Jack warf einen letzten Blick über die Schulter und sah, wie der Alte zum Zeichen seiner Achtung in einer tiefen Verbeugung verharrte. Bewegungslos stand er da wie im Boden verwurzelt.

»Wie pflege ich den Bonsai?«, rief Jack ihm zu.

Uekiya blickte auf. »Beschneide und wässere ihn täglich ein wenig, doch nicht zu viel …« Der Rest seiner Worte ging verloren, als Jack um die Hausecke bog.

Hiroko führte ihn durch das Eingangstor. Davor hatte sich ein Trupp Samurai versammelt. Letzte Vorbereitungen für die Reise wurden getroffen. Jack sah, wie Yamato auf ein Pferd an der Spitze der Kolonne neben seinem Vater stieg.

»Warte einen Augenblick, Jack-kun«, sagte Hiroko und verschwand im Haus.

Sie kehrte fast sofort mit einem sorgfältig eingepackten Kimono aus tiefroter Seide zurück.

»Den brauchst du für feierliche Anlässe und Zeremonien. Er trägt das Symbol des Phönix, das Familienwappen der Masamoto.« Abschiedstränen traten ihr in die Augen. »Unter Masamoto-samas Aufsicht bist du in Kyoto sicherer als hier.«

»*Arigatō*, Hiroko-san«, sagte Jack. Er nahm den Kimono mit beiden Händen entgegen und bewunderte ihn. »Er ist wirklich wunderschön.«

Ein stämmiger Reiter mit buschigen schwarzen Augenbrauen und einem großen Schnurrbart, der aus den Nasenlöchern zu wachsen schien, näherte sich auf einem Pferd. Er trug einen dunkelbraunen Kimono und einen Reitmantel. Als er vor ihnen hielt, erkannte Jack ihn. Es war Masamotos getreuer Samurai Kuma-san.

»Jack-kun, du wirst mit mir reiten«, befahl er und klopfte auf den hinteren Teil seines Sattels.

Jack verstaute den neuen Kimono und den Bonsai in seiner Umhängetasche und steckte diese in eine leere Satteltasche. Kuma-san reichte ihm die Hand und Jack stieg auf. Der Samurai gab ihm einen dicken Mantel gegen die Kälte.

»Und vergiss nicht zu baden!«, ermahnte Hiroko ihn noch mit einem wehmütigen Lächeln.

Sie trabten nach vorn. Auch Jacks Augen wurden plötzlich feucht und er musste eine Träne wegzwinkern. Der Abschied von Toba fiel ihm schwer. Hier war er seit seiner Ankunft zu Hause gewesen und er wusste nicht, wann und ob er je zurückkehren würde. Er winkte Hiroko zum Abschied zu und sie verbeugte sich tief. Plötzlich fiel ihm ein, dass er Akiko gar nicht gesehen hatte. Wo war sie? Er musste sich auch von ihr verabschieden. Verzweifelt sah er sich um. Er konnte nicht mehr absteigen.

Endlich sah er sie hinter einer Gruppe berittener Samurai. Sie saß ebenfalls auf einem Pferd, dem weißen Hengst, mit dem Jack sie an jenem ersten Morgen in Japan gesehen hatte.

»Akiko!«, rief er. »Ich hatte schon Angst, ich könnte mich nicht von dir verabschieden.«

»Wieso willst du dich von mir verabschieden?« Akiko sah Jack entgeistert an und trabte neben ihn. »Ich komme doch mit, Jack.«

»Was? Aber wir besuchen doch eine Samuraischule.«

»Auch Frauen sind Samurai, Jack«, sagte Akiko und warf ihm einen gekränkten Blick zu. Bevor er antworten konnte, trieb sie ihr Pferd an und ritt nach vorn.

»*Ikinasai!*«, rief eine laute Stimme und die Kolonne setzte sich in Bewegung.

Jemand rannte neben ihnen her.

»Auf Wiedersehen, Jack Fwescher!«, schrie Jiro aufgeregt.

»Wiedersehen, Jiro«, antwortete Jack und winkte zurück.

Die Samurai ritten im Trab hangaufwärts und der kleine Junge blieb hinter einer Schneewolke zurück.

Sie ritten vom Hafen bergan durch terrassenartig angelegte Reisfelder und gelangten zu einer schmalen, ungepflasterten Straße. Vom Bergkamm aus sah Jack noch einmal auf Toba hinunter. Es wirkte auf einmal so klein und die Boote sahen aus wie Blütenblätter auf einem Teich. Das Tor auf der Insel leuchtete im frühen Morgenlicht feuerrot. Dann verschwand es hinter dem Berg.

»Kyoto ist vierzig *ri* von Toba entfernt, etwa neunzig Meilen«, erklärte Kuma-san. Sie würden bis Mittag reiten, dann Rast machen und zu dem Dorf Hisai weiterreiten. Von dort würden sie die Reise nach Kameyama fortsetzen und auf dem »östlichen Seeweg«, dem Tokaido, landeinwärts und am Südufer des Biwa-Sees entlang nach Kyoto ziehen. Die ganze Reise würde drei Tage dauern.

Auf der Straße selbst herrschte kein Verkehr, aber hin und wieder begegneten ihnen trotzdem Menschen. Der Trupp kam durch Küstendörfer mit Booten, die an Pfählen am Ufer festgemacht waren. Fischer reparierten ihre Netze, auf gefrorenen Reisfeldern arbeiteten Bauern. Sie passierten einen kleinen Gemüsemarkt und ein Wirtshaus, das gerade für den Tag öffnete. Halbwilde Hunde bellten die Pferde an und rannten ihnen eine Weile nach. Ein einsamer, mit Waren schwer bepackter Händler war ebenfalls zum Tokaido unterwegs.

Jack bemerkte, dass alle Menschen, an denen sie vorbeikamen, sich tief verbeugten und die Köpfe gesenkt hielten, bis die Kolonne an ihnen vorübergezogen war.

In einem Wirtshaus an der Straße machten sie Mittagspause.

Jack suchte Akiko auf, die ihr Pferd versorgte.

»Das ist aber ein schönes Pferd«, sagte er. Er war immer noch etwas verlegen wegen seiner taktlosen Bemerkung vom Morgen.

»Stimmt«, antwortete Akiko, ohne ihn anzusehen. »Es gehörte meinem Vater.«

»Deinem Vater? Was ist ihm zugestoßen?«

»Mein Vater war Dāte Kenshin, ein großer Krieger, der durch die Hand seiner Feinde umkam. Er durfte nicht *seppuku* begehen und starb deshalb einen ehrlosen Tod.«

»Das tut mir leid. Ich wusste nicht, dass … Was ist *seppuku*?«

»Das ist ein Selbstmordritual. Mein Vater wäre dann einen ehrenhaften Tod gestorben. Aber das braucht dir nicht leidzutun. Es ist schon viele Jahre her. Das Pferd und die Schwerter im Haus meiner Mutter sind alles, was von ihm übrig ist.«

Jack erinnerte sich an die rot-schwarzen Schwerter auf dem Gestell in Hirokos Esszimmer und dachte an den einzigen Gegenstand, den er von seinem Vater besaß – das Buch. In Akikos Augen sah er denselben Kummer, den er täglich empfand.

»Es tut mir trotzdem leid«, sagte er und wünschte, er könnte Akiko irgendwie trösten. »Entschuldige bitte, dass ich dich heute Morgen so gekränkt habe. Ich wusste nicht, dass Frauen auch Samurai sein können. In England kämpfen nur die Männer.«

»Ich nehme deine Entschuldigung an, Jack«, sagte Akiko. Sie verbeugte sich und ihr Gesicht hellte sich auf. »Manchmal vergesse ich ganz, dass du kein Japaner bist.«

»Wirklich? Aber wer hat hier sonst noch blonde Haare und eine lange Nase?« Er zeigte auf die Samurai, die alle schwarze Haare und kleine Nasen hatten. Jack und Akiko begannen laut zu lachen.

Ein Samurai kam zu ihnen, sah sie verwirrt an und gab jedem von ihnen eine Schale mit Reis und eine mit Räucherfisch.

Akiko und Jack setzten sich, um zu essen.

»Es hat schon immer weibliche Samurai gegeben, Jack«, sagte Akiko. »Vor sechshundert Jahren, zur Zeit des großen Gempei-Krieges, lebte Tomoe Gozen, deren Heldentaten in den *Heike Monogatari* gerühmt werden.«

»Den *Heike*-was?«, fragte Jack, den Mund voller Reis.

»Die *Heike Monogatari.* Das sind Geschichten über den Kampf zwischen den Samurai-Clans der Taira und der Minamoto um die Vorherrschaft in Japan. Tomoe Gozen war ein weiblicher Feldherr des mächtigen Daimyō Minamoto Yoshinaka. Sie ritt in die Schlacht und kämpfte so klug und tapfer wie ein männlicher Samurai.«

»Erzähl weiter«, forderte Jack Akiko auf und nahm mit seinen Stäbchen einen Bissen Räucherfisch. »Was war das für eine Frau?«

»Die *Heike* beschreiben sie als außergewöhnlich schön mit weißer Haut und langen, schwarzen Haaren. Sie tat sich im Bogenschießen hervor und konnte es im Schwertkampf zu Fuß und zu Pferd mit Hunderten von Männern und sogar mit Dämonen und Göttern aufnehmen.«

»Klingt, als wäre sie unbesiegbar gewesen.«

»Für viele Samurai war sie das auch. Einige hielten sie aufgrund ihrer überragenden Fähigkeiten für die Reinkarnation einer Flussgöttin.«

Akiko stellte ihre Schale ab und sah Jack an.

»Sie konnte wilde Pferde einreiten wie niemand sonst und galoppierte steile Hänge hinunter, ohne sich zu verletzen. Stand eine Schlacht bevor, schickte Yoshinaka sie voraus. Sie kämpfte mit einem langen Schwert und einem gewaltigen Bogen und vollbrachte mehr Heldentaten als jeder andere Krieger Yoshinakas.«

Jack schwieg. Er war sehr beeindruckt. Aus Akikos begeisterten Worten klang mehr als nur Respekt vor Tomoe Gozens Leistung. Sie musste sich selbst als weiblicher Samurai beweisen.

»Was hat Drachenauge eigentlich mit *Portolan* gemeint?«, fragte Akiko unvermutet. Sie sprach so leise, dass die in der Nähe essenden Samurai sie nicht hörten.

»Äh … keine Ahnung«, murmelte Jack, der auf die direkte Frage nicht gefasst war. Er spürte, dass seine Antwort nicht überzeugend klang. Seit er beschlossen hatte, den wahren Inhalt des Buches zu verheimlichen, hatte er Gewissensbisse.

»Aber Drachenauge wollte diesen Portolan von dir. Was ist das?«

»Nichts …« Jack stellte seine Schale ab, um aufzustehen. Er war es nicht gewöhnt, von Akiko ausgefragt zu werden.

»Das muss aber ein ziemlich wichtiges Nichts sein, wenn Drachenauge sein Leben dafür riskiert … und Chiro ihres verliert!«

Akiko hatte erregt die Stimme gehoben und einige Samurai sahen von ihren Schalen auf. Akiko zwang sich zu einem Lächeln und deutete als Entschuldigung für die Störung eine Verbeugung an. Die Samurai wandten sich wieder dem Essen zu.

Jack sah Akiko an und überlegte. Durfte er ihr wirklich trauen?

Ihm blieb nichts anderes übrig. Sie war seine einzige Freundin.

»Es ist das Tagebuch meines Vaters«, sagte er schließlich.

»Tagebuch?«

»Nicht genau, eigentlich mehr ein Handbuch zu den Weltmeeren. Mein Vater meinte, wer es besitze, beherrsche das Meer. Das darin enthaltene Wissen ist von unschätzbarem Wert und meine einzige Hoffnung, je nach Hause zurückkehren zu können.«

»Warum hast du das Masamoto verheimlicht?«

»Weil ich meinem Vater versprechen musste, niemandem etwas zu sagen. Je mehr Leute von diesem Buch wissen, desto gefährlicher ist es für uns alle. Ich weiß nicht, wem ich trauen kann.«

»Mir kannst du trauen. Ich habe bisher nichts gesagt – Yamato auch nicht. Und du kannst dich darauf verlassen, dass ich auch weiterhin schweige.«

»Und Yamato? Kann ich ihm auch vertrauen?«

Ein Ruf von der Spitze der Kolonne unterbrach sie.

Die Samurai waren aufgestanden und machten sich zum Aufbruch bereit.

»Wir reiten weiter«, sagte Akiko, ohne die Frage zu beantworten.

Sie bestieg ihren Hengst, und ehe Jack sie noch einmal fragen konnte, stand schon Kuma-san mit seinem Pferd neben ihm. Jeweils zu zweit nebeneinander ritten sie in einer langen, disziplinierten Schlange die Straße entlang.

Bei Anbruch der Nacht erreichten sie das Küstendorf

Hisai. An der Hauptstraße standen zwei Herbergen. In der besseren der beiden beschaffte Kuma-san ihnen Quartiere für die Nacht.

Am nächsten Morgen brachen sie früh auf und gelangten rasch nach Kameyama, einer lebhaften Stadt am Tokaido, der Handelsstraße zwischen Edo und Kyoto.

Der Tokaido war zwar nicht mehr als ein breiter Weg, doch herrschte auf ihm lebhafter Fußgängerverkehr. Händler, Samurai und andere Reisende waren unterwegs. Müde Lastenträger wärmten sich an Feuern. Einige trugen runde Strohhüte und große, rechteckige Rucksäcke. Andere hatten Stofftaschen über die Schultern gehängt und sich große, gemusterte Tücher um die Köpfe gewickelt. Bei den wenigen Reitern handelte es sich ausnahmslos um Samurai. Jack fiel auf, dass anders als auf den englischen Straßen keinerlei Karren oder Pferdefuhrwerke unterwegs waren. Außerdem führte der Tokaido häufig an kleinen Erdhügeln vorbei, die von zwei Bäumen flankiert wurden.

»Was sind das für Hügel, Kuma-san?«, fragte Jack und zeigte darauf.

»Sie geben die Entfernung an«, erklärte Kuma-san. »Wir sind noch siebzehn *ri* von Kyoto entfernt.«

In der Nähe dieser Hügel bot gelegentlich ein Händler seine Waren feil oder es gab ein kleines Gasthaus, in dem man Wegzehrung und eine Unterkunft bekommen konnte. Sie passierten gerade einen alten Händler, der eine Teekanne in einen Baum gehängt hatte und frisch gebrühten

Tee verkaufte, da wichen die Fußgänger vor ihnen plötzlich zur Seite aus. Jack hörte in einiger Entfernung jemanden »Runter! Runter!« rufen. Im nächsten Moment war die Straße von Japanern gesäumt, die sich auf den Boden geworfen hatten.

»Runter vom Pferd und verbeugen, Jack-kun, schnell!«, befahl Kuma-san aufgeregt.

Jack tat wie geheißen und Kuma-san warf sich neben ihm auf den Boden.

Der alte Teehändler war offensichtlich schwerhörig. Er hatte den Warnruf nicht gehört und war so mit der Zubereitung seines Tees beschäftigt, dass er den sich nähernden Zug nicht bemerkte. Alle außer ihm hatten sich auf den Boden geworfen.

Jack richtete sich ein wenig auf und versuchte den Alten auf sich aufmerksam zu machen, aber Kuma-san drückte ihn sofort wieder nach unten. Im selben Moment trabte der vorausreitende Samurai an ihnen vorbei. Sein Schwert fuhr um Haaresbreite über Jacks Kopf hinweg.

Der Samurai sah Jack finster an, dann hob er, ohne langsamer zu werden, das Schwert erneut und schlug dem Alten den Kopf ab.

Auf die berittenen Samurai folgte zu Fuß eine Prozession aus festlich gekleideten Samurai in Uniform und aus Bediensteten, die leuchtend blaue, gelbe und goldene Fahnen trugen. In der Mitte des Zuges schleppten vier schwitzende Männer mit einfachen Lendenschurzen eine glänzend lackierte Sänfte.

Darin sah Jack flüchtig einen Mann sitzen, der hochmütig geradeaus starrte und die im Dreck liegende Leiche des alten Teehändlers nicht beachtete.

»Wer war das?«, flüsterte Jack, vor Schreck wie betäubt.

»Der Daimyō Kamakura Katsuro auf dem Rückweg nach Edo«, sagte Kuma-san hasserfüllt. »Er besteht auf bedingungslosem Respekt.«

Die Prozession entfernte sich hinter ihnen und fegte die Fußgänger zur Seite wie Herbstlaub.

侍

23

Butokuden

»Kyoto, Jack-kun!«, rief Kuma-san am folgenden Nachmittag und stieß Jack an. Jack, den das sanfte Schwanken des Pferdes schläfrig gemacht hatte, fuhr sofort hoch. »Das Herz Japans, in dem der große Kaiser persönlich wohnt!«

Jack öffnete die Augen. Der Tokaido endete an einer prächtigen Brücke, die über einen breiten, träge dahinströmenden Fluss führte. Auf der Brücke drängte sich ein farbenfrohes und lärmendes exotisches Gewimmel kommender und gehender Passanten. Sobald sie jedoch Masamoto und seine Samurai näher kommen sahen, teilten sie sich wie Wasser an einem Felsen. Ihre Verbeugungen eilten dem Zug voraus wie eine Welle.

Auf der anderen Seite der Brücke sah Jack Kyoto.

Die riesige Stadt mit ihren Villen, Tempeln, Häusern, Gärten, Läden und Gasthäusern füllte das ganze Tal aus. Sie wurde auf drei Seiten von Bergen eingefasst, deren mit Zedern bewachsene Hänge mit zahlreichen Tempeln bebaut waren. Im Nordosten der Stadt ragte ein gewaltiger Berg auf, gekrönt von den entweihten Überresten einer großen Tempelanlage.

»Der Berg Hiei«, sagte Akiko. Sie und Yamato waren neben Jack geritten. »Auf ihm liegt Enryakuji, einst das mächtigste buddhistische Kloster Japans.«

»Wer hat es zerstört?«, fragte Jack. Er musterte die vielen Hundert ausgebrannten Häuser, Tempel und sonstigen Gebäude, die die Hänge des Bergs übersäten.

»Der große Feldherr Nobunaga überfiel das Kloster vor etwa vierzig Jahren«, sagte Kuma-san. »Er brannte sämtliche Tempel nieder und tötete alle Mönche.«

»Aber warum?«

»Als Kyoto erbaut wurde, gründete Kaiser Kammu auf dem Berg Hiei ein Kloster, um die Stadt vor bösen Geistern zu schützen«, sagte Akiko. »Die Mönche hatten die Aufgabe, Kyoto zu bewachen.«

»Sie unterhielten sogar eine eigene Armee von *sohei*«, fügte Yamato hinzu.

»*Sohei?*«

»In den Kriegskünsten geübte Soldatenmönche«, erklärte Kuma-san. »Nobunaga wollte ihnen die Herrschaft über Kyoto entreißen. Seine Armee stürmte den Berg und besiegte die Sohei.«

»Warum hat er sie getötet, wenn sie doch die Wächter Kyotos waren?«, fragte Jack.

»Nicht Nobunaga hat das Kloster zugrunde gerichtet«, erwiderte Kuma-san. »Die Mönche waren zu reich, zu mächtig und zu habgierig geworden. Sie haben sich selbst zugrunde gerichtet!«

»Und wer beschützt Kyoto heute vor bösen Geistern?«

»Es gibt hier noch viele andere Klöster«, sagte Akiko. »Kyoto ist eine Stadt der Tempel. Zum Beispiel dort an diesem steilen Hang siehst du über den Bäumen gerade noch den Tempel Kiyomizudera, den Tempel des reinen Wassers. Er schützt die Quelle des Flusses Kizu, die Otowa-no-taki.«

»Was bedeutet Otowa-no-taki?«

»Geräusch-von-Federn-Wasserfall. Sein Wasser hilft angeblich gegen jede Krankheit, wenn man es trinkt.«

Jack betrachtete den mächtigen Pagoden-Tempel, bis er nicht mehr zu sehen war.

Sie zogen durch die schmalen Straßen und Gassen Kyotos. Akiko zeigte Jack verschiedene Schreine und Tempel. Jede Straße schien ein eigenes Heiligtum zu haben. Schließlich gelangten sie auf eine große, gepflasterte Straße, die von einem prächtigen, mit Blattgold verzierten Holztor mit einem großen geschwungenen Dach beherrscht wurde. Zu beiden Seiten des Tores erstreckten sich mehrere Hundert Meter lange erdig braune, mit jadegrünen Ziegeln bedeckte Wände. Sie umschlossen die dahinterliegenden Gebäude vollständig.

»Kyoto Gosho«, flüsterte Akiko in tiefster Ehrfurcht.

»Der Kaiserpalast«, erklärte Yamato Jack auf seinen fragenden Blick hin. »Hier wohnt der Kaiser von Japan, der Lebende Gott.«

Masamoto verbeugte sich kurz in Richtung des Palasts und ritt nach links an der Palastmauer entlang. Die anderen folgten ihm. Sie galoppierten über die breite Straße und tauchten wieder in die engen Gassen der Stadt ein. Wenig später standen sie erneut vor einem von einer Mauer umschlossenen Anwesen.

Dicke weiße Wände auf steinernen Fundamenten umgaben eine dreistöckige Burg mit einem großen, geschwungenen Dach. Am Fuß der Mauern erstreckte sich ein breiter Graben, Türme an den Ecken bewachten das Haupttor und die Durchgänge. Die Burg wirkte uneinnehmbar.

»Wir sind da«, sagte Kuma-san.

»Wir wohnen in einer Burg?«, fragte Jack erstaunt.

»Nein! Das ist die Burg Nijo. Hier wohnt der Daimyõ Takatomi.« Mit unüberhörbarem Stolz fügte Kuma-san hinzu: »Wir wohnen im *Butokuden.*«

Sie stiegen ab und Jack holte sein Gepäck aus der Satteltasche.

»Was ist der Butokuden?«, fragte er Akiko flüsternd. Er wollte Kuma-san nicht kränken.

»Die ›Halle der Kriegstugenden‹«, erklärte Akiko leise. Sie nickte in Masamotos Richtung. »Sie ist der Sitz von Masamotos Schule Niten Ichi Ryū, der größten Schwertkampfschule Kyotos und der einzigen, die vom Daimyõ Takatomi persönlich unterhalten wird. Hier werden wir im Bushido ausgebildet, dem Weg des Kriegers.«

Auf der gegenüberliegenden Straßenseite stand ein großes Gebäude aus dunklem Zypressenholz und weiß gestrichenen Lehmwänden, gekrönt von zwei Lagen heller gelbroter Ziegel. Aus seiner Fassade sprang ein kunstvoll geschnitztes Eingangstor hervor, an dem das Wappen des Phönix prangte.

Unter den flammenden Flügeln des Vogels stand Masamoto und wartete auf Akiko, Yamato und Jack.

»Willkommen in meiner Schule, der Niten Ichi Ryū«, sagte er stolz.

Akiko, Yamato und Jack verbeugten sich und folgten Masamoto in die »Schule der beiden Himmel«.

Schon von draußen hörte Jack aus der Übungshalle *Kiai*-Rufe.

Masamoto betrat die Halle und jemand rief laut *»Rei!«*. Sofort hörten die Rekruten auf zu üben und es wurde so still, dass Jack sie sogar atmen hörte. Die Gruppe verbeugte sich wie ein Mann und verharrte als Zeichen höchsten Respekts in dieser Stellung.

»Weitermachen«, befahl Masamoto.

»Arigatō gozaimashita, Masamoto-sama!«, brüllten die rund vierzig Samuraischüler im Chor, dass die Wände erzitterten.

Dann kehrten sie pflichtbewusst zu ihren Übungen zurück. Die Spätnachmittagssonne, die durch die schmalen Papierfenster schien, verlieh ihren Bewegungen etwas geradezu Mystisches. Parallel dazu kämpften ihre Schatten auf dem honigfarbenen Holzpflaster, mit dem der Übungsbereich ausgelegt war.

Jack sah sich überwältigt um. Von den Säulen aus Zypressenholz und der hohen, holzgetäfelten Decke bis zu dem in einer runden Nische stehenden Zeremonialthron strahlte die Halle eine Aura absoluter Macht aus. Sogar die in ordentlichen Reihen an ihrem Rand knienden Schüler schienen vollkommen auf ihre Aufgabe konzentriert. Hier wurden wahrhaftig die Krieger der Zukunft herangezogen.

Langsam wie bei einem sich entfernenden Unwetter kehrte in der Halle wieder Ruhe ein. Jack überlegte, wer wohl diesmal eingetreten sein mochte, da bemerkte er plötzlich, dass die Schüler, die ihre Übungen unterbrochen hatten, *ihn* anstarrten. In ihren Blicken lagen Erstaunen, Unglauben und offene Verachtung über den blonden Gaijin, der es gewagt hatte, ihren ehrwürdigen Übungsraum zu betreten.

Masamoto hatte ihnen den Rücken zugekehrt und unterhielt sich mit einem streng aussehenden Samurai. Der Mann trug einen Bart, der wie ein spitzer Stachel geformt war.

Jack spürte die Blicke der Schüler wie Pfeile, die ihn durchbohrten.

»Warum hört ihr auf?«, fragte Masamoto. Jack schien er vergessen zu haben. »Macht weiter.«

Die Schüler nahmen ihre Übungen wieder auf, blickten aber immer wieder verstohlen in Jacks Richtung.

»Kommt«, sagte Masamoto zu Jack, Akiko und Yamato. »Sensei Hosokawa zeigt euch eure Zimmer. Ich habe zu tun. Wir sehen uns beim Begrüßungsessen heute Abend in der Halle der Schmetterlinge wieder.«

Sie verbeugten sich vor Masamoto und verließen die Übungshalle durch eine Tür in der hinteren Wand. Sensei Hosokawa führte sie über einen offenen Hof zur Halle der Löwen, einem lang gestreckten Gebäude mit vielen kleinen Zimmern. Sie betraten es durch eine Schiebetür, ließen ihre

Sandalen an der Tür stehen und gingen einen engen Gang entlang.

»Hier schlaft ihr.« Sensei Hosokawa zeigte auf einige kleine, karge Zimmer, in denen kaum drei Strohmatten Platz hatten. »Die Badehäuser befinden sich im rückwärtigen Teil. Wenn ihr euch gewaschen und umgezogen habt, hole ich euch zum Essen ab.«

Jack ging in sein Zimmer und zog die Schiebetür hinter sich zu. Er nahm seine Umhängetasche ab und stellte den Bonsaibaum auf das schmale Brett unter dem kleinen Gitterfenster. Dann sah er sich nach einem Versteck für das Buch seines Vaters um. Da es keine Möbel gab, konnte er es nur unter den Futon schieben, der auf dem Boden ausgebreitet lag. Anschließend glättete er die Matratze wieder und streckte sich darauf aus.

Erschöpft von der anstrengenden dreitägigen Reise von Toba bis hierher schloss er die Augen. Auf einmal bekam er eine solche Angst, dass seine Hände zitterten. Was hatte er hier zu suchen?

Er war doch kein Samurai, sondern Jack Fletcher, ein Junge aus England, der davon geträumt hatte, wie sein Vater Steuermann zu werden und die Wunder der Neuen Welt zu erkunden. Er wollte kein Samuraischüler sein, der in einer fremden Welt gestrandet war und von einem einäugigen Ninja bedroht wurde.

Er kam sich vor wie ein Lamm auf dem Weg zur Schlachtbank. Die Schüler hatten ihn angesehen, als wollten sie ihn in Stücke reißen.

侍

24

Sensei

»Samuraischüler!«, rief Masamoto laut durch die Halle der Schmetterlinge, einen lang gestreckten Saal, der mit kunstvoll gemalten Bildern von Schmetterlingen und Kirschbäumen geschmückt war.

Masamoto saß am Ende des Saals im Schneidersitz an einem erhöhten Tisch, einer mächtigen, schwarz lackierten Zedernplatte. Rechts und links von ihm saßen vier weitere Samurai in festlichen Kimonos.

»Der Bushido, der Weg des Kriegers, ist ein schwerer Weg!«

Seine Zuhörer waren neben Jack, Yamato und Akiko weitere hundert Schüler, die offenbar alle unter Masamoto Takeshi lernen wollten.

»Wer ein Samurai werden will, muss das eigene Ich bezwingen, die Strapazen eines mörderischen Übungspensums ertragen und angesichts der Gefahr Gleichmut bewahren«, fuhr Masamoto fort. »Man geht den Weg des Kriegers das ganze Leben. Der Meister erweist sich oft nur darin, dass er auf dem Weg bleibt.[1] Dies erfordert Hingabe, Disziplin und Furchtlosigkeit.«

Masamoto nahm bedächtig einen kleinen Schluck Tee aus seiner Tasse und ließ die Worte auf die Samuraischüler einwirken, die in mehreren ordentlichen Reihen entlang des Saales knieten.

»Ihr braucht jemanden, der euch anleitet. Ohne Anleitung werdet ihr zugrunde gehen. Ihr seid blind durch Nichtwissen, taub durch Erfahrungslosigkeit und stumm aufgrund von Unfähigkeit!«

Masamoto machte wieder eine Pause und ließ den Blick durch die Halle wandern, um sich der Wirkung seiner Worte zu vergewissern. Jack spürte den Ernst seines Blickes, obwohl er am anderen Ende des Saals kniete.

»Ein Baum von einem Klafter Umfang entsteht aus einem haarfeinen Hälmchen«, fuhr Masamoto fort. Er klang nicht mehr ganz so streng. »Ein neun Stufen hoher Turm entsteht aus einem Häuflein Erde. Eine tausend Meilen weite Reise beginnt vor deinen Füßen.[2] Ich stelle euch nun eure Sensei vor, die euch bei den ersten Schritten und auf eurem weiteren Weg helfen werden. *Rei!*«

Die Schüler verbeugten sich und berührten mit den Köpfen die Strohmatten zum Zeichen ihrer Hochachtung für ihre Lehrer.

»Das ist Sensei Hosokawa, der Meister der Schwertkünste und des Übungsschwerts.«

Masamoto deutete auf den Samurai unmittelbar rechts von ihm, der Jack zu seinem Zimmer geführt hatte, einen grimmig dreinblickenden Krieger mit pechschwarzen, zu dem üblichen Haarknoten aufgebundenen Haaren. Hosokawa hatte schwarze, durchdringende Augen und zog nachdenklich an seinem spitz zulaufenden Bart.

»Er wird euch zusammen mit mir in der Kunst des Schwertkampfes unterweisen. Herausragende Schüler werden auch in der ›Technik der beiden Himmel‹ ausgebildet.«

Sensei Hosokawa musterte die Schüler, wie um die Tauglichkeit eines jeden zum Samurai einzuschätzen. Offenbar zufrieden mit dem Ergebnis, neigte er den Kopf. Jack überlegte, was mit »Technik der beiden Himmel« gemeint sein mochte. Er wollte Akiko fragen, doch Akiko sah wie die anderen unverwandt in Richtung der Lehrer.

»Rechts von Sensei Hosokawa sitzt Sensei Yamada, euer Meister des Zen und der Meditation.«

Am Ende des Tisches döste ein kahlköpfiger Mann mit einem langen, strähnigen grauen Bart und einem zerknitterten, alten Gesicht. Er war mager wie eine Bambussprosse. Auch seine Augenbrauen waren grau, er musste nach Jacks Schätzung deshalb mindestens siebzig Jahre alt sein.

»Sensei Yamada?«, fragte Masamoto freundlich.

»*Hai! Dōzo*, Masamoto-sama. Es ist gut, ein Ziel zu haben, zu dem man unterwegs ist«, sagte der Alte gemessen. »Aber letztlich ist es der Weg, der zählt.«[3]

»Weise Worte, Sensei«, antwortete Masamoto.

Sensei Yamadas Kopf sank nach vorn und er schien wieder einzuschlafen. Jack wünschte, er könnte in dieser Haltung auch so leicht einschlafen. Er bekam schon steife Knie und seine Füße schmerzten. Unruhig verlagerte er sein Gewicht.

»Hör auf zu zappeln«, flüsterte Akiko. »Das gilt als unhöflich.«

Warum hält sie das so lange aus?, dachte Jack. Vielleicht werden die Japaner kniend geboren.

Masamoto wandte sich an die junge Frau auf seiner linken Seite. »Als Nächste stelle ich euch Sensei Yosa vor, Meisterin in der Kunst des Bogenschießens und des Reitens.«

Die Lehrerin trug einen leuchtend roten und elfenbeinfarbenen Kimono, geschmückt mit dem Wappen eines Mondes und zweier Sterne. Ihre Haare glänzten im Licht der zahlreichen an den Wänden der Schmetterlingshalle hängenden Laternen wie ein auf ihre Schultern herabstürzender Wasserfall. Sie zog Jack wie auch die anderen Schüler sofort in ihren Bann und er vergaß die durch das Knien verursachten Schmerzen in den Beinen.

»Sensei Yosa ist zweifellos eine überragende Meisterin der Kunst des Bogenschießens«, erklärte Masamoto. »Für mich ist sie sogar die beste Bogenschützin des ganzen Landes. Ich beneide alle, die bei ihr Unterricht haben.«

Sensei Yosa verbeugte sich, ohne den Blick ihrer kastanienbraunen Augen von den Reihen der Kinder zu nehmen. Ihre Augen wanderten von Schüler zu Schüler, als berechneten sie Entfernung und Flugbahn.

Sie erinnerte Jack an einen eleganten und zugleich gefährlichen und tödlichen Jagdfalken. Sensei Yosa richtete sich wieder auf und strich sich die Haare hinter die Ohren. Dabei wurde eine hässliche, tiefrote Narbe sichtbar, die sich über ihre ganze rechte Wange zog.

»Und als Letzten, aber keineswegs Geringeren stelle ich euch Sensei Kyuzo vor, den Meister der Körperkunst, des Kampfes ohne Waffen.«

Links von Sensei Yosa hockte am Ende des Tisches ein kleiner Mann mit schwarzen Augen und einem buschigen Schnurrbart unter einer platt gedrückten, dicken Nase.

»Er unterrichtet euch im Nahkampf, also im Treten, Schlagen, Packen, Abblocken und Werfen. Was ihr bei Sensei Kyuzo lernt, kommt auch allen anderen Künsten zugute, in denen ihr hier unterrichtet werdet.«

Jack war überrascht. Sensei Kyuzo war kaum größer als ein Kind und schien als Lehrer für den waffenlosen Nahkampf höchst ungeeignet. Viele andere Schüler betrachteten ihn ähnlich ungläubig.

Der kleine Mann verbeugte sich gereizt. Plötzlich merkte Jack, dass er mit bloßen Händen große Nüsse knackte. Seelenruhig nahm er aus einer rot lackierten Schale eine Nuss nach der anderen und drückte sie zwischen den Fingern zusammen, bis die Schale zerbrach. Anschließend entfernte er die Splitter der Schale und wandte sich der nächsten Nuss zu.

Die Vorstellungsrunde war beendet und Masamoto bedeutete den Schülern, sich zu Ehren ihrer neuen Lehrer noch einmal zu verbeugen.

»Doch der Weg des Kriegers besteht nicht nur aus den Kampfkünsten und der Meditation«, fuhr er fort. »Er bedeutet vor allem, zu jeder Zeit nach dem Ehrenkodex, dem Bushido, der Samurai zu leben. Ihr sollt bei allem, was ihr tut, mutig und aufrichtig sein. Ich erwarte von euch täglich Ehrlichkeit, Güte und Treue. Ihr sollt einander ehren und achten. Ich habe jeden Schüler der Niten Ichi Ryū persönlich ausgewählt, deshalb verdient auch jeder Schüler eure Achtung.«

Jack hatte das Gefühl, dass Masamoto das Letzte vor allem um seinetwillen gesagt hatte. Einige Schüler drehten sich nach ihm um und einer von ihnen, ein herrisch aussehender Junge mit kahl geschorenem Kopf, hohen Wangenknochen und dunklen, tief liegenden Augen musterte ihn abschätzig. Er trug einen schwarzen Kimono, auf dessen Rücken eine rote Sonne als Wappen prangte.

»Morgen beginnt eure Ausbildung offiziell. Auch wer bereits im vergangenen Jahr hier gelernt hat, muss seine bisher erworbenen Fertigkeiten auffrischen. Glaubt niemals, ihr wüsstet alles. Ihr habt bisher nur den ersten Schritt getan!« Masamoto schlug mit der Faust auf den Tisch, um seinen Worten Nachdruck zu verleihen.

»Mit genug Zeit kann jeder die körperlichen Übungen erlernen. Mit genug Wissen kann jeder weise werden. Doch nur wer sich mit Leib und Seele dem Weg des Kriegers verschreibt, wird beides meistern.[4] Die Schule will euch dabei helfen. Lernt heute, auf dass ihr morgen lebt!«

Masamoto verbeugte sich, um seinen Respekt vor den Schülern zu bekunden, und die Schüler stimmten einen dröhnenden Sprechchor an.

»Masamoto! Masamoto! Masamoto!«

Der Sprechchor verklang, die große Schiebetür des Eingangs ging auf und Diener traten ein, die lange, lackierte Tische trugen. Die Schüler standen auf, damit die Tische der Länge nach in zwei Reihen in der Halle aufgestellt werden konnten.

Die Sitzordnung wurde von einer unausgesprochenen, aber strengen Hierarchie bestimmt. Die fortgeschrittenen und älteren Schüler nahmen in der Nähe des erhöhten Tisches der Lehrer Platz, die Neulinge saßen am Eingang. Jack, Yamato und Akiko, die einen jadegrünen Festtagskimono mit dem Familienwappen ihres Vaters, einer Kirschblüte, trug, setzten sich zusammen mit siebzehn weiteren Anfängern ans untere Ende.

Jack hatte den tiefroten Kimono angezogen, den Hiroko ihm vor seiner Abreise aus Toba geschenkt hatte. Masamotos Familienwappen zu tragen verlieh ihm die Kraft, seine Angst zu unterdrücken. Der Phönix wirkte wie eine unsichtbare Rüstung und hielt die anderen Schüler davon ab, ihm zu nahezutreten oder ihn zu belästigen. So musterten sie ihn nur misstrauisch.

Doch als Jack sich setzen wollte, kam der Schüler mit dem Sonnenwappen auf ihn zu.

»Das ist mein Platz, Gaijin«, sagte er mit herausfordernder Stimme.

Die anderen Schüler hoben die Köpfe, neugierig, wie der blonde Ausländer reagieren würde.

Jack blieb stehen, wo er war.

Die beiden starrten einander eine scheinbare Ewigkeit an. Dann fasste Akiko Jack am Ellbogen und zog ihn sanft weg.

»Bitte sehr«, sagte Jack zu dem Jungen. »Ich finde sowieso, dass es hier stinkt.«

Der Junge starrte ihn empört an und bedachte zwei Schüler, die über Jacks Antwort grinsten, mit einem finsteren Blick.

»Du darfst andere nicht beleidigen, Jack«, flüsterte Akiko und führte ihn rasch zu dem Tisch, an den Yamato sich gesetzt hatte. »Du darfst dir keine Feinde machen – schon gar nicht hier an der Schule.«

25

Der Leuchtende

»Ich habe nicht angefangen«, sagte Jack und setzte sich im Schneidersitz zwischen Akiko und Yamato.

»Das ist egal«, beharrte Akiko. »Es geht um das Gesicht.«

»Das Gesicht?«, fragte Jack. Doch bevor Akiko antworten konnte, betraten Diener mit schweren Tabletts die Halle.

Sie verteilten die darauf mitgebrachten Speisen in einer genauen Anordnung auf den Tischen. Schalen mit Misosuppe, gebratenen Nudeln, in Essig eingelegtem Gemüse, verschiedenen Sorten rohen Fisch, weichen, weißen, Tofu genannten Würfeln, dazu kleine, mit einer dunkelbraunen, salzigen Flüssigkeit gefüllte Schälchen – Sojasoße zum Eintunken, erklärte Akiko hilfsbereit – und einige große Portionen gekochten Reis. Jack hatte noch nie so viele verschiedene Arten von Speisen für nur eine Mahlzeit gesehen. Die bloße Anzahl der Schalen zeigte bereits, um was für ein bedeutsames Ereignis es sich handelte.

»*Itadakimasu!*«, rief Masamoto, als alle Speisen aufgetragen waren.

»*Itadakimasu!*«, antworteten die Schüler und begannen hungrig zu essen.

Jack wusste angesichts der reichen Auswahl nicht, wo er anfangen sollte. Er nahm die Stäbchen und legte sie sorgfältig in seiner Hand zurecht. Zwar gewöhnte er sich allmählich an sie, aber bei kleinen Bissen hatte er immer noch Schwierigkeiten.

»Du meintest, es gehe um das Gesicht«, sagte er und wählte ein größeres Stück Sushi aus.

Akiko nickte. »Für einen Japaner ist es sehr wichtig, nicht das Gesicht zu verlieren.«

»Wie kann man sein Gesicht verlieren?«, fragte Jack erstaunt.

»Nicht im körperlichen Sinn«, erklärte Yamato, »sondern wie man eine andere Person wahrnimmt. Man muss das Gesicht wahren, denn Gesicht bedeutet Macht und Einfluss. Wer es verliert, der verliert die Achtung der anderen.«

»Der Junge von vorhin hat wegen dir vor seinen Mitschülern das Gesicht verloren«, fügte Akiko hinzu.

»Ah.« Jack zuckte mit den Schultern und zeigte mit seinen Stäbchen auf den Jungen mit der roten Sonne als Wappen. »Wer ist er überhaupt?«

Der Junge starrte ihn an, die Augen zu Schlitzen verengt.

»Lass das!«, schimpfte Akiko.

»Was denn?«

»Mit den Stäbchen auf ihn zeigen. Hast du vergessen, was ich dir beigebracht habe? Das gilt als sehr unhöflich.« Jacks wiederholt taktloses Benehmen brachte sie zur Verzweiflung. »Und lass die Stäbchen auch nicht im Reis stecken!«

»Du meine Güte, warum denn nicht?« Jack zog die Stäbchen erschrocken wieder heraus. Ich werde die japanischen Umgangsformen nie lernen, dachte er. Bei jeder noch so unwichtigen und bedeutungslosen Gelegenheit musste man an so vieles denken.

Jack merkte plötzlich, dass ihn die anderen Schüler an seinem Tisch anstarrten. Er senkte den Blick auf die Schale vor ihm und stocherte mit den Stäbchen darin herum.

»Das würde bedeuten, dass jemand gestorben ist«, sagte Akiko gedämpft und verbeugte sich. »Nur bei einer Trauerfeier lässt man die Stäbchen im Reis stecken. Der Reis wird dann neben den Kopf des Verstorbenen gestellt, damit er in der nächsten Welt keinen Hunger leiden muss.«

»Warum hast du mir das nicht früher gesagt?«, flüsterte Jack verärgert. »Für euch ist alles, was ich tue, unhöflich. Wenn ihr mal nach England kämt, würde man euer Benehmen dort auch sehr merkwürdig finden. Sogar du würdest bestimmt jemanden kränken!«

»Verzeihung, Jack«, sagte Akiko kleinlaut und verbeugte sich. »Ich entschuldige mich. Es ist meine Schuld, dass ich dir das nicht richtig beigebracht habe.«

»Hör doch auf, dich ständig zu entschuldigen!« Jack stützte verzweifelt den Kopf in die Hände.

Akiko verstummte. Jack hob den Kopf. Die Schüler an seinem Tisch taten so, als hätten sie nichts gehört. Doch Jack spürte, dass sein Ton Akiko gegenüber vollkommen unangebracht gewesen war. Yamato sah ihn böse an, schwieg aber.

»Tut mir leid, Akiko«, murmelte Jack. »Du willst mir ja

nur helfen. Aber es ist so schwer, die ganze Zeit wie ein Japaner zu sprechen, zu denken und zu leben.«

»Ich verstehe das, Jack«, antwortete Akiko ausdruckslos. »Iss jetzt bitte.«

Jack probierte der Reihe nach von den verschiedenen Schüsseln, doch das Essen schmeckte ihm nicht mehr. Er schämte sich dafür, dass er Akiko verärgert hatte und, noch schlimmer, vor den anderen ihr gegenüber laut geworden war. Seinetwegen hatte jetzt bestimmt Akiko das Gesicht verloren. Als er wieder aufsah, starrte der Junge mit dem Sonnenwappen ihn immer noch feindselig an.

»Akiko«, sagte Jack. Er senkte den Kopf und sprach so laut, dass die anderen Schüler an ihrem Tisch ihn hörten. »Ich bitte dich vielmals um Verzeihung. Ich bin noch von der Reise müde.«

»Danke für deine Entschuldigung, Jack«, sagte Akiko. Mit dieser förmlichen Annahme der Entschuldigung entspannte sich die Stimmung am Tisch sofort und die anderen nahmen leise ihre Gespräche wieder auf.

»Kannst du mir bitte sagen, wer dieser Junge ist?«, fragte Jack, erleichtert, dass eine gewisse Ruhe und Harmonie eingekehrt war. Vielleicht würde er sich doch noch an die japanische Etikette gewöhnen.

»Nein«, sagte Akiko.

»Aber ich weiß es«, sagte ein Junge eifrig, der Jack beim Essen gegenübersaß. »Er ist im selben Jahr wie wir und heißt Oda Kazuki. Er ist ein Sohn des Daimyō Oda Satoshi, eines Cousins zweiten Grades der kaiserlichen Linie. Deshalb trägt er auch das kaiserliche Sonnenwappen. Seine Familie gilt als besonders wohlhabend und ist sehr mächtig. Vielleicht hat sein Vater ihn deshalb Kazuki genannt. Das bedeutet ›der Leuchtende‹.«

Alle sahen den Jungen, der so viel über Kazuki und seine Familie wusste, mit wachsendem Staunen an. Er schien von eher schlichtem Gemüt und hatte ein pausbäckiges Gesicht, an dem nur die Augenbrauen auffielen, zwei dicke schwarze Raupen, die er aufgeregt hochgezogen hatte.

»Entschuldigt bitte«, sagte er mit einer Verbeugung, »ich habe mich nicht vorgestellt. Ich heiße Saburo und bin der dritte Sohn von Shimazu Hideo. Unser Wappen zeigt zwei Falkenfedern – Symbole der Schnelligkeit, Anmut und Würde des Falken. Mein Bruder heißt Taro. Er sitzt dort in der Nähe des Kopftisches. Er gehört zu den besten Schwertkampfschülern der Schule und wird dieses Jahr die Technik der beiden Himmel lernen …«

»Es ist eine Ehre, dich kennenzulernen«, fiel Yamato ihm höflich ins Wort. »Ich bin Yamato, der Sohn von Masamoto Takeshi. Das ist meine Cousine Akiko und das ist Jack. Er kommt von der anderen Seite der Welt.«

Sie verbeugten sich voreinander.

»Aha, das ist der Gaijin, den Masamoto gerettet hat«, sagte Saburo und deutete eine kurze Verbeugung an. Dann beachtete er Jack nicht weiter und wandte sich wieder Yamato zu. »Auch ich fühle mich sehr geehrt, dich kennenzulernen, Yamato. Ich muss unbedingt meiner Mutter sagen, dass ich beim Essen dem Sohn Masamotos gegenübersaß. Was mit Tenno passiert ist, war wirklich schrecklich. Mein Bruder kannte ihn. Er hat oft mit ihm geübt …«

»Und wer ist das Mädchen neben dir?«, fragte Akiko rasch, die spürte, wie Yamatos Stimmung sich bei der Erwähnung seines Bruders verschlechterte.

Links von Saburo saß ein kleines Mädchen mit schulterlangen schwarzen Haaren und braunen, runden Augen. Saburo antwortete für seine Tischnachbarin, bevor sie selbst etwas sagen konnte.

»Das ist Kiku, die zweite Tochter von Imagawa Hiromi, einem berühmten Zen-Priester.« Alle verbeugten sich und Saburo fuhr fort. »Wer, glaubt ihr, wird unser erster Lehrer sein? Vielleicht Sensei Yosa? Hoffentlich. Sie ist bestimmt eine wiedergeborene Göttin. Sozusagen die Tomoe Gozen unserer Zeit, *neh*?«

Jack merkte, dass Saburos gedankenlose Bemerkungen über Sensei Yosa Akiko kränkten. Er überlegte rasch, wie er das Gespräch auf ein anderes Thema bringen konnte.

»Was sind eigentlich die ›beiden Himmel‹, Saburo?«, fragte er aufrichtig interessiert.

»Ah, du meinst die ›Technik der beiden Himmel‹. Das ist Masamotos Geheimnis …«

Doch bevor Saburo Näheres erklären konnte, beendete Masamoto das Essen offiziell mit dem Ruf: *»Go-chiso-samakohaita!«*

Jemand antwortete laut: *»Rei Sensei!«*

Alle standen auf und verbeugten sich gleichzeitig. Auch Masamoto und die Lehrer erhoben sich und marschierten den Mittelgang der Halle entlang dem Ausgang entgegen. Die Schüler folgten ihnen stumm, nach Alter und Rang geordnet.

Erleichtert, den neugierigen Blicken der anderen in der Halle der Schmetterlinge zu entkommen, trat Jack in die Nacht hinaus. Immer wenn er von seiner Schale aufgesehen hatte, hatte Kazuki ihn verächtlich angestarrt. Die Schüler neben Kazuki hatten sogar über Bemerkungen gelacht, die er über den »Gaijin« gemacht hatte.

Jack schlenderte hinter Akiko, Yamato und Kiku her, denen der gesprächige Saburo folgte. Sie waren zur Halle der Löwen unterwegs. Jack blickte zum Sternenhimmel auf und suchte nach den Sternbildern, die sein Vater ihm gezeigt hatte: der Gürtel des Orion, der Große Wagen, der Stern Bellatrix …

Plötzlich tauchte Kazuki vor ihm auf und versperrte ihm den Weg.

»Wohin willst du denn, Gaijin?«

»Ins Bett, Kazuki, wie alle anderen auch«, erwiderte Jack und wollte an ihm vorbeigehen.

»Wer hat dir erlaubt, meinen Namen in den Mund zu nehmen, Gaijin?«, fragte Kazuki böse und schubste Jack ein Stück zurück.

Jack stolperte und prallte gegen den beträchtlichen Bauch eines anderen Jungen, der hinter ihn getreten war.

»Jetzt hast du Nobu auch noch beleidigt und musst dich bei uns beiden entschuldigen.«

»Wofür denn?«, rief Jack und versuchte noch einmal an Kazuki vorbeizukommen. Doch Nobu, ein Koloss wie ein Sumo-Ringer, ließ ihn nicht durch.

»Wie unhöflich!«, sagte Kazuki drohend. »Du willst dich nicht entschuldigen? Dafür musst du bestraft werden.«

Jack hörte, wie Nobu knackend an seinen Fingern zog, als mache er sich bereit zuzuschlagen, aber Jack ließ sich nicht einschüchtern.

»Das traust du dich nicht!«, rief er trotzig.

Er sah über Kazukis Schulter. Akiko, Yamato und die anderen waren bereits in der Halle der Löwen verschwunden. Sein Mut sank.

»Da ist niemand mehr, Gaijin«, höhnte Kazuki. »Du stehst nicht immer unter Masamotos Schutz. Außerdem, wer würde einem Gaijin glauben?«

Er streckte blitzschnell die Hand aus, packte Jack am linken Handgelenk und verdrehte es. Schmerzen schossen durch den Arm. Jack fiel auf die Knie und versuchte aufgeregt sich dem Griff zu entwinden.

»Zuerst entschuldigst du dich, dass du mir meinen Platz weggenommen hast. Zweitens hast du mich vor meinen Freunden beschimpft. Drittens hast du mich schwer beleidigt, indem du mit deinen Stäbchen auf mich gezeigt hast. Also, entschuldige dich!« Kazuki drehte Jacks Handgelenk mit jedem Satz ein Stück weiter. Die Schmerzen im Arm wurden immer stärker.

»Entschuldige dich, Gaijin!«

»*Fahr zur Hölle!*«, schimpfte Jack auf Englisch.

»Was hast du gesagt?«, fragte Kazuki verwirrt. »Pass bloß auf, Gaijin. Du willst dich doch vor Beginn der Ausbildung nicht verletzen, oder?«

Er verstärkte den Druck noch ein wenig mehr. Die Schmerzen drohten Jack zu überwältigen und er beugte sich vornüber, bis er mit dem Gesicht den Boden berührte. Kazuki drückte den Arm noch weiter nach oben, sodass sich Jacks Gesicht tief in den Dreck grub.

»Schmecken dir die Würmer, Gaijin?«, spottete Kazuki. »Etwas anderes hast du auch gar nicht verdient. Gaijin dürfen nicht in die Geheimnisse unserer Kampfkünste eingeweiht werden. Du gehörst nicht hierher. Geh wieder nach Hause, Gaijin!«

Er bog Jacks Arm noch einige Zentimeter weiter und Jack spürte, dass die Knochen gleich brechen würden.

»Sensei!«, warnte Nobu.

Kazuki sprang auf und ließ Jack los.

»Ein anderes Mal, Gaijin!«

Sie liefen um die Ecke der Schmetterlingshalle und waren verschwunden.

Jack blieb liegen und hielt sich den Arm. Er dachte an Kazukis letzte Worte – »Ein anderes Mal, Gaijin!« – und zitterte. Drachenauge hatte dieselbe unheilvolle Drohung ausgestoßen.

Die Schmerzen ließen nach und er bewegte den Arm vorsichtig. Der Arm war nicht gebrochen, tat aber bei der kleinsten Bewegung höllisch weh. Jack bettete ihn vorsichtig auf die Brust.

Sensei Yamada kam mit schlurfenden Schritten näher. Er stützte sich auf einen Spazierstock aus Bambus und sah auf Jack hinunter, als betrachte er ein Insekt mit einem gebrochenen Flügel.

»Damit andere über dich gehen, musst du zuerst liegen«[5], sagte er ungerührt und setzte seinen Weg über den Hof zu den Schlafunterkünften fort.

»Was soll das heißen?«, rief Jack ihm nach, aber der alte Lehrer antwortete nicht. Die einzige Antwort war das über den steinernen Hof hallende, leiser werdende Klacken seines Spazierstocks.

26

Das Schwert besiegen

»Au!«

Jack rieb sich die Schienbeine und hinkte in den Butokuden. Er legte sein Übungsschwert zu den Schwertern der anderen Schüler am Rand der Halle und kniete vorsichtig neben Yamato.

Akiko betrat die Halle zusammen mit Kiku und verbeugte sich.

Saburo eilte hinter ihnen herein.

»Au!«, schrie er.

Sensei Hosokawa stand am Eingang und schwang sein Bambusschwert. Prüfend blickte er den Schülern entgegen, die über den Hof zur Übungshalle und zum ersten Unterricht des Tages – einer Stunde im Schwertkampf – unterwegs waren. Drei weitere Schüler bekamen beim Betreten der Halle einen Streich über die Schienbeine.

»Die Kampfkünste beginnen und enden nicht am Eingang der Übungshalle!«, schimpfte der Sensei, als der letzte Schüler sich hastig neben die anderen Jungen und Mädchen gekniet hatte. »Jedes Mal wenn ihr die Halle betretet, verbeugt ihr euch mit erhobenem Schwert. Wer trödelt, krumm dasitzt oder nicht aufpasst, bekommt mein Bambusschwert zu spüren!«

Sofort strafften sich die Schüler. Keiner wollte krumm dasitzen. Sensei Hosokawa ging an der Reihe entlang und musterte die künftigen Samurai eingehend. Bei Jack blieb er stehen.

Jack blickte zu ihm auf. Hosokawa schien zu überlegen.

»Wie ich von Sensei Masamoto höre, hast du mit einem Übungsschwert gegen einen Ninja gekämpft und ihn besiegt«, begann er. »Stimmt das?«

»Hm … *hai* … schon …«

»*Hai, Sensei!*«, brüllte Hosokawa.

Jack entschuldigte sich und verbeugte sich noch tiefer. Idiot! Er hatte vergessen, wie man sich verhielt, wenn man von einer Person höheren Ranges angesprochen wurde. »Hai, Sensei. Ich habe Yamato geholfen …«

»Ausgezeichnet«, fiel der Sensei ihm ins Wort. »Hattest du Angst?«

Jack wusste nicht, was für eine Antwort Hosokawa erwartete. Verstohlen blickte er die Reihe der Schüler entlang. Sie starrten ihn alle mit offenen Mündern an. Sollte er zugeben, dass er schreckliche Angst gehabt hatte? Dass er geglaubt hatte, der Ninja werde ihn mit seinem Schwert töten?

Jack sah, dass Kazuki höhnisch grinste und offenbar nur darauf wartete, dass der Gaijin vor allen Schülern seine Angst zugab. Dann begegnete er Akikos Blick. Sie nickte stumm. Sag die Wahrheit.

»*Hai,* Sensei«, sagte Jack leise.

Hosokawa nickte ebenfalls. »Zu Recht. Man sollte Angst haben, wenn man einem Ninja gegenübersteht.«

Jack atmete erleichtert aus und der Sensei kehrte entlang der Reihe zurück.

»Mut ist nicht Abwesenheit von Angst, sondern die Einsicht, dass etwas anderes wichtiger ist.[6] Jack hat seine Treue zu Yamato über seine Angst gestellt. Eine für einen Samurai vorbildliche Einstellung.«

Jack strahlte vor Stolz über das unerwartete Lob und bemerkte Kazukis verärgerten Blick.

»Jack hat Mut gezeigt, seine Angst überwunden und damit seinen Gegner besiegt«, fuhr Sensei Hosokawa fort. »Ein schönes Beispiel für die erste Unterrichtsstunde in …«

Er brach mitten im Satz ab. Nobu eilte über den Hof. Er hatte sich zum Unterricht verspätet. Beim Laufen richtete er noch seinen Kimono. Das Schwert hatte er sich ungeschickt unter die Achsel geklemmt. Der Sensei ging zur Tür und wartete.

Alle Schüler wussten, was jetzt kam. Nobu rannte weiter. Er schien nichts von der unvermeidlichen Strafe zu ahnen.

»Au!«

Sensei Hosokawa hatte ihm so heftig über beide Schienbeine geschlagen, dass Nobu der Länge nach hinfiel. Sein Schwert flog polternd über den Holzboden. Von einigen Schülern war ersticktes Lachen zu hören, doch Sensei Hosokawa brachte sie mit einem strengen Blick zum Schweigen.

»Steh auf!«, befahl er. »Komm nie wieder zu spät zu meinem Unterricht und vor allem nicht in diesem Zustand.« Er versetzte Nobu einen heftigen Tritt.

Nobu sah aus, als wollte er vor Scham gleich explodieren. Er rappelte sich auf und eilte unter ständigen Verbeugungen zu den anderen Schülern.

»Gut, da jetzt alle anwesend sind, können wir mit dem Unterricht beginnen. Nehmt eure Schwerter in die Hand und stellt euch in drei Reihen auf. Lasst jeweils so viel Platz, dass sich jeder von euch mit dem Schwert ungehindert bewegen kann.«

Die Schüler verbeugten sich, standen auf und bildeten drei unordentliche Reihen.

»Was ist das?«, brüllte Hosokawa. »Zehn Liegestütze für alle! Du zählst, Kazuki!«

Alle gingen wieder nach unten und begannen mit der Strafübung.

»Eins! Zwei! Drei! Vier! Fünf! …«

»Wenn ich das nächste Mal sage ›in Reihen aufstellen‹, beeilt ihr euch gefälligst! Und bildet gerade Reihen!«

Jacks Arme zitterten ein wenig vor Anstrengung, doch er hatte aufgrund der zwei Jahre, die er die Takelage hinauf- und hinuntergeklettert war, genügend Kraft, sodass er trotz der Folter vom Vorabend nicht in Schweiß ausbrach. Einige Schüler ließen jedoch ein paar Liegestütze aus, andere gaben sogar ganz auf. Kazuki zählte unbeeindruckt weiter. Er war nicht einmal außer Atem.

»… Acht! Neun! Zehn!«

»Jetzt in Reihen aufstellen!«

Alle sprangen auf und eilten an ihre Plätze.

»Schon besser. Haltet das Schwert als Erstes einfach in den Händen.«

Jack nahm sein Schwert in beide Hände und hob es an, bis er es genauso hielt, wie Yamato es ihm in Toba gezeigt hatte.

»Wo ist dein Schwert?«, fragte Hosokawa plötzlich einen kleinen, an eine Maus erinnernden Jungen, der ganz still hinter der letzten Reihe stand.

»Ich habe es in der Halle der Löwen vergessen, Sensei«, sagte er ängstlich.

»Wie heißt du?«

»Yori, Sensei.«

»Nun, Yori-kun, was für ein Samurai wird aus dir werden?«, fragte Hosokawa empört.

»Ich weiß es nicht, Sensei.«

»Ich sage es dir – ein toter. Hol dir ein Ersatzschwert von der Waffenwand.«

Yori lief hastig durch den Saal und holte sich ein Schwert. An der holzgetäfelten Wand hingen jede Menge Waffen – Schwerter, Messer, Speere, Stöcke und ein halbes Dutzend Kampfgeräte, die Jack nicht kannte.

»Ich erwarte zunächst nur, dass ihr ein Gefühl für das Übungsschwert bekommt. Haltet es, spürt sein Gewicht, seine Form und seinen Schwerpunkt. Lasst es um euch kreisen – aber ohne die Wände, den Boden oder einen Mitschüler zu treffen!«

Jack verlagerte das Gewicht seines Schwerts von einer

Hand in die andere. Er führte einige grundlegende Schläge aus und drehte sich dann um sich selbst, hielt das Schwert hoch und schwang es in einem großen Bogen über seinem Kopf. Saburo tat dasselbe, passte aber nicht auf und traf einen anderen Schüler am Hinterkopf.

»Ich sagte, ohne jemanden zu treffen!«, rief Hosokawa und schlug Saburo sein Bambusschwert über die Schienbeine. »Das Schwert ist die Verlängerung eures Arms. Ihr müsst instinktiv und zu jeder Zeit wissen, wo seine Spitze ist, wie weit die Klinge reicht und wo es sich im Verhältnis zu eurem Körper befindet.«

Ohne Vorwarnung hob er sein Bambusschwert, schlug damit blitzschnell nach Yamatos Kopf und hielt es einen Millimeter vor Yamatos Nase an. Yamato zuckte erschrocken zusammen und schluckte aufgeregt.

»Was nützt einem die Kraft, wenn man sie nicht beherrscht?«, sagte Hosokawa und senkte die Waffe. »Haltet eure Schwerter jetzt vor euch. Beide Arme sind gerade ausgestreckt, die Waffe liegt waagerecht auf den Handkanten.«

Jack streckte die Arme aus und spürte, wie das Gewicht des Schwerts seine Hände ein wenig nach unten drückte. So schwer ist das nicht, dachte er.

»Haltet das Schwert so lange, bis ich sage, dass ihr aufhören könnt.«

Sensei Hosokawa ging wie in Gedanken versunken die Halle auf und ab und die Schüler streckten wie eine versteinerte Armee die Arme mit den daraufliegenden Schwertern aus und warteten auf den Befehl zum Aufhören.

Die ersten Arme begannen zu zittern und Kiku, zwei Plätze neben Jack, ließ ihr Schwert ein wenig sinken.

»Habe ich gesagt, ihr könnt die Arme senken?«, bellte Hosokawa.

Kiku hob die Arme sofort wieder. Ihr Gesicht war vor Anstrengung verzerrt.

Einige Minuten später hatte ein Mädchen in der äußersten Ecke keine Kraft mehr und ließ sein Schwert fallen.

»Aufgegeben?«, fragte Hosokawa. »Setz dich auf die Seite. Wer ist der Nächste?«

Sofort gaben einige weitere Schüler auf, darunter Kiku und Yori. Akiko war die Anstrengung inzwischen anzumerken, Jack dagegen fühlte sich noch ganz frisch.

Erneut senkten fünf Schüler keuchend die Arme und gingen an den Rand des Übungsbereichs.

Saburo gab zur gleichen Zeit auf wie Nobu.

»So leicht gebt ihr euch geschlagen?« Hosokawa klang verächtlich.

»Verzeihung, Sensei?«, fragte Saburo ehrerbietig und rieb sich die schmerzenden Arme.

»Ja?«

»Was ist der Zweck dieser Übung?«

»Der Zweck?« Hosokawa sah den Jungen ungläubig an. »Ich dachte, das liege auf der Hand. Wenn dein eigenes Schwert dich in deinen Händen besiegt, wie kannst du dann hoffen, je einen Gegner zu besiegen?«

Durch diese Worte über den Sinn der Übung aufgeklärt, verdoppelten die noch stehenden Schüler ihre Kräfte. Sie wollten den Sensei in der ersten Unterrichtsstunde beeindrucken und ertrugen ihre Schmerzen stumm.

Doch wenige Minuten später gaben zwei weitere Schüler auf. Jetzt standen nur noch fünf – Jack, Kazuki, Yamato, Akiko und Emi, ein vornehm gekleidetes, aber hochmütiges Mädchen und, wie Jack erfahren hatte, die älteste Tochter des Geldgebers der Schule, Daimyō Takatomi.

Akikos Arme fingen heftig zu zittern an, aber sie schien entschlossen, Emi zu schlagen. Doch Emi hatte noch mehr Kraft. Trotz der Anstrengung grinste sie Akiko herausfordernd an. Auch sie wollte offenbar nicht das Gesicht verlieren. Akiko begann flach zu atmen und hielt ihre Arme nur noch durch Willenskraft hoch. Jack sah aus den Augenwinkeln, dass Emis Arme langsam tiefer sanken. Doch dann verließen auch Akiko die letzten Kräfte und sie legte ihr Schwert nieder.

Im nächsten Augenblick gab auch Emi auf.

»Ausgezeichnet«, bemerkte Hosokawa. »Du hast einen starken Kampfwillen gezeigt, Emi-chan. Meine Hochachtung.«

Die Mädchen gingen zum Rand, um sich zu setzen. Unterwegs rempelte Emi Akiko mit triumphierender Miene an. Jack sah, wie Akiko den Blick gereizt erwiderte. Am liebsten hätte sie Emi mit einigen heftigen Worten zurechtgewiesen, doch sie beherrschte sich und verbeugte sich nur höflich.

»Es sind noch drei tapfere Krieger übrig«, verkündete Hosokawa. »*Kohai*, es geht jetzt nicht mehr um Muskeln oder Ausdauer, sondern um Willenskraft. Darum, ob der Geist stärker ist als der Körper. Ihr erkundet die Grenzen eurer Leistungsfähigkeit.«

Yamato zitterte inzwischen wie ein Baum im Sturm. Auch Jack wusste, dass er nicht mehr lange durchhalten würde, aber für ihn zählte nur, dass er selbst länger durchhielt als Kazuki.

Doch Kazuki stand unbewegt da wie ein Fels.

Wenig später versagten Yamatos Arme den Dienst und er musste sich zu den anderen an den Rand des Übungsbereichs setzen.

Jetzt kämpften nur noch Jack und Kazuki – nicht nur gegeneinander, sondern auch gegen sich selbst.

Kazukis Arme zitterten plötzlich unter dem Gewicht seines Schwerts.

»Kazuki!«, feuerte Nobu ihn an und einige weitere Schüler fielen sofort ein. »Kazuki! Kazuki! Kazuki!«

Kazuki fühlte neue Kraft und das Zittern seiner Arme ließ nach. Siegesgewiss sah er Jack an.

Dann rief plötzlich Saburo »Los, Jack!« Und Akiko, Yamato und Kiku nahmen den Ruf auf. »Jack, Jack, Jack!«

Die beiden Jungen in der Mitte des Butokuden kämpften in einem unsichtbaren Krieg und ihre Armeen feuerten sie von der Seite an.

Jack dankte Gott für die unzähligen Stunden, die er als Mastaffe in der Takelage der *Alexandria* verbracht hatte. Er war es gewöhnt, sich bei Wind, Regen oder Schnee stundenlang mit den Armen irgendwo festzuhalten.

Doch er kannte seine Grenzen und wusste, dass er nicht mehr lange durchhalten konnte. Noch eine Minute, dann hatte er endgültig keine Kraft mehr in den Armen.

Kazuki dagegen stand wieder bewegungslos da wie ein Fels.

27

Ein Grund zu üben

Eine einzelne Schweißperle lief an Kazukis Gesicht hinunter und seine Arme begannen erneut zu zittern.

Mehr Ansporn brauchte Jack nicht. Kazuki stand kurz vor dem Aufgeben.

»Jack! Jack! Jack!«, riefen seine Anhänger unermüdlich im Chor.

»Kazuki! Kazuki! Kazuki!«

Nein, er würde sich Kazuki nicht geschlagen geben! Und auch nicht dem Schwert. Er sah, wie Akiko ihm von der Seite die Daumen drückte, und kämpfte gegen das Schwert in seinen Händen. Er biss die Zähne zusammen, schloss die Augen und konzentrierte sich auf seine allerletzten Kräfte.

Plötzlich durchströmte ihn eine merkwürdige Energie, als sei ein Damm gebrochen. Eine unendliche Leere umfing ihn. Eine Leere, in der seine Arme schwerelos und beinahe gefühllos waren.

Ein Schwert fiel mit lautem Poltern zu Boden. Lärmender Applaus brach los und nur noch sein Name wurde gerufen.

»Jack! Jack! Jack!«

»Gut gemacht, Jack-kun«, sagte Sensei Hosokawa. »Du hast das Schwert besiegt.«

Jack öffnete die Augen. Kazuki schäumte. Seine Arme hingen schlaff an ihm herunter, sein Schwert lag auf dem Boden.

Unendlich erleichtert senkte Jack nun auch seine schmerzenden Arme. Sie waren bleiern schwer, aber er hatte gewonnen. Er hatte Kazuki vor aller Augen geschlagen. Im Hochgefühl seines Triumphes verbeugte er sich vor Kazuki.

Und Kazuki musste, gefangen in der Etikette, Jacks Sieg durch eine noch tiefere Verbeugung anerkennen.

Beim Mittagessen setzten sich Akiko, Yamato, Kiku und Saburo wieder zu Jack an den Tisch am unteren Ende der Halle der Schmetterlinge. Kazuki saß wie zu einer Salzsäule erstarrt am Tisch gegenüber und musterte Jack mit einem mörderischen Blick. Die Versuche Nobus und Emis, ihn aufzuheitern, beachtete er nicht.

Saburo löcherte Jack mit Fragen. »Wie hast du das geschafft, Jack? Deine Arme sanken schon nach unten und du warst fast besiegt. Doch dann – zack! – hast du sie wieder pfeilgerade ausgestreckt.«

»Ich weiß auch nicht.« Jack massierte sich die immer noch verspannten Schultermuskeln. »Ich spürte plötzlich wie aus dem Nichts neue Kraft und meine Arme fühlten sich schwerelos an.«

»*Ki!*«, sagte Kiku.

Jack sah sie verwirrt an.

»Ki bedeutet ›Lebenskraft‹«, erklärte Kiku. »Das weiß ich von meinem Vater. Gemeint ist deine geistige Energie. Ein geübter Samurai kann sie für den Kampf nutzen.«

»So ist es!«, fiel Saburo begeistert ein. »Die Soldatenmönche vom Berg Hiei waren dafür berühmt. Sie brauchten angeblich nicht einmal ihre Schwerter, um ihre Feinde zu besiegen.«

Alle sahen Saburo ungläubig an.

»Nein, wirklich! Sensei Yamada kann uns wahrscheinlich beibringen, wie wir unser Ki nutzen. Heute Nachmittag haben wir bei ihm Zen-Unterricht. Dann können wir alle unsere Schwerter besiegen.«

»Ich weiß nicht, ob der uns eine große Hilfe ist«, murmelte Jack vor sich hin, doch Akiko hörte ihn trotzdem.

»Warum sagst du das?«, fragte sie.

»Gestern Abend wollte Kazuki mich zwingen, mich zu entschuldigen. Er hätte mir fast den Arm gebrochen.«

»Warum hast du das nicht gemeldet?« Akiko betrachtete Jacks Arm aufrichtig besorgt.

»Wozu? Kazuki hat mich nicht ernsthaft verletzt. Allerdings nur, weil Sensei Yamada auftauchte. Yamada hat mir aber nicht geholfen, sondern nur eine komische Bemerkung gemacht.«

»Was hat er denn gesagt?«, fragte Yamato.

»›Damit andere über dich gehen, musst du zuerst liegen.‹ Tolle Weisheit! Wie sollte mir das helfen?«

»Entschuldige«, rief eine helle Stimme. Yori, der Junge, der sein Schwert vergessen hatte, lugte hinter Saburo hervor. »Vielleicht meinte Sensei Yamada, du müsstest lernen, dich zu wehren.«

Jack brauchte einen Moment, bis er begriff, dass Yori Recht hatte. Auf einmal war alles sonnenklar. Wenn er den Schwertkampf und den Kampf ohne Waffen beherrschte, wenn er stärker, schneller und besser war als Kazuki, dann lag Kazuki am Boden und nicht er.

Wenn er lernte, sich zu wehren, konnte er es mit jedem Gegner aufnehmen, vielleicht sogar mit Dokugan Ryu!

Schon aus diesem Grund lohnte es sich zu üben.

»Ist alles in Ordnung mit dir, Jack?«, fragte Akiko und sah ihn neugierig an. Sie hatte seinen entschlossenen Blick bemerkt.

»Ja. Ich habe nur noch einmal über Yamadas Worte nachgedacht. Sie leuchten mir jetzt vollkommen ein.«

Jack gelobte nach nur einer Unterrichtsstunde mit aller Kraft den Weg des Kriegers zu gehen.

28

Der Daruma

»Kommt!«, ermutigte Sensei Yamada die Schüler. »Kommt. *Seiza!*« Die Jungen und Mädchen standen unschlüssig am Eingang der Buddha-Halle an der Ostseite des Innenhofs.

Sensei Yamada winkte sie herein. Er trug ein einfaches Gewand in Schwarzblau und Meergrün und saß mit gekreuzten Beinen an einem erhöhten Platz am anderen Ende der Halle auf einem kleinen, runden Kissen, das wiederum auf einem größeren, rechteckigen Kissen lag. Die Hände hatte er in den Schoß gelegt, die Spitzen seiner Finger berührten sich. Jack fühlte sich an eine freundliche Kröte auf einem Seerosenblatt erinnert.

Durch die Fensterschlitze fiel die Nachmittagssonne und fing sich in den aufsteigenden Fäden des Weihrauchs. Sensei Yamadas strähniger Bart sah aus wie ein feines Netz von Spinnweben. Ein berauschender Duft nach Jasmin und Sandelholz erfüllte die Luft. Jack spürte, wie er sich entspannte.

Die Schüler ließen sich auf Kissen nieder, die in halbkreisförmigen Reihen angeordnet waren. Jack fand einen Platz in einer der vorderen Reihen neben Akiko, Yori und Kiku und machte es sich bequem. Er sah Kazuki und Nobu als

Letzte eintreten. Sie setzten sich ganz nach hinten. Kazuki starrte Jack gehässig an.

»Setzt euch bitte genauso hin wie ich«, sagte Yamada mit einer Handbewegung.

Die Samuraischüler rutschten auf ihren Kissen hin und her, bis sie dieselbe Haltung eingenommen hatten wie Sensei Yamada.

»Das ist der halbe Lotussitz. Er ist gut geeignet für die Meditation und begünstigt den Fluss des Ki. Sitzen alle bequem?«

Sensei Yamada atmete ruhig und tief ein. »Vor jedem von euch steht ein Geschenk, mit dem ich euch in meinem Zen-Unterricht willkommen heiße.«

Jack betrachtete den kleinen Gegenstand aus Holz vor seinen Füßen. Er sah aus wie eine kleine eiförmige Puppe ohne Arme und Beine. Die Puppe war leuchtend rot angemalt und hatte ein überrascht wirkendes Gesicht mit einem schwarzen Vollbart und leeren weißen Augen.

»Kann mir jemand sagen, was das ist?«, fragte Yamada.

Kiku hob die Hand.

»Ein Daruma. Er zeigt Bodhidharma, den Gründer des Zen. Man schreibt den eigenen Namen auf das Kinn, füllt ein Auge schwarz aus und wünscht sich dabei etwas. Geht der Wunsch in Erfüllung, malt man auch das zweite Auge schwarz an.«

»Richtig, aber ein Daruma ist noch viel mehr.« Yamada gab der Puppe vor ihm einen Schubs.

Die Holzpuppe neigte sich zu einer Seite, wurde langsamer, neigte sich zur anderen Seite, wurde wieder langsamer und wiederholte diese Bewegung in immer kleineren Ausschlägen.

Geduldig warteten die Schüler darauf, dass Sensei Yamada fortfuhr, doch der Alte schien in Trance gefallen zu sein. Erst als die Puppe sich nicht mehr bewegte, hob er den Kopf und sah seine Schüler an, als sei er erstaunt, dass sie überhaupt noch da waren.

»Kann mir jemand die ›neun Ansichten‹ nennen?«, fragte er. Offenbar hatte er vergessen zu erklären, was ein Daruma noch alles war.

Niemand hob die Hand.

Sensei Yamada wartete.

Immer noch meldete sich niemand, doch Yamada wartete trotzdem weiter, als müsste sich die Antwort in den Köpfen der Schüler erst bilden.

Endlich meldete sich Kiku zögernd.

»Ja, Kiku-chan?«

»Sind das vielleicht die neun Regeln auf dem Weg zur Erleuchtung?«

»Nicht genau, Kiku-chan, aber schon recht gut«, sagte Yamada sichtlich erfreut. »Es handelt sich um eine ansteigende Folge von neun Stufen oder Ansichten, die der Samurai während der Meditation durchlaufen muss. Das richtige Verständnis der neun Ansichten führt letztlich zum *satori*, zur Erleuchtung.«

Ein rätselhaftes Lächeln erschien auf seinen Lippen und seine Augen funkelten wie die Sonne auf einem Fluss. Jack spürte, wie der Blick ihn erfasste, und er fühlte sich wie ein Blatt, das im selben Fluss trieb.

»Diese Technik der Meditation heißt *zazen.* Ziel des Zazen ist es, zu sitzen und die Gedanken zu öffnen. Ist der Geist erst von seinen vielen Fesseln befreit, kann er zur wahren Natur des Daseins vordringen und dabei zur Erleuchtung gelangen.«

Sensei Yamadas angenehme Stimme klang wie ein plätschernder Bach, ein summender Bienenschwarm und eine zärtliche Mutter zugleich. Jack verstand zwar nicht genau, wovon Sensei Yamada redete, aber er ließ sich willig in dem hypnotischen Auf und Ab der klangvollen Worte des Lehrers treiben.

»Heute wollen wir Zazen an dem Daruma üben«, sagte Yamada. »Wir meditieren für die Dauer eines Räucherstäbchens.« Er zündete ein kurzes Räucherstäbchen an, das die Zeit messen sollte.

»Die erste Ansicht besteht darin, die richtige Meditationshaltung einzunehmen, wie ihr es bereits tut – man sitzt mit gekreuzten Beinen, der Rücken ist gerade, aber entspannt, die Hände liegen aufeinander, die Augen sind halb geschlossen.«

Alle folgten seinen Anweisungen.

»Die zweite Ansicht beinhaltet, aus dem *hara* unmittelbar über dem Bauchnabel zu atmen. Dort liegt euer Zentrum. Ihr atmet langsam, ruhig und gleichmäßig. *Mokuso.*« Er begann mit der Atemmeditation.

Jack konzentrierte sich, hatte aber Schwierigkeiten, sein

Atemzentrum von der Brust nach unten in den Bauch zu verlagern.

»Mit dem *hara*, Jack-kun, nicht mit der Brust«, sagte Yamada leise.

Wie hat er das gemerkt?, dachte Jack verblüfft. Er konzentrierte sich wieder auf seinen Atem und versuchte, den Bauch hinauszudrücken, statt die Brust zu heben.

Sensei Yamada ließ die ganze Klasse einige Minuten lang langsam atmen.

»Bei der dritten Ansicht geht es darum, den Geist zu beruhigen. Lasst alle unwichtigen Gedanken, störenden Gefühle oder Ärgernisse los. Stellt euch vor, sie sind Schnee in eurem Kopf. Lasst sie schmelzen, bis sie verschwunden sind.«

In Jacks Kopf schwirrten die Gedanken wie in einem Wespennest. Er dachte an Kazuki, das Buch seines Vaters, an Drachenauge, Akiko, sein Zuhause, Masamoto, seinen Vater, Jess ... Sobald Jack einen Gedanken beiseiteschob, nahm gleich der nächste seinen Platz ein.

»Die vierte Ansicht ist die Erfüllung. Wenn eure weltlichen Gedanken verschwinden, füllt euren Körper mit Ki. Stellt euch vor, ihr seid ein leeres Gefäß. Gießt eure Lebenskraft hinein wie Honig. Sie soll euch von der Sohle bis zum Scheitel erfüllen.«

Jack konnte sich nicht auf die nächste Stufe konzentrieren. Ständig lenkten ihn neue Gedanken ab.

»Die fünfte Ansicht ist die der natürlichen Weisheit. Wer in sich ruht und sein Gleichgewicht gefunden hat, sieht die

Dinge, wie sie wirklich sind. Das führt ganz von selbst zur Weisheit.«

Sensei Yamadas Stimme versetzte die Schüler in einen traumartigen Zustand. Er ließ sie noch eine Weile schweben, bevor er fortfuhr.

Jack versuchte unterdessen, endlich Ordnung in seinem Kopf zu schaffen, damit das Ki fließen konnte und er die Kraft wiederentdeckte, auf die er während der Schwertprüfung durch Zufall gestoßen war.

»Wir wollen es für heute bei dieser fünften Ansicht bewenden lassen und uns einer grundlegenden Frage zuwenden, die ihr für euch selbst beantworten sollt. Konzentriert euch auf euren Daruma und lasst ihn schaukeln. Wir wissen alle, was das ist, aber was ist das?«

Sensei Yamada wollte ganz offensichtlich keine Antwort auf seine Frage hören. Die Schüler sollten für sich darüber nachdenken. Doch Jack konnte sich immer noch nicht konzentrieren, deshalb fiel ihm nichts ein. Der Daruma sah einfach wie ein Daruma aus und seine blicklosen Augen waren leer und gaben keine Antwort preis.

Er wandte sich anderen Gedanken zu, die ihm durch den Kopf gingen, bis das Weihrauchstäbchen abgebrannt war und Sensei Yamada rief: »*Mokuso yame!*«

Die Schüler stellten ihre Meditationsversuche ein. Einige seufzten hörbar vor Erleichterung.

»Bravo, gut gemacht. Ihr habt soeben ein wichtiges Ideal des Bushido gelernt.« Sensei Yamada lächelte zufrieden, als sei die Antwort auf seine Rätselfrage sonnenklar.

Jack verstand immer noch nicht, wovon Sensei Yamada sprach. Er sah sich in der Halle um. Auch die anderen Schüler schienen verwirrt und hatten offenbar keine Erleuchtung gehabt. Nur Kiku und Yori wirkten zufrieden mit dem, was sie erlebt hatten.

»Meditiert heute Abend weiter über der Puppe. Findet heraus, was ihr noch von ihr lernen könnt.« Sensei Yamada nickte vielsagend. Offenbar konnte man von der hölzernen Puppe noch sehr viele Weisheiten erfahren. »Der Schlüssel zur Kunst des Zen ist die regelmäßige tägliche Übung. Gewöhnt euch also an, jeden Morgen und Abend ein halbes Räucherstäbchen lang zu meditieren. Ihr werdet die wahre Natur des Lebens bald erkennen.«

Er verbeugte sich zum Zeichen, dass der Unterricht beendet war. Die Schüler standen auf, verbeugten sich ebenfalls, nahmen ihre Darumas und gingen.

Jack schüttelte die Beine, um das Blut wieder in Gang zu bringen, und ging hinter Akiko, Kiku und Yamato her.

»Und vergesst nicht, das erste Auge auszumalen und euch etwas zu wünschen!«, rief Sensei Yamada ihnen heiter nach. Er war auf seinen Kissen sitzen geblieben und sah immer noch aus wie die freundliche Kröte auf dem Seerosenblatt.

Sie traten aus der dämmrigen Buddha-Halle in den Haupthof und Jack musste seine Augen mit der Hand vor der Wintersonne abschirmen, die tief am Abendhimmel stand.

»Worum ging es in der Stunde eigentlich?« fragte Saburo, der hinter ihnen die Treppe herunterkam.

»Keine Ahnung«, erwiderte Yamato. »Fragen wir doch Kiku. Die scheint alles zu wissen.«

»Ihr sollt es euch selbst erarbeiten«, rief Kiku über die Schulter.

»Ich verstehe das immer noch nicht«, sagte Saburo. »Ein Daruma ist doch nur eine Puppe, von der man sich etwas wünschen kann.«

»Nein, ein Daruma ist mehr«, erwiderte Kiku.

»Das hat Sensei Yamada auch gesagt, du wiederholst ihn nur«, meinte Saburo herausfordernd. »Also hast du wahrscheinlich auch keine Ahnung.«

»Doch, habe ich«, erwiderte Kiku steif. Mehr wollte sie allerdings nicht sagen.

»Kann mir sonst jemand erklären, was Yamada gemeint hat?«, fragte Saburo ratlos. »Akiko? Yamato?«

Die beiden zuckten die Schultern.

»Ich würde dich ja auch fragen, Jack, aber du weißt wahrscheinlich nicht einmal, was Zen ist.«

Saburo hatte Recht, Jack wusste es nicht. Er hatte gehofft, jemand würde es ihm sagen, aber nicht zu fragen gewagt, um nicht noch mehr aufzufallen.

»Siebenmal unten, achtmal oben«, sagte eine piepsige Stimme.

Sie drehten sich um. Yori kam die Treppe herunter.

»Was?«

»Siebenmal unten, achtmal oben. Egal wie oft ihr zu Boden geht, ihr steht auf und versucht es noch einmal. Wie der Daruma.«

Die anderen starrten Yori verwirrt an.

»Sensei Yamada hat uns ein wichtiges Prinzip der Kunst des Kampfes vorgestellt. Gib nie auf.«

»Warum sagt er das nicht gleich?«, fragte Saburo.

»Weil das im Zen nicht geht«, sagte Kiku, sichtlich verärgert darüber, dass Yori die Antwort verraten hatte. Sie sah Jack an, als erkläre sie es nur um seinetwillen. »Der Zen sagt, dass man die letzte Wahrheit über das Leben selbst erfahren muss, statt sie durch Lernen herauszufinden.«

»Wie bitte?« Jack hatte trotz aller Anstrengung immer noch nicht verstanden, worum es ging.

»Sensei Yamada will uns führen, nicht belehren. Die Antwort muss jeder für sich selbst finden. Wenn Sensei Yamada sie euch einfach gesagt hätte, hättet ihr sie nicht in ihrer wahren Bedeutung erkannt.«

»Ich schon!«, fiel Saburo ein. »Und ich hätte mir einige Kopfschmerzen erspart!«

Am Abend zündete Jack in seinem Zimmer ein kurzes Weihrauchstäbchen an, setzte sich im Halblotus auf den Boden und betrachtete die rote Puppe. Er stieß sie an und sah zu, wie sie hin- und herschaukelte. Dann wartete er geduldig auf die Erleuchtung.

Das Stäbchen brannte herunter und die Erleuchtung blieb aus. Also zündete er noch eins an und gab der Puppe wieder einen Schubs.

Die sanfte Schaukelbewegung machte ihn schläfrig. Er schubste die Puppe noch einmal an. Seine Gedanken begannen zu wandern. Niemand störte ihn und die Puppe schaukelte vor sich hin.

Er entspannte sich … Seine Augen gingen halb zu … Sein Atem verlangsamte sich … Er wurde ruhiger … Seine Gedanken begannen sich zu ordnen … Eine sanfte Wärme erfüllte ihn … das Ki … Ein einzelner Gedanke leuchtete hell auf.

Jack wusste, was er sich wünschen wollte.

Er malte das erste Auge aus.

29

Sensei Kyuzo

Jack flog durch die Luft.

Der Boden kam ihm entgegen. Mit einem hässlichen Knirschen landete er auf dem Rücken und bekam keine Luft mehr. Würgend lag er da.

Im nächsten Augenblick plumpste Yamato neben ihm herunter, gefolgt von Saburo, der auf Jack und Yamato fiel, sodass sie sich nicht mehr bewegen konnten.

»Idiot!«, schimpften sie.

»Entschuldigung.« Saburo rollte von ihnen herunter und rieb sich die Brust. »Aber ich konnte einfach nicht glauben, was er sagte.«

»Jetzt weißt du, dass es stimmt!« Yamato stieß ihn weg.

Jack sah Saburo verärgert an. Saburo war schuld an ihrer Blamage. Sensei Kyuzo hatte sich vorgestellt, seine Siege über verschiedene berühmte Krieger aufgezählt, und Saburo hatte in seinem Leichtsinn ungläubig geschnaubt. Empört hatte Sensei Kyuzo sich vor ihm aufgebaut.

»Glaubst du, ich würde lügen, um einen blutigen Anfänger zu beeindrucken? Glaubst du, jemand meiner Größe kann einen ein Meter achtzig großen Koreaner nicht besiegen? Steh auf! Und ihr auch, Yamato-kun und der Gaijin da.« Er zeigte mit einem knotigen Finger auf Jack. »Greift mich an! Alle zugleich!«

Verlegen und ein wenig wie erschrockene Kaninchen hatten die drei dagestanden. Der Alte war kleiner als sie, wirkte aber so gefährlich wie eine Klapperschlange.

»Na los, ich dachte, ihr seid Samurai!«, spottete er. »Ich gebe euch sogar noch einen Vorsprung. Ich werde nur den rechten Arm verwenden.«

Die anderen Schüler hatten gekichert, zu ungleich schien der Kampf.

»Greift an, los!«, brüllte der Sensei.

Die Jungen hatten einen Blick gewechselt und Sensei Kyuzo dann gleichzeitig angegriffen. Jack hatte den Lehrer noch gar nicht berührt, da flog er schon als Erster durch die Luft, unmittelbar gefolgt von Yamato und Saburo. Eine demütigende Niederlage!

Jack kniete sich wieder zwischen die anderen. Kazuki grinste ihn hämisch an.

»Ich danke meinen Eltern, dass sie mir einen so kleinen Körper mitgegeben haben«, sagte Sensei Kyuzo herausfordernd. »Andere Krieger unterschätzen mich deshalb, wie auch ihr mich unterschätzt. Glaubst du mir jetzt wenigstens, Saburo-kun?«

»*Hai,* Sensei«, sagte Saburo und verbeugte sich so hastig, dass er mit der Stirn auf den Boden schlug.

Sensei Kyuzo fuhr mit dem Unterricht fort. Um seine Worte zu unterstreichen, trommelte er immer wieder mit den Fingern gegen einen hölzernen Pfosten. Seine Finger waren so hart wie Eisen und der Pfosten erzitterte jedes Mal, wenn er dagegenschlug.

»Um größere Gegner besiegen zu können, musste ich meine Technik perfektionieren und doppelt so viel üben.«

Sensei Kyuzo sprach abgehackt und im Takt der trommelnden Finger.

»Wenn mein Gegner eine Stunde übt, übe ich zwei. Übt er zwei Stunden, übe ich vier. Der Schlüssel zur Kunst des Kampfes ohne Waffen ist harte Arbeit, ständige Übung und Disziplin. *Hai?*«

»*Hai,* Sensei«, murmelten die Schüler.

»Ich habe gefragt, ob ihr das verstanden habt. Auch die Götter im Himmel müssen eure Antwort hören. *Hai?*«

»*Hai,* Sensei!«, brüllten die Schüler im Chor, dass die Wände zitterten.

»Jedes Mal, wenn ihr die Halle verlasst, steht ihr vor zehntausend Feinden. *Hai?*«

»*Hai,* Sensei!«

»Eure Hände und Füße sind Waffen gegen eure Feinde. *Hai?*«

»*Hai,* Sensei!«

»Wer heute übt, wird morgen siegen. *Hai?*«

»*Hai,* Sensei!«

»Im ersten Jahr werden wir uns mit den grundlegenden Kampftechniken beschäftigen.«

Sensei Kyuzo redete weiter auf sie ein und bearbeitete den Pfosten mit der Faust.

»Beherrscht die Grundlagen. Nur sie sind wichtig. Lernt die richtige Haltung. Macht präzise Bewegungen. Dann könnt ihr kämpfen. Mit extravaganten Tricks könnt ihr auf dem Jahrmarkt auftreten und die Frauen beeindrucken. Im Kampf zählen nur die Grundlagen.«

Plötzlich hielt er inne.

»Du, Gaijin, komm her!«, befahl er.

»Ich heiße Jack, Sensei«, antwortete Jack steif. Dass der Lehrer das Schimpfwort verwendete, brachte ihn aus der Fassung.

»Gut. Komm her, Gaijin Jack.« Sensei Kyuzo winkte ihn mit einer ungeduldigen Handbewegung zu sich.

Kazuki prustete vor Lachen. »Gaijin Jack«, flüsterte er Nobu zu.

»Kazuki-kun!«, sagte Sensei Kyuzo, ohne den Blick von Jack zu wenden. »Ich hoffe doch, dass du die Erwartungen deines Vaters an dich als Samurai erfüllst. Pass gut auf!«

Jack stellte sich Sensei Kyuzo gegenüber. Er wusste nicht, was der Sensei mit ihm vorhatte. Sensei Kyuzo war nicht zimperlich und Jack wollte ihn auf keinen Fall noch einmal unterschätzen.

»Bevor wir uns mit Treten, Schlagen und Werfen beschäftigen, müsst ihr in der Lage sein, euren Gegner zu beherrschen. Wir beginnen mit dem Abwehren und Festhalten, weil ihr die Kraftlinien dabei leichter spürt als beim Schlagen.« Er wandte sich Jack zu und musterte ihn listig.

»Pack mich am Handgelenk, als wolltest du verhindern, dass ich das Schwert ziehe«, befahl er. »Greif an!«

Jack trat zögernd auf ihn zu und griff misstrauisch nach dem Arm des Lehrers. Augenblicklich fuhren ihm stechende Schmerzen durch das Handgelenk und er ging in die Knie. Sensei Kyuzo hatte nur Jacks Arm gepackt und ihn mit einer Drehung zu sich gezogen, doch die Wirkung war gewaltig.

»Diese Technik heißt *nikkyō*«, erklärte der Lehrer. »Man übt dabei schmerzhaften Druck auf die Nerven des Handgelenks und des Unterarms aus. Klopfe mit der Hand auf den Schenkel oder den Boden, wenn die Schmerzen unerträglich werden, Gaijin.«

Er drehte Jacks Handgelenk noch ein wenig weiter und Jack wurde vor Schmerzen beinahe schwarz vor Augen. Er schlug wie wild auf seinen Schenkel und der Sensei ließ los. Durch seine tränenden Augen sah Jack Kazuki schadenfroh grinsen.

»Steh auf! Greif mich mit aller Kraft und so schnell du kannst an«, befahl der Sensei.

Jack gehorchte, lag aber schon im nächsten Moment wieder auf dem Boden und krümmte sich vor Schmerzen. In Panik schlug er auf seinen Schenkel und der Druck ließ nach.

»Wie ihr seht, beherrscht das Sanfte das Heftige. Je heftiger Gaijin Jack mich angreift, desto leichter fällt es mir, ihn zu besiegen.« Kyuzo führte der Klasse den Griff mit einem kaltschnäuzigen Lächeln noch einige Male vor.

Anschließend demonstrierte er an Jack noch einige weitere Techniken. Er schleuderte ihn herum wie eine Puppe, verwendete ihn als Boxsack und machte Jacks schlechte Haltung deutlich, indem er ihn wiederholt umwarf. Zuletzt keuchte Jack vor Erschöpfung. Er hatte überall Prellungen und jeder Knochen tat ihm weh.

»Übt jetzt bitte alle diese Technik. Tut euch zu zweit zusammen – legt fest, wer den Griff ausführt und wer ihn empfängt. Kazuki, du übst mit meinem Partner. Er hat sich schon für dich warm gemacht.«

Jack stöhnte innerlich auf, war aber fest entschlossen, seinen Ärger vor Kazuki nicht zu zeigen.

»Ich übe zuerst an dir, Gaijin Jack, weil du das schon kennst«, sagte Kazuki und streckte ihm seinen Arm hin.

»Aber denkt daran«, mahnte Sensei Kyuzo, »wenn der Griff zu sehr schmerzt, schlagt auf den Boden oder Schenkel, damit euer Partner es weiß. Er muss euch dann sofort loslassen.«

Jack umklammerte Kazukis Handgelenk mit den Fingern und hoffte insgeheim, dass Kazuki den Griff aufgrund mangelnder Erfahrung nicht richtig anwenden konnte. Doch Kazuki hatte ihn offenbar schon früher geübt. Jack ging in die Knie vor Schmerzen und schlug mit der Hand auf seinen Schenkel.

Kazuki drückte noch fester zu.

Jack schlug stärker auf seinen Schenkel.

Kazuki drehte Jacks Handgelenk so weit, wie er konnte. Tränen liefen Jack über das Gesicht. Kazukis Augen funkelten rachsüchtig.

»Partnerwechsel«, befahl Sensei Kyuzo.

»Guter Partner, Gaijin Jack«, sagte Kazuki verächtlich. Er ließ Jacks Handgelenk los und sah sich nach seinem nächsten Opfer um.

Jack schäumte. Er konnte sich nicht einmal revanchieren.

Nach dem Unterricht verließ Jack die Halle als Erster.

Akiko eilte ihm nach.

»Alles in Ordnung, Jack?«, fragte sie.

»Natürlich nicht!« Jacks ganze aufgestaute Wut brach aus ihm heraus. »Warum nimmt Sensei Kyuzo nicht jemand anders als Vorführobjekt? Er hat es auf mich abgesehen. Er ist genauso wie Kazuki und mag keine Gaijin.«

»Nein, das ist nicht wahr«, redete Akiko beruhigend auf ihn ein. »Das nächste Mal nimmt er bestimmt jemand anders. Außerdem ist es gut, der passive Partner zu sein. Masamoto meinte, auf diese Weise lerne man am meisten. Man weiß dann nämlich, wie der Griff sich anfühlen muss, wenn er richtig ausgeführt wird.«

Andere Schüler verließen den Butokuden und gingen an ihnen vorbei zum Mittagessen in die Halle der Schmetterlinge. Jack hörte sie kichernd »Gaijin Jack« sagen.

»Und warum nennen mich alle Gaijin Jack? Ich beschimpfe sie doch auch nicht!«

»Beachte sie einfach nicht, Jack«, riet Akiko. »Sie wissen es nicht besser.«

Aber sie sollten es besser wissen, dachte Jack. Sie sind doch alle Samurai.

侍

30

Bogenschießen

Ein weißer Fleck, nicht größer als ein Auge, leuchtete in der Mittagssonne auf und der Schlag eines Tempelgongs breitete sich wummernd über die Dächer der Schule aus.

Ein Büschel Federn sauste mit der Geschwindigkeit eines im Sturzflug auf sein Opfer niedergehenden Jagdfalken durch die Luft, begleitet von einem durchdringenden, hohen Pfeifton. Ein dumpfer Laut, ähnlich einem einzelnen Herzschlag, ertönte und der Pfeil steckte exakt in der Mitte der Zielscheibe.

Im nächsten Augenblick schlug genau daneben ein zweiter Pfeil ein. Seine Federn zitterten.

Die Schüler klatschten Beifall. Sensei Yosa verharrte noch einen Augenblick in ihrer Haltung und ihre Konzentration war förmlich zu spüren. Dann senkte sie den Bogen und trat vor ihre Schüler.

»Die Kunst des Bogenschießens verlangt dem Samurai gleich mehrere Fähigkeiten ab – die Entschlossenheit des Kriegers, die Anmut des Tänzers und die geistige Ruhe des Mönches.«

Die Schüler hörten ihr aufmerksam zu. Sie hatten sich

am Ende des *Nanzen-niwa* versammelt, des »Südlichen Zen-Gartens« hinter der Buddha-Halle – ein Garten von schlichter Schönheit. Er war um eine lange, rechteckige, sauber geharkte Fläche aus weißem Sand angelegt und mit großen Steinen und sorgfältig geschnittenen Büschen geschmückt. Am anderen Ende stand eine uralte knorrige, vom Wind gebeugte Kiefer. Ein Ast wurde wie der Arm eines gebrechlichen alten Mannes von einer hölzernen Krücke gestützt. Unter der Kiefer stand die Zielscheibe. Sie sah aufgrund der Entfernung nicht größer aus als Jacks Kopf und der weiße Punkt in der Mitte der beiden konzentrischen schwarzen Ringe war kaum zu erkennen.

»Der Bogen ist für den Kampf aus großer Entfernung am besten geeignet. Er kann in den Händen von Männern wie Frauen, Mädchen wie Jungen eine tödliche Waffe sein.«

Jack kniete neben Yamato und Akiko. Er bewunderte Sensei Yosa für ihre Schönheit und ihre Kunstfertigkeit beim Bogenschießen. Ein tödlicher Engel unterrichtete ihn.

»Alle Daimyō werden in der Kunst des Bogenschießens unterrichtet, Takatomi Hideaki genauso wie Kamakura Katsuro oder Masamoto Takeshi selbst. Und natürlich beruht auch Tomoe Gozens legendärer Ruf auf dem Bogen.«

Akiko lauschte Sensei Yosas Worten wie gebannt. Die Erwähnung Tomoe Gozens freute sie besonders und Jack glaubte schon, sie würde gleich anfangen zu klatschen.

»Anders als das Schwert, die Faust oder der Fuß leistet der Bogen euch Widerstand. Ist er ganz gespannt, kann er schnell brechen!«

Die Schüler wechselten verblüffte Blicke. Nur Kazuki starrte in die Gegend und wirkte gelangweilt. Vielleicht war ihm Bogenschießen zu harmlos, dachte Jack.

»Die Kunst des Bogenschießens ähnelt einer Pyramide. Die höchsten Fähigkeiten ruhen auf einer breiten, festen Basis. Entsprechend Zeit braucht man für ein stabiles Fundament. In den nächsten Monaten werden wir uns diesem Ziel Schritt für Schritt nähern.« Sensei Yosa strich zärtlich über das gefiederte Ende des Pfeils, den sie zwischen Daumen und Zeigefinger hielt. »Heute begnügen wir uns damit, ein Gefühl für den Bogen zu bekommen. Wer Geschick zeigt, kann vielleicht sogar einen Pfeil abschießen.«

Die Aussicht, womöglich schon auf ein Ziel zu schießen, sorgte für aufgeregtes Gemurmel unter den Samuraischülern. Akiko war selbst gespannt wie ein Bogen und kniete noch aufrechter als zuvor, bereit, bei der ersten Gelegenheit aufzuspringen.

»Seht mir zunächst bitte genau zu, damit ihr meine Bewegungen nachmachen könnt.« Sensei Yosa trat an die Abschusslinie. »Als erstes Prinzip des Bogenschießens müssen Geist, Bogen und Körper eine Einheit bilden.«

Sensei Yosa stellte sich seitlich zum Ziel auf, die Beine weit gespreizt, sodass sie ein A bildeten.

»Das zweite Prinzip ist das Gleichgewicht. Das Gleichgewicht ist das Fundament des Bogenschießens. Stellt euch vor, ihr seid ein Baum. Eure Beine und Füße bilden den stabilen Stamm und die festen Wurzeln, euer Oberkörper ist die Baumkrone mit Ästen, die sich biegen, aber doch eine feste Form und Aufgabe haben. Das Gleichgewicht zwischen beidem macht den guten Bogenschützen aus!«

Sensei Yosa hielt die Bogensehne mit der rechten Hand und brachte die linke Hand am Griff des Bogens sorgfältig in die richtige Stellung. Dann hob sie den Bogen, der größer war als sie, über ihren Kopf.

»Geist und Körper kämpfen beständig darum, die Bewegung des Spannens zu bestimmen. Ein Ziel genau mit dem Pfeil zu treffen, erfordert absolute Konzentration. Das ist das dritte Prinzip. Das kleinste Ungleichgewicht, ein falscher Atemzug, die geringste Störung – und man schießt daneben.«

Sensei Yosa senkte den Bogen und spannte gleichzeitig die Sehne. Der Pfeil lag auf der Höhe ihres rechten Auges, die tiefrote Narbe auf ihrer Wange war zwischen Sehne und Pfeil eingerahmt.

»Stimmen Konzentration und Gleichgewicht, trifft der Pfeil ins Ziel. Das geistige Bestreben ist es, sich vollkommen dem Weg des Bogens zu überlassen.«

Sensei Yosa spannte die Sehne mit einer fließenden Bewegung vollends und ließ los. Der Pfeil flog durch die Luft und traf erneut in die Mitte der Zielscheibe.

»Wer möchte es als Erster versuchen?«, fragte sie.

Akikos Hand schoss nach oben. Emi, die eine Gelegenheit witterte, Akiko erneut zu übertreffen, meldete sich ebenfalls.

»Dann fangen wir mit euch an. Benutzt bitte diese beiden Bogen. Sie müssten die richtige Größe und Zugstärke für euch haben.« Sensei Yosa zeigte auf den unteren Teil eines Gestells hinter ihr.

Emi stand auf, um ihren Platz einzunehmen.

»Viel Glück«, wünschte Kiku ihr.

»Glück braucht nur, wer nichts kann«, erwiderte Emi herablassend wie zu einer Magd und trat an die Abschusslinie.

»Spannt den Bogen bitte so, wie ich es vorgemacht habe, aber lasst erst los, wenn ich es sage.«

Die beiden Mädchen hoben ihre Bogen und spannten sie dicht neben ihren Köpfen. Emi war deutlich größer als die neben ihr stehende Akiko und ihre ungewöhnlich langen, spiegelglatten Haare betonten noch ihre schlanke Figur. Sie hatte ein ausdrucksvolles, schönes Gesicht mit einem Mund wie ein Strich. Sie sah aus wie das Wappentier ihrer Familie, der Kranich, dachte Jack – groß, schlank und elegant.

»Gut. Eure Haltung ist nicht schlecht. Ihr könnt jetzt schießen, den Zeitpunkt bestimmt ihr selbst. Nehmt das nächste Ziel.« Sie zeigte auf eine Scheibe in etwa zehn Schritt Entfernung.

Emi schoss, doch die Sehne blieb an ihrem Arm hängen und der Pfeil trudelte nur einige Meter durch die Luft und fiel noch vor der Zielscheibe zu Boden.

Akiko schoss etwas besser. Ihr Pfeil sauste gerade durch die Luft, verfehlte das Ziel aber deutlich.

»Ein guter erster Versuch«, sagte Sensei Yosa. »Habt ihr schon einmal geschossen?«

»*Hai,* Sensei«, gab Emi verdrossen zu.

»Ich noch nicht, Sensei«, sagte Akiko sehr zu Emis Missfallen.

»Dann bin ich sehr beeindruckt, Akiko-chan«, sagte Sensei Yosa. »Du bist offenbar ein Naturtalent.«

»Ich möchte noch einen zweiten Versuch«, verlangte Emi gereizt.

Irritiert über ihren hochmütigen Ton, musterte Sensei Yosa die beiden Mädchen eine Weile, bevor sie antwortete. »Ich habe nichts gegen ein kleines Wettschießen. Es fördert die Begabung. Tretet also beide wieder an die Abschusslinie. Wir wollen sehen, ob ihr die Scheibe diesmal trefft.«

Emi stellte sich in Position, spannte den Bogen und schoss. Der Pfeil traf den äußeren schwarzen Rand der Zielscheibe. Emi warf Akiko einen überheblichen Blick zu. Sie war sich ihres Sieges sicher.

»Sehr gut, Emi-chan. Mal sehen, ob Akiko-chan das noch verbessern kann.« Sensei Yosa sah Akiko aufmunternd an.

Akiko trat an die Abschusslinie.

Jack hielt die Luft an. Akiko stellte sich zurecht, legte die Hand an die Bogensehne, packte den Griff des Bogens und versuchte langsamer zu atmen. Jack sah, dass ihre Hände ein wenig zitterten. Doch dann trat eine eiserne Entschlossenheit in ihr Gesicht. Ganz ruhig stand sie da, hob den Bogen über den Kopf, senkte ihn langsam wieder und spannte ihn. Jack sah, wie Emi hoffte, dass Akiko danebenschießen würde. Wie sollte Akiko auch die Mitte der Scheibe treffen? Das Ziel sah winzig aus.

Akiko spannte den Bogen vollends und schoss. Der Pfeil

sauste durch die Luft und traf die Scheibe einen Daumen breit näher an der Mitte als der von Emi. Jack stieß einen Freudenschrei aus und die anderen Schüler fielen sofort ein.

Akiko strahlte in einer Mischung aus Freude und Staunen.

»Ausgezeichnet, Akiko«, lobte Sensei Yosa. »Ihr könnt euch setzen. Wer will als Nächster?«

Sofort meldeten sich einige andere Schüler, während eine mürrische Emi und eine überglückliche Akiko an ihre Plätze zurückkehrten und sich wieder hinknieten.

Jack sah zu, wie die Schüler nacheinander schossen.

Auch Kazuki und Nobu standen auf und wählten sich die größten Bogen, die sie an dem Gestell finden konnten, obwohl Sensei Yosa sie warnte und sagte, sie könnten die Bogen nicht spannen. Bei Nobu zeigte sich auch sofort, dass sie Recht hatte. Die Sehne rutschte ihm aus den Fingern und schnalzte gegen seine Wange. Nobu heulte vor Schmerzen auf und die anderen Schüler kicherten schadenfroh. Sogar Kazuki lachte über das Missgeschick seines Freundes.

Dann war Jack an der Reihe.

Er trat an die Linie, legte einen Pfeil auf und spannte den Bogen. Da traf ihn aus dem Nichts etwas im Gesicht. Jack erschrak und ließ die Sehne los. Der Pfeil flog unkontrolliert davon, prallte von einem großen, aufrecht stehenden Stein ab und flog auf Sensei Yosa zu, die an der Seite stand. Er landete unmittelbar vor ihren Füßen und durchbohrte den Rand ihres Zehensockens.

»Halt!«, rief Sensei Yosa.

Niemand rührte sich. Im Garten wurde es totenstill. Jack hörte das Scharren der Pfeilspitze, als Sensei Yosa sie aus dem Boden zog, und dann das Knirschen des Kieses, als die Lehrerin zu ihm kam.

»Jack-kun«, sagte sie leise, »habe ich dir erlaubt, schon zu schießen?«

»Es tut mir furchtbar leid, Sensei, aber es war nicht meine Schuld.«

»Bekenne dich zu deiner Verantwortung! Du bist der Bogen, du hast den Schuss abgegeben. Komm nach dem Unterricht zu mir, dann gebe ich dir deine Strafe.«

»Entschuldigen Sie, Sensei Yosa«, rief Yori ängstlich.

»Was ist, Yori-kun?«

»Jack konnte wirklich nichts dafür. Jemand hat mit einem Stein nach ihm geworfen.«

»Ist das wahr?«, wollte Sensei Yosa von Jack wissen. »Wer?«

»Ich weiß es nicht«, erwiderte Jack, obwohl er eine ziemlich sichere Vermutung hatte.

»Yori? Wer war es?«

Der kleine Junge verbeugte sich und flüsterte aufgeregt Kazukis Namen.

Sensei Yosa verstand ihn nicht gleich. »Wer, Yori-kun?«

»Kazuki, Sensei …« Yori verstummte.

Kazuki fühlte sich verraten. Seine Augen blitzten wütend auf und er wollte auf Yori losgehen, blieb aber verdattert stehen, als Sensei Yosa losbrüllte.

»Kazuki-kun! Du kommst nach dem Unterricht zu mir

und dann sprechen wir über *deine* Strafe. Bring mir die Pfeile von der Zielscheibe!«

Kazuki verbeugte sich rasch, rannte verschreckt zur Zielscheibe und zog an den Pfeilen. Er hatte gerade den ersten herausgerissen, da schwirrte ein Pfeil an seinem Ohr vorbei und nagelte den Ärmel seines Kimonos an die Scheibe. Er fuhr mit hervorquellenden Augen herum, den Mund in stummem Entsetzen aufgerissen.

»Wecke den Zorn einer Biene, Kazuki-kun, und sie greift dich mit der Macht des Drachen an!«, rief Sensei Yosa und legte einen zweiten Pfeil auf. »Das Bogenschießen ist für Schüler eine sehr gefährliche Kunst. Für Unsinn ist hier kein Platz. Hast du mich verstanden, Kazuki-kun?«

Noch ehe Kazuki wusste, wie ihm geschah, hatte sie den zweiten Pfeil abgeschossen. Der Pfeil streifte seinen Scheitel, fuhr zwischen seinen Haaren hindurch und bohrte sich in die Zielscheibe. Kazuki wand sich wie ein auf einem Haken aufgespießter Wurm und versuchte verzweifelt, die Demütigung zu beenden.

»Hai, Sensei Yosa! *Moushiwake arimasen deshita!«,* sprudelte es aus ihm heraus.

Jack empfand Schadenfreude über die wohlverdiente Strafe seines Widersachers. Vielleicht drangsalierte Kazuki ihn in Zukunft nicht mehr so leichtfertig.

Dankbar verbeugte er sich vor Yori, doch der Junge erwiderte die Verbeugung nicht. Er kniete nur mit ausdruckslosem Blick an seinem Platz und kaute ängstlich auf seiner Unterlippe.

侍

31

Kazukis Krieg

Beim Abendessen fehlte Kazuki.

Jacks Anspannung ließ zum ersten Mal seit seiner Ankunft in Kyoto nach. Offenbar war Kazuki noch mit der von Sensei Yosa verhängten Strafe beschäftigt. Sorge machte ihm nur, dass auch Yori nicht zum Essen erschienen war. Akiko sagte, sie sei ihm auf dem Weg zur Buddha-Halle begegnet, er sei vielleicht mit Sensei Yamada dort verabredet. Doch als das Essen begann, kam Sensei Yamada allein in den Speisesaal geschlurft.

Das Essen ging zu Ende. Yori war immer noch nicht aufgetaucht und Jack war inzwischen davon überzeugt, dass ihm etwas zugestoßen war. Seine Sorge wuchs, als er Nobu aus dem Speisesaal eilen sah.

»Ich mache mir Sorgen um Yori, Akiko. Er ist nicht zum Essen gekommen.«

»Ihm ist bestimmt nichts passiert, Jack. Wahrscheinlich meditiert er irgendwo. Ich habe ihn schon zu jeder Tageszeit in seinem Zimmer meditieren sehen. Er hat wunderbar nach Sandelholz duftende Räucherstäbchen. Einmal hat er mir eins geliehen …«

»Ich mache mir trotzdem Sorgen. Beim Bogenschießen heute Morgen hat er sich Kazuki bestimmt zum Feind gemacht.«

»Jack, Kazuki hat das Gesicht verloren, aber er würde es nie wagen, Yori etwas zu tun. Es wäre gegen seine Ehre.«

»Ehre? Was für eine Ehre? Mich überfällt er auch ohne Skrupel.«

»Stimmt, aber du bist …«, Akiko stockte verlegen, »… ein Gaijin, ein Ausländer. Er betrachtet dich nicht als ebenbürtig. Yori dagegen ist Japaner und stammt aus einer altehrwürdigen Samurai-Familie.«

»Aber Masamoto hat mich als seinen Sohn angenommen, also verdiene ich doch denselben Respekt …« Jack verstummte.

Er sah in Akikos Augen, dass er nicht ebenbürtig war und es auch nie sein würde. Nicht für Akiko und erst recht nicht für Kazuki. Er sah sich am Tisch um. Saburo und Kiku mieden seinen Blick höflich, Yamato erwiderte ihn kalt. Er fand sich offenbar noch immer nur deshalb mit ihm ab, weil sein Vater es befohlen hatte. Dabei hatte Jack ihm das Leben gerettet.

»Ehre gebührt also nur den Japanern, ja?«, fragte er herausfordernd. Akikos Gesicht fiel zusammen wie eine Schneewehe und sie verbeugte sich, um seinem wütenden Blick auszuweichen. »Dann erweist wenigstens Yori die gebührende Ehre und helft mir, ihn zu suchen.«

»Gute Idee«, sagte Saburo eifrig, um die Atmosphäre zu entspannen. »Vielleicht können Yamato und ich ihn im

Garten suchen und Akiko und Kiku in der Halle der Löwen. Du kannst die Buddha-Halle übernehmen, Jack. Akiko hat bestimmt Recht und er meditiert nur irgendwo.«

Saburo sprang auf. Die anderen folgten seinem Beispiel und gemeinsam eilten sie aus der Halle der Schmetterlinge.

Es war eine kalte, sternklare Nacht und der Halbmond tauchte den Hof in gespenstisch bleiches Licht. Jack stieg die Treppe zum Eingang der Buddha-Halle hinauf.

Am liebsten hätte er den Mond angeschrien vor lauter Verbitterung darüber, in Japan festzusitzen. Unzufriedenheit brodelte in ihm wie kochendes Öl. Mit den meisten Dingen konnte er sich abfinden, sogar mit Kazuki. Aber was ihn besonders kränkte, waren Akikos Reaktion und die Erkenntnis, dass auch sie ihn als anders und unter ihr stehend betrachtete. Dabei hatte er geglaubt, sie seien Freunde geworden. Doch unter Freunden zählten solche Unterschiede nicht, im Gegenteil, sie schweißten sie nur fester zusammen.

Er lächelte freudlos. Jetzt klang er schon wie Sensei Yamada mit seinen weisen Sprüchen des Zen. Er schluckte seine Wut hinunter. Wenigstens hatte Yori sich für ihn eingesetzt. Hoffentlich hatte er sich damit keinen Ärger eingehandelt.

Auf der obersten Stufe angekommen, spähte er in die dämmrige Halle. Mondstrahlen überzogen den Boden wie das Gitter einer Zelle. Er wollte gerade Yoris Namen rufen, da hörte er eine gedämpfte Stimme. Sie klang zornig.

»Ich musste den ganzen Dreck aus den Toiletten im Garten ausbreiten«, sagte die Stimme. »Ich habe das Abendessen verpasst und ich stinke!«

»Das tut mir wirklich leid, Kazuki. Aber es war auch nicht richtig …«

Jack spähte um die Tür. Kazuki hatte sich vor dem zitternden Yori aufgebaut. Dahinter stand Nobu und warf einen mächtigen Schatten auf den Boden. Jack drückte sich flach an die Wand und schob sich im Schutz der Dunkelheit näher.

»Nicht richtig?«, schimpfte Kazuki. »Warum machst du dich für ihn stark? Er ist ein Gaijin! Ich kann nicht glauben, dass du, Yori, der Erstgeborene der Takedas, deren Vorfahren gegen die Mongolen gekämpft und sie besiegt haben, dich für einen Gaijin einsetzt!«

»Aber er ist doch überhaupt nicht anders als wir, Kazuki«, wandte Yori ein.

»Wie bitte? Da musst du aber noch viel lernen. Wir sind die Nachkommen der Sonnengöttin Amaterasu. Die Samurai sind die Erwählten, die Krieger der Götter. Gaijin sind dagegen nichts. Sie sind dazu da, beherrscht zu werden.«

Kazukis Arroganz machte Jack sprachlos. Wut erfasste ihn. Kein Mensch war besser als ein anderer. Die Menschen waren nur verschieden. Kazuki betrachtete alles Fremde als Schwäche, als einen Makel und Fehler. Jack nahm seinen ganzen Mut zusammen. Er wollte gerade aus dem Schatten treten und eingreifen, da wechselte Kazuki den Ton.

»Aber ich bin ja vernünftig, Yori«, fuhr er fast schon beruhigend fort. »In Anerkennung deiner Vorfahren bekommst du die Chance, deiner Strafe zu entgehen.«

Jack hielt inne. Vielleicht hat Akiko Recht, dachte er, vielleicht respektiert er Yori als Samurai.

Yori blickte verwirrt und ängstlich zu Kazuki auf.

»Du scheinst eine Menge über Zen zu wissen. Beantworte mir doch folgende Frage, ein Rätsel, das du bestimmt ganz leicht lösen kannst. Wenn nicht, wirst du deine Strafe dankbar annehmen, auch wenn dir morgen das Essen vielleicht ein wenig schwerfällt.«

Nobu kicherte über diese Drohung und ließ seine Knöchel knacken, ein Geräusch, das unnatürlich laut durch die stille Halle schallte. Yori wimmerte leise.

»Hier die Rätselfrage. Zwei klatschende Hände machen ein Geräusch. Was für ein Geräusch macht eine klatschende Hand?«

Yori schwieg einen Moment und versuchte sich trotz der Panik zu konzentrieren. Auf seiner Stirn erschienen Falten und er drückte mit den Händen nervös den Stoff seines Kimonos zusammen.

»Was für ein Geräusch macht eine klatschende Hand, Yori?«, wiederholte Kazuki.

»Bitte, ich brauche Ruhe zum Nachdenken.«

»Tut mir leid, aber ich habe Hunger und meine Geduld ist zu Ende. Beantworte meine Frage!«

»Es geht um … das Rätsel selbst. Wenn zwei klatschende Hände … der Suche nach der Antwort entsprechen … und die Hände selbst also das Rätsel sind … folgt daraus, dass du als Mittler … zu dem Rätsel wirst, das du lösen willst … Das ist dann das Geräusch einer klatschenden Hand.«

»Ausgezeichnet. Sensei Yamada wäre über dein philosophisches Geschwätz begeistert. Aber die Antwort ist falsch. Eine klatschende Hand klingt nämlich so …« Kazuki hob seine Hand und schlug Yori damit hart ins Gesicht. Yori ging wimmernd zu Boden.

»Nein!«, schrie Jack. Er sprang, ohne zu überlegen, aus seinem Versteck und stürzte sich auf Kazuki.

Er stieß ihm die Schulter in den Bauch und sie rollten in die Mitte der Halle. Kazuki bekam keine Luft mehr und konnte sich nicht bewegen. Jack schlug ihm auf den Mund.

»Das ist für Yori«, sagte er. »Und das für mich!«

Er hob die Faust zum zweiten Mal. Im selben Augenblick kamen Akiko und Kiku in die Halle gerannt.

»Jack!«, schrie Akiko.

Jack blickte auf. Mehr brauchte Kazuki nicht. Er schlug die Faust gegen Jacks Kinn, Jack flog nach hinten und blieb auf dem Rücken liegen.

Kazuki sprang auf und stand über ihm. Aus seiner geplatzten Lippe tropfte Blut.

»Pech für dich, Gaijin«, fauchte er und hob das Bein, um Jack zu treten.

»Nein!«, rief Akiko warnend und stürzte sich auf Kazuki, um ihn aufzuhalten. Doch Nobu packte sie an den Haaren und riss sie zurück.

Empört über Nobus Angriff auf Akiko, warf Jack sich mit aller Macht gegen das Bein, auf dem Kazuki stand.

Aus dem Gleichgewicht gebracht, stürzte Kazuki ebenfalls zu Boden.

Die beiden Jungen rangen miteinander und versuchten jeweils die Oberhand zu bekommen.

Kazuki rollte auf Jack und drückte dessen linken Arm auf den Boden. Jack spürte den Druck und war augenblicklich wie gelähmt vor Schmerzen. Er wollte sich wegdrehen, doch bei jeder Bewegung drückte Kazuki noch fester zu.

Yamato kam zusammen mit Saburo in die Halle gerannt.

»Hilf Jack, Yamato!«, schrie Akiko und versuchte Nobu abzuschütteln, der sie immer noch festhielt.

Nobu ließ sie aus Angst, Yamato könnte ihn angreifen, sofort los. Kiku eilte zu ihr, doch Akiko brauchte keine Hilfe. Sie stieß Nobu den Ellbogen in den Magen und er krümmte sich schmerzerfüllt.

»Warum solltest du einem nichtswürdigen Gaijin helfen, Yamato?«, keuchte Kazuki. »Erst recht einem, der sich auf dem Platz deines Bruders breitgemacht hat. Masamoto hat ihn doch als Sohn angenommen, stimmt's?«

Yamato blieb unschlüssig stehen und starrte Jack an, der unter Kazuki eingeklemmt auf dem Boden lag.

»Wie konntest du das nur zulassen, Yamato? Dass dieser Gaijin in deine Familie aufgenommen wird. Was für eine Schande!«

Die Wände der Halle warfen Kazukis Worte zurück. »Schande! Schande! Schande!«, klang es Yamato in den Ohren.

»Ich kann diese Schmach tilgen. Ich kann seinen Arm so

brechen, dass nicht einmal Masamoto ihn wieder zu richten vermag. Und ich kenne nicht viele einarmige Samurai. Du vielleicht, Yamato?«

Jack sah Yamato abwägen. Einerseits war es für ihn ohne Jack viel besser, andererseits stand er bei Jack in der Schuld, weil Jack ihm das Leben gerettet hatte. Doch im Grunde ging es nicht darum. Viel schwerer wog der Zorn seines Vaters, der ihn treffen würde.

»Masamoto wird uns nicht bestrafen«, fügte Kazuki hinzu, als könnte er Yamatos Gedanken lesen. »Nobu kann bezeugen, dass der Gaijin mich zuerst angegriffen hat. Und verteidigen darf ich mich ja.«

Yamato machte einen Schritt zurück.

»So ist es richtig, Yamato, ich werde dich von diesem Gaijin befreien. Wir wissen beide, dass er dir ein Dorn im Auge ist.«

Kazuki drehte Jacks Handgelenk noch etwas weiter, um seinen Worten Nachdruck zu verleihen. Sengende Schmerzen schossen Jack durch den Arm und er schrie auf. Dann war der Druck plötzlich weg.

Akiko hatte Kazuki einen Tritt in den Rücken verpasst, einen einfachen, aber wirkungsvollen Vorwärtsfußtritt, den sie an diesem Tag im Unterricht gelernt hatten. Kazuki flog über den Boden.

Er warf sich sofort herum und wollte auf Akiko losgehen. Akiko ging instinktiv in Verteidigungsstellung, um seinen Angriff abzuwehren, doch Kazuki hielt im letzten Moment inne.

»Wie dumm von uns«, sagte er, trat zurück und hob die Hände zum Zeichen seines Einlenkens. »Wir streiten um einen Gaijin. Masamoto hat bestimmt, dass die Samurai dieser Schule treu zueinanderstehen sollen. Deshalb kämpfe ich nicht gegen dich.«

»Aber du kämpfst gegen Jack, obwohl er auch ein Samurai ist«, erwiderte Akiko scharf.

»Er ist kein Samurai und wird nie einer sein. Das weiß er selbst. Sieh ihn dir an.«

Jack lag auf dem Boden und hielt sich den Arm. Sein Gesicht war dort, wo Kazuki ihn getroffen hatte, geschwollen und voller Blutergüsse. Mitleidig sah Akiko ihn an.

Doch Jack wollte kein Mitleid. Er war verletzt und gedemütigt, aber nicht geschlagen. Er wollte als gleichberechtigt anerkannt werden. Doch vielleicht war das zu viel verlangt. Er wandte sich ab.

Kazuki verbeugte sich und ging seelenruhig zur Tür. Nobu, der sich immer noch den Magen hielt, folgte ihm beflissen. Kazuki wischte sich mit dem Handrücken das Blut von der Lippe und drehte sich noch einmal um.

»Sagt den Lehrern nichts von heute Abend.«

»Wenn du Jack noch einmal anfasst, erzähle ich es Masamoto«, drohte Akiko.

»Das tust du sicher nicht, denn dann würden wir alle von der Schule fliegen. In der Buddha-Halle ist das Kämpfen verboten.«

»Jack ist mein Freund und ich werde ihn verteidigen, egal was es kostet.«

Jack traute seinen Ohren nicht. Akiko hatte sich soeben öffentlich zu ihm bekannt. Auch den anderen war die Bedeutung ihrer Worte nicht entgangen.

Sie half Jack auf die Beine.

»Freunde dich nicht mit einem Gaijin an, Akiko!«, warnte Kazuki. »Ich kann nicht versprechen, dass ich mich beim nächsten Mal, wenn du mir im Weg stehst, wieder beherrschen kann.«

»Wenn du ihm ein Haar krümmst, sage ich es Masamoto. Du hast die Wahl.«

Kazuki zögerte.

Er musste Akikos Drohung ernst nehmen. Von der Schule zu fliegen wäre ein dauerhafter Gesichtsverlust und für einen Jungen kaiserlichen Geblüts eine große Schande.

»Ich will nicht, dass du in Ungnade fällst, Akiko. Deshalb verspreche ich dir etwas dafür, dass du Stillschweigen bewahrst. Innerhalb der Mauern dieser Schule werde ich nicht gegen den Gaijin kämpfen. Einverstanden?«

Akiko sah Jack an und nickte.

»Gaijin!«, fauchte Kazuki. »Wir beide sind noch nicht fertig miteinander. Unser Krieg hat gerade erst begonnen.«

32

Das Hanami-Fest

Ein herrlicher Schmetterling mit blau schillernden Flügeln ruhte auf der rosafarbenen Blüte eines Kirschbaums aus. Er trank den süßen Nektar der Blüte, nährte sich und wurde stark. Seine Fühler zuckten im Wind.

Aus dem Nichts schlug eine schwere Eisenstange krachend auf die Blüte. Der Schmetterling konnte dem Tod im letzten Augenblick entrinnen. Ein riesiger roter Dämon brach donnernd durch das Gebüsch und schwang die Stange wie besessen hin und her, um den Schmetterling zu erwischen, der von einer Blüte zur nächsten flatterte.

Der zarte Schmetterling wich den Schlägen immer wieder mühelos aus. Schweiß strömte dem roten Dämon über das Gesicht und er runzelte böse die Stirn. Wütend schlug er fast ununterbrochen auf den Schmetterling ein, bis er zuletzt vor lauter Anstrengung auf der nackten Erde zusammenbrach. Der Schmetterling mit den blau schillernden Flügeln entkam ungeschoren …

Jacks Augen öffneten sich zuckend.

Ein Weihrauchfaden stieg träge zur Decke seines kleinen Zimmers auf. Der rote Daruma stand neben dem Bonsai auf dem schmalen Fenstersims. Das einzelne Auge der Puppe starrte Jack harmlos an.

Jack atmete keuchend, noch ganz benommen von der Klarheit seiner Vision.

Das Erreichen der dritten »Ansicht«, des Zustands geistiger Ruhe und Reinheit, bereitete ihm bei seinen morgendlichen Meditationen keine Schwierigkeiten mehr. Mit ihrer Hilfe konnte er den Rest des Tages klar denken, doch eine Vision wie diese hatte er noch nie gehabt. Warum hatte er einen Dämon und einen Schmetterling gesehen? Was bedeutete das, wenn es überhaupt etwas bedeutete? Auf jeden Fall ging die Vision weit über das hinaus, was er im Unterricht gelernt hatte. Er musste mit Sensei Yamada sprechen.

Jack stand auf und streckte sich. Dann nahm er ein kleines Gefäß, das unter dem Fenster stand, und goss daraus ein wenig Wasser über den Bonsai. Er hatte das nach Uekiyas Anweisungen bisher jeden Morgen so gemacht. Der alte Gärtner wäre zufrieden gewesen, dachte er. Zumindest lebte der kleine Baum noch.

Beim Gießen bemerkte er, dass sich an den Ästen winzige, rosafarbene Blütenknospen gebildet hatten. Dieselben Knospen hatte er in seiner Vision gesehen. Kirschblüten.

Offenbar hatte der Frühling begonnen.

Jack konnte es nicht fassen. Er war bereits länger als ein Vierteljahr an der Schule und fast ein Dreivierteljahr in Japan. Seit fast drei Jahren war er jetzt von England fort! Und er führte ein ganz anderes Leben. Er war kein Kind mehr, das davon träumte, wie sein Vater Steuermann zu werden, sondern ein Junge, der zum Samurai ausgebildet wurde!

Er stand jeden Morgen noch vor der Dämmerung auf und meditierte ein halbes Räucherstäbchen lang. Dann nahm er gemeinsam mit den anderen Schülern das immer gleiche, fade Frühstück aus Reis und etwas essigsaurem Gemüse ein. Was hätte er nicht für eine Scheibe englischen Speck und Spiegeleier gegeben!

Dann begann der Unterricht, bestehend aus zwei langen Einheiten, einer am Morgen und einer am Nachmittag. An einigen Tagen lernten sie Schwertkampf und Zen, an anderen den Kampf ohne Waffen und Bogenschießen. Nach dem Training versammelten sie sich in der Halle der Schmetterlinge zum Abendessen. Die Sensei saßen dabei am Kopftisch und blickten von dort wie geheimnisvolle Kriegergottheiten auf ihre Schützlinge herunter.

Nach dem Abendessen sollten sie das tagsüber Gelernte für sich üben. *Lernt heute, auf dass ihr morgen lebt,* lautete das Mantra, das ihnen ununterbrochen eingebläut wurde.

Doch trotz des geregelten Tagesablaufs und der strengen Disziplin musste Jack zugeben, dass er mehr mit sich im Reinen war als seit Langem. Der tägliche Gleichtakt wirkte an sich schon beruhigend. Jack war kein unabhängiges Rad, das sich ohne Ziel und Richtung drehte, sondern er lernte, sich zu verteidigen, nach dem Kodex des Bushido zu leben und wie ein echter Samurai zu denken.

Er konnte sein Übungsschwert bereits mit Kraft und Genauigkeit führen und hatte die ersten drei Angriffsschläge gemeistert – *die Einzigen, die ihr je brauchen werdet,* wie Sensei Hosokawa sagte.

Jack konnte mit Pfeil und Bogen schießen, obwohl er die Zielscheibe erst ein paarmal getroffen hatte, ganz im Unterschied zu Akiko, die offenbar mit einem Bogen in der Hand geboren worden war.

Und er konnte treten, schlagen, abblocken und werfen. Zugegeben, er beherrschte nur die grundlegendsten Techniken, aber er war nicht mehr wehrlos. Wenn er Drachenauge das nächste Mal begegnete, war er nicht mehr der hilflose Junge, der seinen Vater nicht hatte retten können, sondern ein Samurai!

Seit dem Kampf mit Kazuki in der Buddha-Halle hatte sich vieles geändert. Akiko, die sich öffentlich zu ihm bekannt hatte, war seine engste Verbündete geworden. Yori war sein ständiger Gefährte, aber so zurückhaltend, dass Jack ihn immer noch nicht richtig kannte. Kiku begegnete ihm freundlich, obwohl er argwöhnte, dass sie es mehr um Akikos willen als aus wirklicher Freundschaft tat. Saburo wollte sich nicht festlegen. Er war mit allen befreundet und redete mit jedem, der ihm zuhörte.

Yamato dagegen hatte sich vollständig von Jack zurückgezogen. Er saß jetzt am selben Tisch wie Kazuki, Emi und Nobu. Zwar sprach er noch mit Akiko und den anderen, Jack dagegen ignorierte er. Jack war es nur recht.

Kazuki seinerseits hatte Wort gehalten und Jack in Ruhe

gelassen. Er warf ihm immer noch drohende Blicke zu oder zog ihn wie seine Kumpane mit »Gaijin Jack« auf, aber er rührte ihn nicht an. Die einzige Ausnahme war die Übungsstunde im waffenlosen Kampf.

Sie war Niemandsland.

Wenn sie die Grundlagentechniken lernten oder einen Übungskampf machten, drückte Sensei Kyuzo bei Kazuki oft ein Auge zu.

Einmal hatten Jack und Kazuki *ude-uke* geübt, eine Abwehrtechnik mit dem Unterarm, und dabei immer stärker zugeschlagen, bis sie sich gegenseitig auf die Unterarme hämmerten. Die blauen Flecken blieben eine ganze Woche lang. Jack hatte sich über Kazuki beschwert, aber Sensei Kyuzo hatte ihn abgeschmettert. »Das tut dir gut. Wenn du kneifst, sobald es ein wenig wehtut, bist du ein Gaijin und kein Samurai.«

Akikos Stimme riss Jack aus seinen Gedanken.

»Kommst du, Jack?«

Sie stand in einem himmelblauen, mit Schmetterlingen bestickten Kimono vor seiner Tür. Jack sah sie erstaunt an. Sie sah aus wie der Schmetterling aus seiner Vision! Kiku trat in einem hellgrünen Frühlingskimono neben Akiko. Sie hielt eine kleine Tasche in der Hand.

»Wohin denn?«, fragte Jack.

»Zum *hanami*«, trällerte Akiko und schon war sie mit Kiku im Schlepptau verschwunden.

»Was ist das denn?«, rief Jack ihr durch den Gang nach.

Saburo streckte seinen Kopf um die Ecke. »Das Betrachten der Blüten«, sagte er. »Ein Fest.« Hinter ihm wartete stumm Yori.

»Betrachten der Blüten«, wiederholte Jack mit gekünstelter Begeisterung. »Klingt ja aufregend.« Doch er stellte seine Gießkanne ab und folgte den anderen nach draußen. Wenigstens bedeutete es eine Abwechslung vom ständigen Unterricht.

»Das ist wirklich herrlich«, sagte Jack mit einem langen, zufriedenen Seufzer. Er saß faul am grasigen Ufer des Kamogawa im Schatten der Kirschbäume, die vom Gewicht ihrer Blüten buchstäblich zu Boden gedrückt wurden.

Neben ihm saßen Akiko, Kiku, Yori und Saburo genauso entspannt und zufrieden. Es war das erste Mal, dass die Schüler das Schulgelände verlassen durften, und sie genossen die Freiheit in vollen Zügen.

»Wie gefällt dir unser Hanami-Fest?«, fragte Akiko.

»Wenn es nur aus essen, trinken und unter einem Kirschbaum liegen besteht, dann ist es das beste Fest, bei dem ich je war!«, sagte Jack.

»Hanami ist noch viel mehr, Jack!«, belehrte Akiko ihn lächelnd.

»Du klingst schon langsam wie Sensei Yamada mit seinen Rätseln!«, erwiderte Jack fröhlich und alle lachten.

»Aber im Ernst, das Hanami-Fest ist für uns sehr wichtig«, erklärte Akiko. »Die Kirschblüte bedeutet, dass man jetzt Reis anpflanzen kann. Außerdem versuchen wir anhand der Blüte den Erfolg der Ernte vorauszusagen. Der

Üppigkeit der Blüte nach zu schließen bekommen wir ein gutes Jahr.«

»Die Kirschblüte steht auch für den Beginn eines neuen Lebensabschnitts«, fügte Kiku hinzu. »Deshalb opfern wir den Göttern, die in den Bäumen wohnen. Siehst du die drei Samurai da drüben?«

Jack nickte und sah zu den Männern hinüber, die am Stamm eines Kirschbaums lehnten. Sie ließen eine große Tonflasche zwischen sich hin und her gehen, von deren Inhalt sie bereits ziemlich betrunken schienen.

»Sie haben den Kirschbäumen das traditionelle Sake-Opfer gebracht und trinken jetzt auch selbst davon.«

»Was ist Sake?«, fragte Jack.

»Reiswein!«, antwortete Saburo gut gelaunt. »Willst du ihn versuchen?«

»Gern«, sagte Jack nach kurzem Zögern. Akiko hatte Saburo missbilligend angesehen.

Saburo lief zu den betrunkenen Samurai und kehrte kurz darauf mit einem kastenförmigen Holzbecher zurück, der randvoll mit einer klaren Flüssigkeit gefüllt war. Er hielt den Becher Jack hin.

Jack nahm einen Schluck. Der Sake schmeckte süß und wässrig, wurde beim Schlucken jedoch schärfer und brannte in der Kehle. Jack hustete.

»Wie findest du ihn?«, fragte Saburo eifrig.

»Nicht ganz so stark wie den Schnaps auf dem Schiff, aber ich bleibe trotzdem lieber bei Wasser, wenn du nichts dagegen hast.«

Saburo zuckte mit den Schultern und leerte den Becher auf einen Zug. Dann brachte er ihn zurück, kam aber mit dem erneut gefüllten Becher wieder. Diesmal bot er ihn den Mädchen an.

»Du weißt doch, dass wir keinen Sake trinken dürfen, Saburo«, schimpfte Kiku.

Saburo überhörte ihre Bemerkung und trank den ganzen Becher in kleinen Schlucken genüsslich allein.

Sie saßen den Rest des Tages unter dem Baum und tauchten hin und wieder die Zehen in das kalte Wasser des Kamogawa. Saburo ließ sich gelegentlich den Becher neu mit Sake füllen.

Die Sonne ging langsam unter, Papierlaternen wurden angezündet und in die Äste der Kirschbäume gehängt. Sie schwebten wie leuchtende Früchte über den Wegen. Es wurde dunkel und sie mussten zur Schule zurückkehren.

»Was sagst du zur Kirschblüte, Jack?«, fragte Akiko.

»Schön, aber kurz, wie das Leben«, sagte Jack in Erinnerung an Uekiyas Worte.

»Nein, vergänglich wie die Schönheit einer Frau!«, platzte Saburo heraus, dem der viele Sake zu Kopf gestiegen war. Er versuchte aufzustehen, doch seine Beine wollten ihn nicht tragen. Kiku und Yori stützten ihn.

»Ja, Jack, wie das Leben«, stimmte Akiko zu, ohne den betrunkenen Saburo zu beachten. »Du fängst wirklich an, wie ein Japaner zu denken.«

Sie kehrten den Weg am Fluss entlang zurück und die Äste der Kirschbäume bildeten ein märchenhaftes Dach aus Blüten und Laternen. Jack und Akiko gingen voraus, Kiku und Yori folgten ihnen, den betrunkenen Saburo zwischen sich.

Akiko sah im weichen Schein der Laternen noch schöner aus als sonst. Jack dachte daran, wie er sie vor dem Tempel auf der Landzunge zum ersten Mal gesehen hatte, zusammen mit dem weißen Hengst, der an dem Steinblock angeleint gewesen war. Akiko hatte seit seiner Ankunft in Japan immer zuverlässig zu ihm gehalten – ihn gepflegt, als er Fieber gehabt hatte, ihm geholfen, Japanisch zu lernen, ihn in die japanischen Sitten und Bräuche eingeführt und ihn gegen Kazuki verteidigt. Wie konnte er ihr je vergelten, was sie für ihn getan hatte?

Er wandte sich ihr zu und wollte etwas sagen, aber die Worte kamen nicht über seine Lippen. Er sah sie nur an.

Akiko blieb unvermittelt stehen und erwiderte seinen Blick. Ihre schwarzen Augen glänzten im Halbdunkel.

»He, Gaijin Jack!«, schnarrte eine Stimme. »Was hast du denn hier zu suchen?«

Jack gefror das Blut in den Adern.

侍

33

Ein Taryu-Jiai

Kazuki grinste Jack hämisch an.

»Hast du mich nicht gehört, Gaijin? Ich sagte, was hast du außerhalb der Schule zu suchen?«

»Lass ihn in Ruhe, Kazuki«, sagte Akiko. »Du hast es versprochen!«

»Ah, die Gaijinfreundin!«, spottete Kazuki. »Weil er so hilflos ist, der Arme. Brauchst du ein Mädchen, das dich verteidigt, Gaijin? Habt ihr das gehört, Jungs, der Gaijin hat ein Mädchen als Leibwächter!«

Kazuki schnaubte belustigt und sah sich nach seinen vier Begleitern um. Nobu prustete vor Lachen, sodass sein großer Bauch wackelte. Zwei Jungen, die Jack nicht kannte, johlten. Nur dem vierten Begleiter war entschieden unbehaglich zumute und er schien plötzlich seine Füße sehr interessant zu finden.

Es war Yamato.

»Akiko hat dir ja auch einen schönen Tritt verpasst«, entgegnete Jack und einer der anderen Jungen kicherte.

»Nur weil ich ihr den Rücken zugekehrt hatte«, erwiderte Kazuki barsch. »Aber ich mache mir mehr Sorgen um dich als um mich, Gaijin. Wir beide haben noch eine Rechnung zu begleichen.«

»Nein!«, rief Akiko. »Ich habe dich gewarnt. Ich sage es Masamoto.«

»Was sagst du ihm? Dass wir vor einigen Monaten eine kleine Auseinandersetzung in der Buddha-Halle hatten? Das tust du nicht. Dazu ist es zu spät.«

Kazuki trat drohend einen Schritt auf Jack zu.

»Du vergisst, dass mein Versprechen nur für das Schulgelände galt, Akiko. Draußen ist der Gaijin Freiwild. Hier hat Masamoto nichts zu bestimmen.«

»Dann komm doch«, forderte Jack ihn heraus. »Bringen wir es hinter uns.«

Er hatte die Hänseleien satt, die hinter seinem Rücken geflüstert wurden, die Schikanen im Unterricht und die ewigen Drohungen. Er lebte unter einem ständigen Schatten und würde erst frei sein, wenn er und Kazuki ihr Verhältnis ein für alle Mal geklärt hatten.

»Ich würde mir das noch mal überlegen, Gaijin, bevor du einen Kampf anfängst, den du nicht gewinnen kannst«, sagte Kazuki. »Ich glaube, du kennst meine Cousins noch gar nicht. Das ist Raiden. Sein Name bedeutet ›Donnergott‹.«

Einer seiner Begleiter trat vor und verbeugte sich. Als er sich wieder aufrichtete, sah Jack erst, wie groß er war, nämlich einen guten Kopf größer als er selbst. Raiden hatte dicke, fleischige Arme und Beine wie Baumstämme. Für einen Japaner war er ungewöhnlich stark behaart. Seine schwarzen, buschigen Augenbrauen hingen an einer vorspringenden Stirn und aus dem Ausschnitt seines Kimonos quoll üppiges Brusthaar.

Seine gewaltige Erscheinung hätte Jack völlig eingeschüchtert, hätten Raidens Augen nicht etwas zu nah zusammengestanden. Dadurch wirkte er wie ein übergroßer Affe.

»Und das ist sein Zwillingsbruder Toru. Was sein Name bedeutet, willst du gar nicht wissen.«

Der Zwillingsbruder sah genauso aus wie Raiden. Nur noch etwas dümmer, dachte Jack.

»Sie kommen von Hokkaido, aber du weißt bestimmt nicht, wo das liegt, Gaijin«, sagte Kazuki provozierend. »Ich kläre dich auf. Hokkaido ist die nördlichste Insel Japans. Die Jungen stammen aus dem Seto-Clan. Zu dieser Familie gehören die härtesten und rücksichtslosesten Samurai, die es gibt. Deshalb lernen sie an der Yagyu-Schule hier in Kyoto. Aus ihr sind bekanntlich einige besonders schreckliche Krieger Japans hervorgegangen. Und sie wird von keinem Geringeren als dem großen Daimyō Kamakura Katsuro persönlich unterhalten!«

»Was wir zu klären haben, geht nur uns beide etwas an«, fiel Jack ihm ins Wort. Er war Kazukis Einschüchterungsversuche endgültig leid. »Schick deine Affen nach Hause!«

Raiden und Toru schnaubten empört und kamen näher, bereit, Jack in Stücke zu reißen.

»He, was ist hier los?«, nuschelte Saburo, machte sich stolpernd von Kiku und Yori los und stellte sich zwischen

Jack und die beiden Riesen. »Lasst sofort meinen Freund in Ruhe … Wir feiern das Ha-ha-hanami-Fest und ihr seid nicht eingeladen.«

Er schwankte wie ein Daruma, fiel nach vorn und traf Raiden mit dem Kopf an der Brust. Raiden schlug nach ihm wie nach einer Fliege.

»Au!«, rief Saburo und taumelte zurück. Aus seiner Nase tropfte Blut. »Das hat wehgetan, du Depp!«

Kiku und Yori eilten ihm zu Hilfe, doch Saburo wandte sich von ihnen ab und richtete sich auf, um seinem Angreifer einen Hieb zu versetzen. Raiden hob ruhig seine zur Faust geballte Pranke und schlug sie Saburo ins Gesicht.

»*Oi!*«, rief Jack. »Such dir jemanden in deiner Größe.« Er führte einen *yoko-geri* aus, einen Seitwärtsfußtritt, und traf mit der Ferse direkt in Raidens Rippen.

Raiden stöhnte auf und taumelte zur Seite. Seine Faust verfehlte Saburos erschrockenes Gesicht und schlug mit voller Wucht gegen den Stamm eines Kirschbaums. Raiden heulte vor Schmerzen auf und griff Jack wütend mit einem Hagel wilder Schläge an.

Jack wich schnell zurück, um nicht am Kopf getroffen zu werden.

»Vorsicht!«, schrie Akiko.

Doch es war zu spät. Toru hatte sich Jack von hinten genähert, umschlang ihn und drückte ihm die Arme an die Seite.

»Und was tust du jetzt, Gaijin Jack?«, spottete Kazuki, der das Geschehen mit offensichtlicher Schadenfreude verfolgte. Hinter ihm wich Yamato in den Schatten zurück. Offenbar wollte er mit dem Kampf nichts zu tun haben.

Toru verstärkte seine Umarmung noch und Jack bekam keine Luft mehr. Er drohte ohnmächtig zu werden, da lockerte sich Torus Griff plötzlich und der Koloss stöhnte gequält auf.

Akiko hatte ihm einen Rückwärtstritt versetzt, einen *ushiro-geri,* den stärksten Tritt im Kampf ohne Waffen, und hatte ihn in die Seite getroffen. Jeder normale Mensch wäre zu Boden gegangen, doch Toru lockerte nur seinen Griff und starrte Akiko böse an.

Akiko ließ deshalb einen *mawashi-geri,* einen Halbkreistritt, folgen. Toru war diesmal jedoch auf den Angriff gefasst und riss Jack zwischen sich und Akiko. Akiko bremste ab, um Jack nicht zu treffen, und verlor dabei das Gleichgewicht. Toru packte ihr zappelndes Bein mit einem Arm, während er mit dem anderen Jack weiter festhielt.

Sobald er die beiden gepackt hatte, rutschte er mit dem linken Arm an Jacks Brust hoch, legte ihn um Jacks Hals und begann zuzudrücken.

»Hör auf!«, schrie Kiku aufgeregt. Yori stand mit aufgerissenen Augen neben ihr. »Yamato, hilf ihnen!«

Doch Yamato hörte nicht auf sie und zog sich noch weiter zurück. Kazuki und Nobu jubelten unterdessen. Sie feuerten die Cousins an und verspotteten Jack.

»Hast du denn gar nichts gelernt, Gaijin?«, rief Kazuki höhnisch. »Ein echter Samurai könnte sich aus dieser Lage befreien.«

»Los, Toru, brich ihm das Genick!«, schrie Nobu.

Toru verstärkte den Druck auf Jacks Hals und Jack würgte. Doch Torus Arm war seine kleinste Sorge. Raiden stürmte mit erhobenen Fäusten geradewegs auf ihn zu.

Da seine Arme in dem eisernen Griff Torus gefangen waren, konnte er nur seine Beine zur Verteidigung einsetzen. Er umklammerte Torus Arm mit den Händen, zog daran und bekam kurz Luft. Dann schwang er die Beine in die Luft und führte einen doppelten *mae-geri* aus, einen Vorwärtstritt. Die Gegenwehr kam vollkommen überraschend. Raiden reagierte den Bruchteil einer Sekunde zu langsam und wurde ins Gesicht getroffen. Er taumelte zurück und hob die Hände an seine eingedrückte, blutende Nase.

Saburo nutzte diese Gelegenheit und stellte ihm ein Bein. Raiden stolperte und knallte gegen einen Kirschbaum. Der Baum erzitterte. Unter der Wucht des Zusammenstoßes löste sich eine Laterne aus den Ästen und fiel geradewegs auf Torus Kopf.

Das dünne Gestell zerbrach und die kleine Kerze landete auf den fettigen Haaren des Jungen, die augenblicklich Feuer fingen. Toru ließ Akiko und Jack sofort los, begann wie ein Tanzbär durch die Gegend zu hüpfen und schlug sich in Panik mit den Händen auf den Kopf, um das Feuer zu löschen.

Saburo, Kiku und Yori brachen angesichts des tanzenden Toru in Gelächter aus, doch ihre Freude war nur von kurzer Dauer.

Raiden hatte sich in dem allgemeinen Durcheinander

wieder aufgerappelt, packte Saburo an den Haaren und riss ihn nach oben, um ihn zu schlagen. Toru, dessen Kopf wie ein Kamin rauchte, griff zornig Akiko und Jack an.

Aus dem Gerangel war längst tödlicher Ernst geworden. Die Seto-Zwillinge schienen entschlossen, den Kampf mit dem nächsten Angriff zu entscheiden.

»*Yame!*«, donnerte eine Stimme mit einer solchen Autorität, dass sogar eine vorbeikommende Gruppe betrunkener Samurai stehen blieb.

»Was im Namen Buddhas geht hier vor?«, wollte die Stimme wissen.

Aus der Nacht trat Masamoto. Sein vernarbtes Gesicht wirkte finster. Der zurückweichende Yamato erbleichte und verbeugte sich beschämt, Kazuki und Nobu fielen auf die Knie.

»Lasst meine Schüler in Ruhe!«, befahl Masamoto und schlug mit der Hand in einem *nukite-uchi* blitzschnell nach Raidens Nacken.

Masamotos »Speerhandschlag« traf einen versteckten Druckpunkt in Raidens Nacken. Augenblicklich knickten Raidens Knie ein und der Junge brach zusammen wie eine Marionette, deren Fäden man durchgeschnitten hatte.

Saburo, der sich eine Stelle am Kopf rieb, an der ein großes Büschel Haare fehlte, trat hastig neben Kiku und Yori und sie verbeugten sich ehrerbietig.

»Und Sie lassen *meine* Schüler in Ruhe, Masamoto!«, befahl eine zweite Stimme.

Ein Samurai in einem blau-gelb-goldenen Kimono erschien auf dem Weg. Als er näher kam, beleuchteten die Laternen sein Gesicht. Jack erkannte ihn sofort. Es handelte sich um den Daimyõ aus der lackierten Sänfte auf dem Tokaido, Kamakura Katsuro.

Der Daimyõ war ein wenig kleiner als Masamoto, versuchte aber trotzdem, von oben auf ihn herabzublicken. Er hatte ein grausames, spitzes Gesicht mit einem straff gezwirbelten Schnurrbart über zusammengepressten Lippen. Hochmütig ließ er den Blick über die Anwesenden wandern und musterte Masamotos Schüler mitleidlos wie Ungeziefer, das ausgemerzt gehörte. Ein eingebildeter, selbstgerechter Mensch! Jack musste an den alten Teehändler denken, der enthauptet worden war, nur weil er sich nicht rechtzeitig verbeugt hatte.

»Beaufsichtigen Sie Ihre Schüler besser, sonst übernehme ich das«, erwiderte Masamoto bestimmt. »Ich habe den Eindruck, Sie haben in Ihrer Schule Schwierigkeiten mit der Disziplin.«

»Keineswegs«, erwiderte Kamakura hochmütig. »Mir scheint dagegen, dass Sie an Ihrer Schule zu wenig üben. Ich habe noch nie eine so schlechte Schlagtechnik gesehen.«

»An der Technik meiner Schüler gibt es nichts zu beanstanden! Akiko hat einen ausgezeichneten Rückwärtstritt ausgeführt und ich möchte einen Ihrer Schüler sehen, der einen Vorwärtstritt zustande bringt, während er gewürgt wird!«

»Bitte, Masamoto, wir sind doch alte Waffenbrüder«, lenkte Kamakura scheinheilig ein. »Lassen Sie uns nicht in einem öffentlichen Park streiten, sondern so, wie es der Brauch vorsieht. Ich schlage ein *Taryu-Jiai* zwischen unseren beiden Schulen vor.«

»Ein Taryu-Jiai?«, wiederholte Masamoto überrascht.

»Diese drei«, sagte Kamakura und zeigte mit einer geringschätzigen Handbewegung auf Jack, Akiko und Saburo, »gegen Raiden, Toru und einen meiner weiblichen Samurai, die alle besser sind als dieses Mädchen!«

»An welche Disziplinen hatten Sie gedacht?«, fragte Masamoto, ohne auf die Herabsetzung Akikos einzugehen. Der Vorschlag schien ihm zu gefallen.

»Den Schwertkampf, das Bogenschießen und den Kampf ohne Waffen.«

»Einverstanden«, sagte Masamoto sofort.

Jack wusste nicht, was ein Taryu-Jiai war, aber Akiko war erbleicht und Saburo war schlagartig nüchtern geworden. Also musste es sich um eine schlimme Sache handeln.

»Welches Datum schlagen Sie für unseren kleinen Wettkampf vor?«, fragte Kamakura.

»Wie wäre es mit dem Tag vor dem Gion-Fest?«, antwortete Masamoto gelassen.

»Aber das sind ja noch drei Monde!«, rief Kamakura ungläubig.

»Der Vorstellung heute Abend nach zu schließen, werden Ihre Schüler die Zeit brauchen. Und wir wollen doch einen spannenden Wettkampf.« Masamoto verbeugte sich mit einem breiten Lächeln. »Außerdem feiere ich meine Siege gern an einem Festtag.«

侍

34

Yamadas Geheimnis

»Warum hast du die Ehre der anderen nicht verteidigt?«, brüllte Masamoto.

Die Antwort war undeutlich und von draußen nicht zu verstehen.

»Ich habe gesehen, wie du zurückgewichen bist! Tenno hätte das nicht getan.« Masamoto spuckte geradezu Feuer vor Wut. »Warum hast du Jack-kun nicht geholfen? Verbessere mich, wenn ich mich irre, aber du verdankst ihm dein Leben. Er hat dich gerettet. Er hat mehr von einem Samurai als du.«

Ersticktes Schluchzen und eine gemurmelte Entschuldigung waren zu hören.

»Wo ist dein Mut, dein Ehrgefühl? Eigentlich solltest du bei dem Taryu-Jiai kämpfen und den Namen meiner Schule verteidigen, nicht Jack-kun!«

Masamotos Stimme klang plötzlich belegt. Eine kurze Pause trat ein. Dann schlug eine Faust auf den Tisch und eine Teetasse fiel hinunter.

»Du hast Schande über deine Familie und dich selbst gebracht! Denk darüber nach, was es heißt, ein Masamoto zu sein, und komm wieder, wenn dir eine Antwort eingefallen ist! Jetzt raus mit dir!«

Die Schiebetür ging auf und Yamato trat heraus. Er war schamrot und tränennass im Gesicht und wich den bestürzten Blicken Jacks, Akikos und Saburos aus, die vor der Halle des Phönix knieten, Masamotos persönlicher Übungshalle, in der die besten Schüler in der Technik der beiden Himmel unterrichtet wurden.

»Tut mir leid …«, begann Jack, der Yamato irgendwie helfen wollte.

Doch Yamato brachte ihn mit einem wütenden Blick zum Schweigen und ging hastig an ihm vorbei, ohne sich noch einmal umzudrehen.

»Es ist nicht deine Schuld, Jack«, sagte Akiko leise und sah Jack mitfühlend an.

»Doch. Wenn ich nicht hier wäre, wäre Yamato nicht in dieser …«

»*Kommt rein!*«, brüllte Masamoto von drinnen.

Jack, Akiko und Saburo wechselten erschrockene Blicke. Nach der Auseinandersetzung am Hanami-Fest war Masamoto mit ihnen in die Schule zurückgekehrt und hatte sie gleich ins Bett geschickt. Sie hatten kaum ein Auge zugetan, denn er wollte sie im ersten Morgengrauen wiedersehen. Nur Kiku und Yori waren als unbeteiligte Zuschauer entschuldigt. Laut Akiko konnte die Vorladung in die Halle des Phönix vor dem Frühstück nur eins bedeuten – sie sollten bestraft werden. Nur die Höhe der Strafe war noch ungewiss.

»*Seiza!*«, sagte Masamoto, als sie eintraten und sich so tief wie möglich verbeugten.

Er saß etwas erhöht und neben ihm stand ein kleines, schwarz lackiertes Tischchen. Ein Dienstmädchen wischte gerade den verschütteten Tee weg, ein zweites kochte neuen Tee.

Auf einem seidenen Schirm hinter ihm prangte in leuchtenden Farben ein brennender Phönix, aus dessen Flügeln Flammen schlugen und dessen Schnabel himmelwärts zeigte. Masamoto drohte vor innerer Wut zu explodieren wie ein aktiver Vulkan und seine Narben leuchteten feuerrot und wächsern wie geschmolzene Lava. Er wartete, bis die Dienstmädchen sich entfernt hatten. Zitternd und mit gesenkten Köpfen knieten Jack, Akiko und Saburo vor ihm.

»Setzt euch auf!«

Masamoto betrachtete sie eingehend, als überlege er, was für eine Strafe sie gerade noch aushalten konnten. Dann holte er tief Luft.

Jacks Mund wurde trocken vor Angst.

»Ausgezeichnet!« Auf Masamotos Gesicht breitete sich ein Lächeln aus. »Ich war sehr beeindruckt von eurem Verhalten gestern Abend.«

Die drei Angesprochenen wechselten verwirrte Blicke. Wurden sie nicht bestraft?

»Saburo-kun, ich verzeihe dir deinen keineswegs nüchternen Zustand. Allerdings nur, weil du treu zu deinen Kameraden gehalten hast. Deine schnelle Reaktion zeigt mir, dass du sogar angetrunken ein tüchtiger Krieger bist.«

Saburo verbeugte sich gleich mehrmals und konnte die Erleichterung über den Straferlass nicht verbergen.

»Akiko-chan, du bist wahrhaftig eine herausragende Schülerin. Nur die tapfersten Krieger bleiben im Angesicht der Gefahr standhaft.« Masamoto musterte sie stolz. »Jack-kuns Angreifer war bestimmt doppelt so groß wie du, doch du hast keinen Augenblick gezögert. Du konntest den Koloss mit deinem Tritt zwar leider nicht zu Fall bringen, aber sei beruhigt, wenn er heute aufwacht, werden ihm alle Glieder wehtun.«

Akiko verbeugte sich und seufzte befreit.

»Jetzt zu dir, Jack-kun.« Masamoto nahm einen Schluck Tee.

Jack wusste, dass er der Anlass für den Streit gewesen war und deshalb nicht so leicht davonkommen würde. Er würde bestimmt den ganzen Zorn Masamotos zu spüren bekommen.

Masamoto schien alle Zeit der Welt zu haben und der Moment der Wahrheit ließ auf sich warten. Jack spürte einen harten Knoten im Magen.

»Du übertriffst meine Erwartungen jedes Mal aufs Neue, Jack-kun«, sagte Masamoto schließlich. »Du hast große Fortschritte in deinen kämpferischen Fertigkeiten gemacht, du stehst treu zu deinen Freunden und du hast den Mut eines Löwen. Es ist, als ob du als Samurai auf die Welt gekommen wärst.«

»Ja, Masamoto-sama«, sagte Jack, dem ein Stein vom Herzen fiel.

Akiko verbeugte sich. »Entschuldigen Sie bitte, Masamoto-sama?«

»Ja, Akiko-chan?«

»Soll das heißen, Sie haben alles mit angesehen?«

»Ja.«

»Warum haben Sie den Kampf dann nicht verhindert?«, platzte Jack heraus.

»Ich hatte den Eindruck, dass ihr allein zurechtkommt.« Masamoto nahm noch einen Schluck Tee. »Außerdem interessierte mich, wie ihr euch in Bedrängnis verhaltet. Der wahre Samurai beweist sich nicht in der Sicherheit seiner Übungshalle, sondern dort, wo Gefahr droht. Und ich muss sagen, Jack, dein Vorwärtstritt mit beiden Beinen war zwar nicht ganz sauber ausgeführt, aber einfallsreich und äußerst wirkungsvoll.«

Jack, Akiko und Saburo sahen einander entgeistert an. Masamoto hatte den ganzen Kampf als eine Art Prüfung betrachtet, während es für sie um Leben und Tod gegangen war.

»Aber jetzt zum Taryu-Jiai. Akiko-chan hat euch bestimmt gesagt, was das ist.«

Akiko hatte Jack auf dem Rückweg zur Schule tatsächlich aufgeregt und besorgt erklärt, um was es sich handelte. »Ein Taryu-Jiai ist ein Wettbewerb zwischen verschiedenen Kampfschulen. Die Teilnehmer kämpfen in mehreren Disziplinen und ermitteln dadurch die beste Schule. Es geht jedoch um viel mehr als nur einen Wettbewerb. Es geht um die Ehre. Die Schule, die gewinnt, wird als beste Schule von Kyoto ausgezeichnet und der Gründer der Schule hat das seltene Privileg einer Audienz beim Kaiser. Dass wir verlieren, ist für Masamoto undenkbar.«

Jack nickte auf Masamotos Frage.

»Gut«, sagte Masamoto und setzte die Teetasse ab. »Ihr wisst also, wie wichtig ein solcher Wettbewerb ist und dass wir gewinnen müssen.«

»Aber wie können wir das?«, platzte Saburo heraus. »Die anderen sind, wie Sie sagen, doppelt so groß wie wir und hätten uns getötet, wenn Sie nicht …«

»Genug!«, rief Masamoto und Saburo verstummte. »Eine Niederlage ist völlig ausgeschlossen! Ihr dürft nicht einmal daran denken. Ich will das Wort nicht hören. Außerdem gilt: Je größer das Hindernis, desto größer der Ruhm, es überwunden zu haben.«[7]

»*Hai*, Masamoto-sama«, stimmten die drei zögernd zu.

»Zum Glück konnte ich genügend Zeit für euch aushandeln, sodass ihr eure Fähigkeiten noch vervollkommnen könnt. Eure Gegner sind größer als ihr, zugegeben. Aber je größer der Gegner ist, desto härter fällt er, und er wird fallen, wenn ihr die richtige Technik verwendet.«

Akiko hatte Recht gehabt, dachte Jack. Das Wort Niederlage kam in Masamotos Denken nicht vor. Entsprechend rechnete er auch nicht damit, dass sie verlieren könnten.

»Ich habe mit euren Lehrern vereinbart, dass ihr bis zum Wettbewerb jeden Abend zusätzlichen Unterricht habt. Ihr werdet doppelt so hart und doppelt so lang wie die anderen üben.«

»Aber …«, protestierte Saburo.

»Genug! Ihr werdet wie Samurai handeln und ihr werdet siegen.«

Das Gespräch war beendet. Die drei Schüler verbeugten sich und gingen.

Draußen warteten Kazuki und Nobu auf den Knien. Nobu war bleich vor Angst und Kazuki hatte ausnahmsweise einmal keinen spöttischen Blick für Jack übrig. Dazu war er viel zu sehr mit seiner eigenen misslichen Lage beschäftigt.

Schweigend begaben sich Jack, Akiko und Saburo in die Halle der Schmetterlinge zum Frühstück. Die bevorstehende Aufgabe hatte ihnen die Sprache verschlagen.

Die drei wurden von den anderen Schülern den ganzen Tag mit Fragen gelöchert. Stimmte es wirklich, dass sie in einem Taryu-Jiai für die Ehre der Schule kämpften? Das Gerücht hatte sich rasch verbreitet und jetzt, nachdem es bestätigt worden war, wollten alle ihre Freunde sein und dadurch ihre eigene Stellung verbessern.

Jack war plötzlich von allen als Samurai anerkannt. Niemand nannte ihn noch Gaijin oder flüsterte hinter seinem Rücken eine verächtliche Bemerkung. Alle hatten gehört, wie tapfer er gegen die Seto-Zwillinge aus Hokkaido gekämpft hatte, und wollten an seiner Heldentat teilhaben.

Beim Abendessen hatten die Berichte über den gestrigen Kampf bereits legendäre Ausmaße angenommen. Die Seto-Zwillinge waren mit Stöcken bewaffnete Riesen und doppelt so groß wie die anderen. Akiko war durch die Luft geflogen und hatte in alle Richtungen Scheren-, Halbmond- und Fersentritte ausgeteilt. Jack konnte kämpfen, ohne dabei atmen zu müssen. Und Saburo war der betrunkene Krieger, der den Donnergott Raiden mit geschlossenen Augen besiegt hatte.

Jack hatte den Verdacht, dass viele dieser Übertreibungen auf den geschwätzigen Saburo selbst zurückgingen. Saburo wurde nicht müde, das Abenteuer immer wieder von vorn zu erzählen. Die Aufmerksamkeit der anderen schmeichelte ihm.

Akiko und Jack hielten sich dagegen zurück. Sie sahen den kommenden Monaten eher beklommen entgegen.

Nach dem gemeinsamen Abendessen begaben sich Jack, Akiko und Saburo zur Buddha-Halle zum ersten Sonderunterricht bei Sensei Yamada.

Auf dem Hof kamen ihnen Kazuki und Nobu entgegen. Sie gingen aneinander vorbei, doch Kazuki und Nobu würdigten sie keines Blickes und Kazuki grüßte Jack auch nicht mit seinem üblichen »Gaijin Jack«.

»Wohin gehen die beiden?«, fragte Jack.

»Zum Butokuden«, antwortete Akiko.

»Was? Trainieren sie auch?«

»Nein!« Saburo lachte. »Hast du es nicht gehört? Masamoto hat sie bestraft, weil sie die Schule entehrt haben. Sie müssen die ganze Halle vom Boden bis zur Decke auf Hochglanz bringen.«

»Wirklich? Das dauert Tage!« Jack konnte sich ein schadenfrohes Lächeln nicht verkneifen.

»Noch länger wird es dauern, bis sie jeden Ziegel dieses Hofs gereinigt haben«, sagte Saburo. Er lächelte ebenfalls schadenfroh. »Und anschließend müssen sie noch den Kies im Südlichen Zen-Garten harken. Sie dürfen dazu allerdings nur ihre Essstäbchen verwenden! Dafür brauchen sie Wochen!«

Dann hatte er wenigstens Ruhe vor Kazuki, dachte Jack erleichtert. Er hatte auch ohne seine Schikanen genug zu tun.

Sie waren die Treppe hinaufgestiegen und betraten die Halle. Sensei Yamada saß bereits inmitten flackernder Kerzen auf seinem erhöhten Kissen. Vor ihm brannte ein Weihrauchstäbchen.

»Kommt herein«, hieß er die Schüler willkommen. Seine Stimme schallte laut durch die große Halle. *»Seiza!«*

Jack, Akiko und Saburo nahmen auf den drei Kissen Platz, die vor Sensei Yamada lagen.

»Ihr seid also die drei Helden?«, fragte Yamada, ohne eine Antwort zu erwarten. Seine Augen funkelten. »Und ich habe die Ehre, euch geistig auf den großen Kampf vorzubereiten.«

Er zündete ein weiteres Weihrauchstäbchen an, eine Mischung aus Zeder und einem roten Harz, das er »Drachenblut« nannte. Das Harz wurde aus der Rotangpalme gewonnen und hatte ein schweres, holziges Aroma, das Jack rasch zu Kopf stieg.

Dann schloss der Lehrer die Augen halb, summte leise und verfiel wie so oft in Trance. Die Schüler kannten diesen Zustand schon und begannen ihrerseits zu meditieren.

»Wovor hast du Angst, Jack-kun?«, fragte Sensei Yamada einige Minuten später mit geschlossenen Augen.

Jack murmelte verwirrt etwas. Die unerwartete Frage hatte ihn aus seiner Meditation gerissen. Er war gerade zur fünften Ansicht vorgedrungen – der natürlichen Weisheit, dem Stadium, in dem man die Dinge sieht, wie sie wirklich sind.

»Na los, sag mir genau, was du siehst. Vor was hast du Angst?«

Sensei Yamadas Stimme drang in Jacks Bewusstsein ein und der Weihrauch erweiterte seine Sinne. Das Durcheinander in seinem Kopf verdichtete sich zu Bildern und Gesichtern – seine Albträume nahmen Gestalt an.

»Vor dem Ertrinken … ich … hatte immer Angst vor dem Ertrinken … davor, zum Meeresgrund hinuntergezogen zu werden …« Jack sprach mit Pausen, als müsste er die Worte mühsam vertreiben wie einen schlechten Traum.

»Gut. Was siehst du noch?«

»Meine Mutter … ich habe Angst … sie verlässt mich … sie stirbt und ich bin allein.« Jack stöhnte und zuckte in Trance zusammen. »Ginsel … ich sehe Ginsel … in seinem Rücken steckt ein Messer …«

In Jacks dunklen Gedanken formte sich aus grünem Nebel ein einziges Auge.

»Jetzt sehe ich … ein grünes Auge … wie das von einem Drachen. Das Auge von Dokugan Ryu … Es schwebt über meinem Vater … und ich kann ihm nicht helfen … er stirbt.« Jack riss die Augen auf, um das quälende Bild zu vertreiben. »Der Tod … ich habe Angst … vor dem Tod!«

»Du brauchst keine Angst vor dem Tod zu haben, Jack-kun«, sagte Yamada ruhig. Er öffnete ebenfalls die Augen und sah Jack so eindringlich an, dass Jack das Gefühl hatte, in seinem Blick zu vergehen.

»Der Tod ist universaler als das Leben«, fuhr Yamada fort und seine Stimme summte tröstlich in Jacks Ohren. »Alle sterben, aber nicht alle leben. Deine Mutter ist tot, Ginsel und dein Vater auch. Lass sie los, Jack-kun.«

»Das … verstehe ich nicht«, stotterte Jack. Sensei Yamadas bedeutungsvolle Worte verwirrten ihn und schüchterten ihn ein. Er unterdrückte ein ängstliches Aufschluchzen aus Furcht, die anderen könnten es für ein Zeichen der Schwäche halten.

»Du sollst nicht den Tod an erster Stelle fürchten, sondern das Wagnis, wahrhaftig zu leben. Es geht darum, wie du lebst, Jack-kun, auch im Tod.« Yamada betrachtete ihn mit Augen voller Weisheit. »Das ist das Wichtigste. Masamoto-sama sagte, dein Vater habe bis zu seinem Tod versucht dich zu beschützen. Es gibt keinen würdigeren Anlass zu sterben. Du brauchst keine Angst um ihn zu haben, denn er hat gelebt und lebt in dir weiter.«

Sensei Yamadas Worte gingen Jack durch den Kopf und Tränen begannen ihm über die Wangen zu laufen. Monate der Einsamkeit und der Schmerzen, des Leids und der Trauer brachen wie eine Flut aus ihm heraus. Es war ihm jetzt egal, ob Akiko oder Saburo ihn hörten.

Ganz allmählich ließ das Schluchzen wieder nach.

Jack wischte sich die Augen ab und stellte fest, dass ihm leichter zumute war, dass er ruhiger geworden war, als sei eine unsichtbare Last von seinen Schultern gefallen und als hülle ihn Frieden wie eine große Decke ein.

Akiko und Saburo, die nicht mehr meditieren konnten, betrachteten ihn in stummem Mitleid. Yamada beugte sich mit einem Lächeln der Genugtuung vor.

»Ich weiß nicht, wie man andere besiegt«, sagte er leise an alle gewandt und zog sie in den Bann seiner Worte. »Ich weiß nur, wie ich mich selbst besiegen kann. Unsere eigentlichen und gefährlichsten Gegner sind Angst, Wut, Verwirrung, Zweifel und Hoffnungslosigkeit. Wenn wir diese Feinde überwinden, die uns von innen angreifen, dann können wir jeden äußeren Feind besiegen.«

Er sah seine Schüler nacheinander an, um sich zu vergewissern, dass sie ihn verstanden hatten.

»Bezwingt eure inneren Ängste und ihr könnt die ganze Welt erobern. Das ist eure Lektion für heute.«

Er entließ sie mit einem Nicken. Akiko und Saburo verbeugten sich und gingen zur Tür, doch Jack blieb sitzen.

»Ich muss Sensei Yamada noch etwas fragen«, sagte er auf ihre besorgten Blicke hin. »Ich komme gleich nach.«

»Wir warten draußen auf der Treppe auf dich«, sagte Akiko. Sie ging mit Saburo.

»Ja, Jack-kun?« Sensei Yamada hob den Kopf. »Was bedrückt dich?«

»Also … ich hatte gestern Morgen eine …«

»Vision?«

»Ja. Woher wissen Sie das?«

»Das geschieht in diesem Stadium sehr oft. Der befreite Geist ist stärker, als du dir vorstellen kannst. Was hast du gesehen?«

Jack beschrieb den roten Dämon, der wütend den blauen Schmetterling angegriffen hatte.

»Man kann eine solche Erscheinung auf viele Weise deuten«, sagte Sensei Yamada, nachdem er eine Weile überlegt hatte. »Ihre wahre Bedeutung wird von den vielen Schichten deines Bewusstseins verdeckt. Nur du bist imstande, sie freizulegen. Du allein musst den Schlüssel zu dem Geheimnis finden.«

Jack war enttäuscht. Er hatte gehofft, Sensei Yamada könnte seine Vision deuten, doch der alte Mönch gab sich wie immer dunkel und geheimnisvoll.

»Vielleicht ist der Schlüssel der *chõ-geri* …«, murmelte Yamada mehr zu sich als zu Jack.

»*Chõ-geri?*«, wiederholte Jack hoffnungsvoll.

»Richtig. Manchmal führt der Weg zum Verständnis des Geistes durch den Körper. In deiner Vision kam ein Schmetterling vor. Er entkam dem Dämon mit seinem Flattern. Vielleicht hilft der *chõ-geri* dir weiter.«

»Wo finde ich ihn denn?«

»Das ist keine Frage des ›Wo‹, Jack-kun, sondern des

›Wie‹. Es handelt sich um eine vergessene altchinesische Kampftechnik. Sie heißt ›Schmetterlingstritt‹ und besteht aus einem Sprung, bei dem man alle Glieder ausstreckt – ähnlich wie der Schmetterling beim Fliegen die Flügel. Es handelt sich um eine sehr fortgeschrittene Technik, mit der man durch jeden Angriff brechen kann. Angeblich gibt es gegen den *chō-geri* keine Verteidigung.«

»Warum erzählen Sie mir davon, wenn niemand diese Technik mehr kennt?«, fragte Jack, der ständigen Rätsel Yamadas allmählich überdrüssig.

»Das habe ich nicht gesagt.« Yamada musterte Jack lange Zeit und Jack war unbehaglich zumute. Er hatte das Gefühl, der Sensei schaue irgendwie in seine Seele hinein.

»Ich könnte dir diese Technik beibringen«, sagte der Lehrer schließlich. »Aber womöglich übersteigt sie deine Fähigkeiten.«

»A-aber …«, stotterte Jack ungläubig. »Entschuldigen Sie die unhöfliche Frage, sind Sie für solche Sprünge nicht zu alt?«

»Oh, Blindheit der Jugend«, sagte Yamada und stand mithilfe seines Gehstocks auf.

Jack wollte sich gerade für seine Bemerkung entschuldigen, da ließ Sensei Yamada den Stock ohne Vorwarnung los und sprang hoch.

Sein Körper drehte sich, seine Arme beschrieben einen Bogen, seine Beine flogen nach außen und wirbelten über Jacks Kopf hinweg. Er vollführte eine ganze Drehung, dann landete er vollkommen sicher wieder auf dem Boden.

Jack sah mit offenem Mund zu, wie Sensei Yamada seelenruhig seinen Kimono ordnete, seinen Stock aufhob und sich anschickte zu gehen.

»Wie um alles in der Welt haben Sie das gemacht?«, stotterte er. »Woher können Sie das?« Die Beweglichkeit des Alten grenzte an ein Wunder.

»Beurteile ein Schwert nie nach seiner Scheide. Ich bin Mönch, Jack, aber was bin ich?«, sagte Yamada geheimnisvoll. Er blies die Kerzen aus und entfernte sich schlurfend.

Geisterhaft stiegen einige letzte gekräuselte Weihrauchfäden auf, dann war Sensei Yamada verschwunden.

Wie betäubt und noch immer fassungslos verließ Jack die Buddha-Halle. Der alte Mönch war mit der Anmut eines Schmetterlings durch die Luft geflogen und hatte ihn dann mit einer Rätselfrage allein gelassen.

Akiko und Saburo saßen auf der Treppe. Er ließ sich neben sie fallen.

»Alles in Ordnung?«, fragte Akiko voller Mitgefühl. Der Unterricht schien Jack mitzunehmen.

»Alles bestens«, erwiderte Jack. »Aber ihr werdet nicht glauben, was ich eben erlebt habe …« Er erzählte ihnen von Sensei Yamadas erstaunlichen Fähigkeiten.

»Bei Buddha, Jack, das verstehe sogar ich«, rief Saburo erstaunt. »Er ist ein Soldatenmönch!«

»Ein Soldatenmönch? Aber ich dachte, die seien alle von Nobunaga getötet worden.«

»Offenbar nicht alle«, erwiderte Saburo mit einem ehrfürchtigen Blick auf die Buddha-Halle. »Ich wette, er kann allein durch sein Ki jemanden töten!«

»Da kommt Kiku«, sagte Jack. Das kleine Mädchen war aus der Halle der Löwen getreten und rannte über den Hof auf sie zu und die Treppe hinauf.

»Was ist?«, fragte Akiko sie besorgt.

»Yamato ist weggelaufen!«

35

Um Haaresbreite

»Jack-kun! Jack-kun! Jack-kun!«

Jack sah mit zusammengekniffenen Augen in die helle Sommersonne. Es würde wieder ein heißer Tag werden, dachte er. Die anfeuernden Rufe der versammelten Schülerschaft zogen ihn aus dem kühlen Schatten der Halle der Löwen nach draußen in den sengend heißen Hof.

Das vergangene Vierteljahr war mit einem mörderischen Übungsprogramm für Jack, Akiko und Saburo gefüllt gewesen. Über den zahlreichen Dingen, die sie lernen mussten, hatten sie den verschwundenen Yamato, an den sie zunächst oft gedacht hatten, fast vergessen. Jack wusste nicht mehr, wie viele Schläge sie schon mit dem Schwert geübt hatten und wie viele Pfeile sie beim Bogenschießen abgeschossen, verloren oder zerbrochen hatten. Es gab auch keine Stelle, an der sie sich nicht beim waffenlosen Kampf blaue Flecken geholt hatten.

Außerdem hatte Jack noch heimlich bei Sensei Yamada Unterricht genommen und den Schmetterlingstritt geübt, in der Hoffnung, dass sich ihm irgendwann die Bedeutung seiner Vision erschließen würde. Noch scheiterte er an dem überaus schwierigen Sprung. Er hatte alles getan, was Sensei Yamada ihn lehrte, aber es war einfach nicht gut genug gewesen. Gemessen an seinen bisherigen Fortschritten würde es noch Jahre dauern, bis er den Sprung beherrschte.

»Das schaffe ich nie«, hatte er verzweifelt gerufen, als er eine knappe Woche vor dem Taryu-Jiai zum fünften Mal in Folge auf dem Rücken gelandet war.

»Man schafft, woran man glaubt, Jack-kun«, erwiderte Sensei Yamada nüchtern. »Du musst nicht die Technik beherrschen, sondern dich.«

Mehr Ermutigung hatte der Lehrer nicht für ihn übrig. Die seltsamen Sprüche Yamadas ärgerten Jack mehr denn je. Merkte der Alte denn nicht, dass der Sprung seine Fähigkeiten überstieg? Doch Sensei Yamada beharrte trotzdem darauf, dass er den Schmetterlingstritt Abend für Abend übte, bis ihm alles wehtat.

Jetzt, auf dem Hof inmitten der Schüler, die ihm alles Gute wünschten, hoffte Jack nur, dass sich die ganze Plackerei gelohnt hatte. Ändern konnte er jetzt sowieso nichts mehr.

Denn der Tag des Taryu-Jiai war gekommen.

»*Jack-kun! Jack-kun! Jack-kun!*«

Der Sprechchor klang ihm in den Ohren und er wurde über den Hof und zum *Nanzen-niwa*, dem Südlichen Zen-Garten, geschoben. Dort warteten an einem der großen, aufrecht stehenden Steine bereits Akiko und Saburo auf ihn. Masamoto und Kamakura saßen auf einer überdachten Bühne am Nordende des Gartens, flankiert von den Lehrern ihrer Schulen in ihren Festtagskimonos. Schüler säumten in ordentlichen Reihen die Längsseiten des Gartens – die Schüler der Niten Ichi Ryū die Ostseite, die der Yagyu Ryū die Westseite.

Jacks Herz klopfte wie wild.

»Samurai der Niten Ichi Ryū, wir begrüßen euch!«, rief ein kahlköpfiger Mann in einem weißen Kimono.

Donnernder Applaus stieg aus den Reihen der Schüler auf und Jack, Akiko und Saburo rückten unwillkürlich schutzsuchend näher zusammen.

Der Applaus endete. Masamoto und Kamakura wechselten einige höfliche Worte, die allerdings nicht die Feindseligkeit zwischen den beiden Samurai verbergen konnte. Vor allem Masamoto machte ein grimmiges Gesicht. Dass sein Sohn fortgelaufen war, hatte ihn stärker altern lassen als jede im Kampf davongetragene Narbe. Er litt unter der Schande wie unter einer unheilbaren Wunde.

»Samurai der Yagyu Ryū, wir begrüßen euch!«, rief der Mann im weißen Kimono.

Die Schüler auf der Westseite des Gartens klatschten und stimmten den Schlachtruf »Yagyu! Yagyu! Yagyu!« an.

Der unförmige Koloss Raiden betrat den Garten und nahm seinen Platz an dem aufrecht stehenden Stein gegenüber ein. Jack hatte schon wieder vergessen, wie groß er wirklich war. Im Frühjahr hatte Raiden ihn an einen übergroßen Affen erinnert, jetzt sah er aus wie ein Stier, brutal und Furcht einflößend. Das Taryu-Jiai würde kein Wettkampf werden, sondern ein Gemetzel.

Hinter Raiden erschien ein hageres Mädchen mit pechschwarzen Haaren. Es bewegte sich mit raschen, präzisen Bewegungen, als sei jeder seiner Schritte Teil eines stilisierten Kampfes. Seine Augen blitzten wie schwarze Diamanten, sein schmallippiger Mund war ein roter Strich in einem weiß gepuderten Gesicht.

Das Mädchen vereint verführerische Schönheit und tödliche Gefahr in sich, dachte Jack, wie eine Giftschlange, die gleich zubeißen wird.

Das Mädchen lächelte und zeigte seine Zähne. Sie waren schwarz angemalt.

Jack hatte sich noch nicht von seinem Schrecken erholt, da betrat der letzte Samurai der Yagyu Ryū den Garten. Fassungslos starrten die Schüler von Niten Ichi ihn an. Sie hatten Toru erwartet.

Es kam Yamato.

Jack wollte nicht glauben, dass da wirklich Yamato als Vertreter der anderen Schule vor ihm stand. Er hatte ihn seit dem Frühjahr nicht mehr gesehen. Unter den Schülern hatte zwar das Gerücht kursiert, Yamato sei zur Yagyu Ryū gewechselt, aber dass er jetzt gegen die Schule seines eigenen Vaters antrat, war vollkommen unbegreiflich.

Als Masamoto ihn sah, sprang er auf. Seine Augen quollen vor Empörung aus ihren Höhlen. Er fuhr zu Kamakura herum, brachte aber vor lauter Wut kein Wort heraus. Kamakura zuckte nicht mit der Wimper, sondern genoss den Augenblick sichtlich. Der große Masamoto hatte die Fassung verloren.

»Das ist gegen unsere Abmachung«, sagte Masamoto mühsam beherrscht. »Wo ist der andere Samurai?«

»Habe ich vergessen, das zu sagen? Bedaure. Er wurde leider von seinem Vater nach Hause gerufen und wir mussten ihn durch einen meiner anderen Schüler ersetzen.« Auf den letzten Worten verweilte Kamakura absichtlich etwas länger.

»Das soll *Ihr* Schüler sein? Das ist unannehmbar.«

»Den Regeln des Taryu-Jiai zufolge findet der Wettkampf eindeutig zwischen zwei Schulen statt, nicht zwischen einzelnen Schülern. Ich kann die Vertreter meiner Schule vor dem Wettbewerb nach Belieben ändern. Das ist doch richtig, Takeda-san?« Kamakura sah den Mann in dem weißen Kimono an.

»*Hai,* Kamakura-sama, das ist richtig«, antwortete der und mied Masamotos bösen Blick.

»Wenn Sie den Wettkampf absagen wollen …«

»Nein! Wir machen weiter.« Schäumend vor Wut setzte Masamoto sich.

Der kahlköpfige Mann in dem weißen Kimono gebot mit erhobener Hand Schweigen.

Die Schüler verstummten.

»Ich heiße Takeda Masato«, sagte er, »und bin der vom kaiserlichen Hof bestellte unabhängige Schiedsrichter dieses Taryu-Jiai. Die Kämpfe finden unter meiner Aufsicht statt. Meine Entscheidung ist endgültig und unumstößlich. Wir beginnen jetzt mit der ersten Runde, dem Bogenschießen. Samurai, macht euch bereit!«

Die Menge applaudierte und die Zielscheiben für das Bogenschießen wurden am Ende des Gartens aufgestellt.

»Was hat Yamato bei denen zu suchen?«, fragte Jack seine Kameraden. »Wie kann er gegen uns kämpfen?«

»Du hast doch auch gehört, was Masamoto gesagt hat«, erwiderte Akiko. »Er hat Yamato damals verstoßen und Yamato lief weg, weil er das Gesicht verloren hatte und mit der Demütigung nicht fertig wurde.«

»Aber warum ist er in die andere Schule eingetreten?«

»Das ist nicht schwer zu erraten, Jack. Sein Vater soll auch das Gesicht verlieren.«

»Genug geredet!«, fiel ihnen Sensei Yosa ins Wort, die zu ihnen getreten war. »Richtet eure Aufmerksamkeit auf den bevorstehenden Wettkampf und lasst euch nicht ablenken. Denkt daran, was ich euch beigebracht habe – zum Bogenschießen braucht ihr absolute Konzentration. Das Gleichgewicht ist euer Fundament. Geist, Bogen und Körper bilden eine Einheit.«

Sensei Yosa hatte ihnen diese drei Prinzipien in den vergangenen Monaten täglich eingetrichtert. Sie hatten buchstäblich den ganzen ersten Monat nur damit zugebracht, richtig zu stehen und den Bogen zu halten. Erst dann hatte Sensei Yosa ihnen gezeigt, wie man einen Pfeil schoss. Akiko hatte es als Erste gelernt, Saburo und Jack trafen noch nicht zuverlässig ins Ziel.

In den letzten Wochen hatte Sensei Yosa sie schießen lassen, bis sie blutige Blasen an den Fingern bekamen. Einmal war sie neben Akiko getreten und hatte sie mit den Federn eines Pfeils am Ohr gekitzelt. Akiko war so erschrocken, dass sie weit danebengeschossen hatte und fast einen in der alten Kiefer nistenden Vogel getroffen hätte. »Du darfst dich nicht so leicht ablenken lassen«, hatte Sensei Yosa nur gesagt. »Absolute Konzentration, weißt du noch?« In der nächsten Stunde hatte sie Saburo etwas ins Ohr gebrüllt, worauf sein Pfeil irgendwo am Himmel verschwunden war. »Konzentration!«, hatte Yosa wieder gesagt.

»Wir fangen an«, rief der Schiedsrichter. »Erste Runde, Entfernung dreißig Meter.«

»Dreißig Meter!«, rief Saburo und nahm seinen Bogen und die Pfeile auf. »Ich treffe schon kaum bei fünfzehn.«

»Die Schule, die mit sechs Schüssen die meisten Punkte erreicht, gewinnt die Runde«, fuhr der Schiedsrichter fort. »Ein Punkt für das Treffen der Scheibe, zwei für die Mitte. Yagyu beginnt.«

Die Schülerin mit den schwarzen Zähnen trat an die Abschusslinie und Schweigen senkte sich über die Menge. Sie legte den ersten Pfeil auf, hob ruhig den Bogen und schoss.

Der Pfeil traf in die Mitte der Scheibe und die Schüler von Yagyu brachen in Beifall aus. Ohne Pause schoss die Schülerin ihren zweiten Pfeil. Er traf den inneren weißen Ring und verfehlte die Mitte um einen Fingerbreit. Enttäuscht verzog sie das Gesicht.

»Drei Punkte für Yagyu.«

Saburo trat an die Abschusslinie. Jack sah sogar von seinem Platz aus, wie Saburos Hände zitterten. Er brachte es kaum fertig, den Pfeil aufzulegen.

Sein erster Schuss ging so weit daneben, dass er fast einen Jungen getroffen hätte. Die Schüler der Yagyu Ryū lachten. Auch Saburos zweiter Pfeil verfehlte das Ziel und landete auf dem Boden vor der Scheibe.

»Null Punkte für Niten Ichi.«

»Mach dir nichts draus, Saburo«, versuchte Jack seinen Freund zu trösten, der ein beschämtes Gesicht machte. »Der Affe kann es bestimmt auch nicht besser.«

Er behielt zum Glück Recht. Raiden konnte den Bogen nicht einmal richtig halten. Beide Pfeile flogen in einiger Entfernung am Ziel vorbei.

»Null Punkte für Yagyu.«

Jack war als Nächster dran. Er überprüfte seine Haltung sorgfältig, atmete bewusst ruhig ein und aus, legte den Bogen an und zielte. Dann schoss er. Der erste Pfeil traf den äußeren Ring der Zielscheibe. Seine Mitschüler johlten und klatschten.

Er versuchte, die Konzentration zu halten, und wartete, bis der Lärm wieder respektvollem Schweigen gewichen war.

Dann zielte er erneut und schoss.

Der Pfeil ging daneben.

Die Schüler von Niten Ichi stöhnten, die auf der anderen Seite des Gartens jubelten. Der Schiedsrichter gebot mit erhobenen Händen Einhalt.

»Ein Punkt für Niten Ichi.«

Jack kehrte zu seiner Gruppe zurück. »Tut mir leid«, sagte er.

»Du hast doch gut geschossen, wir haben noch eine Chance«, sagte Akiko. Ihre Stimme zitterte ein wenig. Die Chance war sie!

Yamato trat an die Linie. Er hatte eine gute Haltung und sein erster Pfeil traf die Scheibe ein gutes Stück neben der Mitte. Die Schüler von Yagyu sahen den Sieg in Reichweite und begannen Yamato anzufeuern. Doch beim zweiten Mal schoss Yamato zu schwungvoll. Er spannte den Bogen so stark, dass der Pfeil weit über das Ziel hinausflog und sehr zur Erleichterung Jacks, Saburos und Akikos im Stamm der alten Kiefer am anderen Ende des Gartens stecken blieb.

Der Kampf war noch nicht entschieden.

»Ein Punkt für Yagyu.«

Yamato setzte sich, ohne Jack und die anderen eines Blickes zu würdigen. Er war mit seinem Ergebnis offensichtlich nicht zufrieden.

Akiko trat an die Abschusslinie.

»Sie muss zweimal in die Mitte treffen, um zu gewinnen!«, flüsterte Saburo aufgeregt. »Hat sie das überhaupt schon mal geschafft?«

»Vielleicht schafft sie es heute«, sagte Jack hoffnungsvoll. Akiko holte langsam und tief Atem, um sich zu beruhigen.

Sie hatte aus dieser Entfernung nur ein einziges Mal während ihrer gesamten Ausbildung in die Mitte getroffen. Ob sie das jetzt, wo es darauf ankam, gleich zweimal hintereinander schaffen würde?

Akiko konzentrierte sich und der Lärm der Menge verklang wie das Rauschen einer sich zurückziehenden Welle.

Mit einer fließenden Bewegung schoss sie den ersten Pfeil. Er flog kerzengerade auf die Scheibe zu und traf genau in die Mitte. Die Schüler von Niten Ichi jubelten.

»Los, Akiko!«, rief auch Jack, der sich nicht mehr beherrschen konnte.

Der Schiedsrichter gebot Ruhe und der Beifall brach ab.

Akiko machte sich für ihren zweiten Schuss bereit, den letzten im Bogenschießen. Wenn sie wieder in die Mitte traf, hatte Niten Ichi die erste Runde gewonnen.

Die Augen sämtlicher Anwesenden ruhten auf ihr und Akikos Hände begannen vor Aufregung unkontrolliert zu zittern. Jack sah, wie sie darum kämpfte, sich zu beherrschen. Nach und nach atmete sie wieder langsamer und ihre Hände beruhigten sich. Sie hob den Bogen über den Kopf und spannte ihn. Da durchbrach ein Schrei die Stille.

»*Gaijin-Freundin!*«, schrie jemand aus den Reihen der Yagyu-Schüler.

Akiko erstarrte für den Bruchteil einer Sekunde und rang um die empfindliche Balance von Geist und Körper, die von der kränkenden Bemerkung gestört worden war.

Jack schäumte. Akiko durfte nicht aus dem Fluss ihrer Bewegung kommen, sonst würde sie danebenschießen.

Sie schoss, doch einen Moment zu früh.

Der Pfeil trudelte durch die Luft. Trotzdem traf er die Zielscheibe. Aber hatte er die Mitte getroffen?

Die Menge hielt den Atem an. Der Schiedsrichter eilte zur Zielscheibe. Der Pfeil steckte unmittelbar am Rand der Mitte.

»Volltreffer!«, rief er, nachdem er die Stelle begutachtet hatte. »Vier Punkte für Niten Ichi.«

Jack und Saburo schlugen mit den Fäusten in die Luft. Akiko hatte es geschafft!

»Die erste Runde geht an Niten Ichi«, rief der Schiedsrichter. Akiko verbeugte sich triumphierend.

侍

36

Dämon und Schmetterling

Im Butokuden war es bereits stickig und heiß. Schüler beider Schulen säumten die Ränder der Halle und fächelten sich wie ein Schwarm von Schmetterlingen Luft zu. Viele weitere Schüler spähten von draußen durch die Fensterschlitze.

Jack, Akiko und Saburo machten sich für die nächste Runde bereit. Masamoto kam, gratulierte Akiko zu ihrem überragenden Erfolg beim Bogenschießen und fand für alle ermutigende Worte für den bevorstehenden Kampf ohne Waffen.

»Denkt an die zweite Tugend des Bushido«, sagte er mit Nachdruck. »Mut!« Er ging, um seinen Platz in der Halle einzunehmen.

»Schöne Worte«, meinte Saburo, nachdem Masamoto gegangen war, »aber wir brauchen nicht Mut, sondern ein Wunder!«

Jack sah Saburo mutlos an und zuckte niedergeschlagen mit den Schultern. Dann zog er sich frische Kleider an und wickelte den Obi fest um die blaue Trainingsjacke.

Als die drei Freunde so weit waren, betraten sie die große

Halle und stellten sich in einer Reihe vor der erhöhten Plattform auf.

Masamoto und Kamakura saßen in der runden Nische der Halle wie zwei Kaiser, die darauf warten, dass ihre Gladiatoren kämpfen. Kamakuras Selbstbewusstsein war geschrumpft, Masamoto dagegen strahlte nach dem Sieg seiner Schule in der ersten Runde eine ruhige Zuversicht aus.

»Zweite Runde, Kampf ohne Waffen!«, verkündete der Schiedsrichter. Mit einem Blick auf Raiden fügte er hinzu: »Es geht dabei nicht um Leben und Tod. Der Sieg wird entweder durch Punkte, Aufgabe oder Niederlage ermittelt.«

Raiden zuckte verächtlich mit den Schultern. Er hatte keineswegs vor, sich an die Regeln zu halten.

»Während des Kampfes werden Punkte für Technik vergeben. *Ippon* ist ein ganzer Punkt für die vollendete Ausführung einer Technik. Er führt zum Sieg. *Waza-ari* ist ein halber Punkt für eine fast vollendete Ausführung – zwei Waza-ari ergeben einen Ippon und führen ebenfalls zum Sieg. *Yoku* und *koka* werden für kleinere Erfolge verliehen und zählen nur, wenn bis zum Ende der festgesetzten Zeit kein Sieger ermittelt worden ist. Die Schule mit den meisten Einzelsiegen gewinnt die Runde.«

Die Menge brüllte wie eine Meute Löwen, dass die Halle erzitterte.

»Erstes Treffen: Akiko gegen Moriko. Nehmt Aufstellung!«

Akiko erbleichte bei der Nennung ihres Namens.

»Du schaffst es«, ermutigte Jack sie. »Denk daran, was

Sensei Kyuzo immer sagt: ›Wer heute übt, wird morgen siegen.‹ Wir haben so viel geübt, dass wir eigentlich gewinnen müssen.«

Das stimmte auch. Der klein gewachsene Sensei Kyuzo hatte sie von allen Lehrern am härtesten üben lassen, als unterrichte er sie nur widerwillig und bestrafe sie deshalb mit einem besonders harten Training. Erbarmungslos hatten sie eine Technik nach der anderen durchgenommen. Er hatte sie ausschließlich in den Grundlagen unterrichtet.

»Lernen wir eigentlich auch noch andere Techniken wie zum Beispiel wiederholte Fußtritte?«, hatte Saburo sich eines Tages beschwert. Zur Strafe für seine unverschämte Frage hatten alle drei Schüler fünfzig Liegestütze machen müssen, während Sensei Kyuzo erklärte: »Ihr braucht nur die grundlegenden Techniken. Wiederholte Tritte machen einen für Gegenangriffe verwundbar. Ein solider Block oder Faustschlag ist viel wirksamer. Ich habe doch gesagt, im Kampf zählen die Grundlagen.«

Und ein Kampf stand ihnen bevor. Moriko, das Mädchen von Yagyu, stellte sich mit gebleckten schwarzen Zähnen Akiko gegenüber auf.

»*Rei!*«, sagte der Schiedsrichter. Die Mädchen verbeugten sich vor Masamoto und Kamakura und anschließend voreinander. Ein Weihrauchstäbchen in einer Messingschale wurde angezündet, um die Zeit zu messen, und der Schiedsrichter rief: »*Hajime!*«

Sofort griff Moriko Akiko mit einem Vorwärtstritt an, gefolgt von einem Halbkreistritt und einem Rückwärtstritt.

Akiko wich zurück und versuchte, die blitzschnell geführten Attacken abzuwehren. Sie konnte den Vorwärtstritt ablenken und dem Halbkreistritt gerade noch ausweichen, doch der Rückwärtstritt traf sie in die Hüfte. Sie drehte sich um ihre eigene Achse und ging zu Boden. Moriko sprang vor, um sie mit einem Stampftritt zu erledigen.

»*Yame!*«, stoppte der Schiedsrichter ihren wilden Angriff. »Ein Waza-ari an Moriko!«

Die Yagyu-Schüler johlten beifällig. Jack war außer sich. Er hielt es kaum aus, tatenlos mitanzusehen, wie Akiko kämpfte. Am liebsten wäre er zu ihr gerannt und hätte sie verteidigt, wie sie es einmal für ihn getan hatte.

»*Rei!*«, sagte der Schiedsrichter und die Mädchen verbeugten sich. »*Hajime!*«

Moriko stürzte sich wieder auf Akiko, doch diesmal war Akiko besser vorbereitet. Sie wich zur Seite aus, fing Morikos Halbkreistritt mit dem Arm ab, führte einen Schlag mit den Handballen gegen Morikos Brust und trat Moriko zugleich das Standbein weg – eine einfache, aber überaus wirksame Kombination aus Abwehr und Gegenangriff, doch Moriko hielt sich im Fallen an Akiko fest, was die fast perfekte Kombination beeinträchtigte.

»*Yame!*«, brach der Schiedsrichter den Kampf ab. »Ein Waza-ari an Akiko!«

Die Schüler der Niten Ichi tobten. Akiko hatte zu Moriko aufgeschlossen.

»*Rei!*«, sagte der Schiedsrichter und die Mädchen verbeugten sich. »*Hajime!*«

Diesmal griff Moriko nicht gleich an.

Die Kontrahentinnen umkreisten einander und Moriko fauchte wie eine schwarze Katze. Beide täuschten Angriffe vor und dann packte Moriko plötzlich Akikos Leitarm. Akiko griff ihrerseits nach Moriko und schon rangen sie miteinander, um die jeweilige Gegnerin auf den Boden zu werfen. Akiko war zuerst erfolgreich und setzte zu einem Hüftwurf an. Moriko ging mit den Hüften tiefer, verlagerte ihren Schwerpunkt nach unten und verhinderte den Wurf. Von hinten riss sie Akiko grob an den Haaren.

Jack sah es als einer von wenigen. An den Haaren ziehen war verboten und Moriko versuchte, die verbotene Bewegung hinter ihrem Körper zu verstecken. Akiko war in der Falle. Moriko brachte sie von hinten durch einen Fußfeger aus dem Gleichgewicht und riss sie erbarmungslos an den Haaren nach unten.

»*Yame!* Ein Waza-ari an Moriko!«, rief der Schiedsrichter, der Morikos Betrug offenbar nicht bemerkt hatte. »Der erste Kampf geht an die Yagyu Ryū!«

»Das ist unglaublich!«, sagte Jack wütend, als Akiko wieder neben ihm kniete. »Wie konnte der Schiedsrichter das übersehen?«

»Denk nicht darüber nach, der Kampf ist vorbei«, sagte Akiko. Ihr Gesicht war vor Anstrengung heiß und gerötet. »Konzentriere dich auf deinen Kampf. Du musst unbedingt gewinnen.«

»Zweites Treffen: Raiden gegen Jack. Nehmt Aufstellung!«

Jack stockte der Atem. Er sollte gegen Raiden antreten.

»Viel Glück, Jack«, flüsterte Yori, der zusammen mit dem Rest der Klasse hinter ihm kniete.

»Ja, viel Glück, Jack«, sagte auch Emi.

Ihr freundlicher Ton entging Akiko nicht und sie starrte Emi in stummem Erstaunen an.

»Danke«, antwortete Jack und brachte ein Lächeln zustande. Das war ja ganz neu, dachte er. Emi bemerkte ihn.

Dann fiel sein Blick auf Kazuki und seine freundschaftlichen Gefühle verschwanden. Kazuki fuhr sich mit dem Finger über den Hals.

Sein alter Feind schmollte seit ihrer Auseinandersetzung am Hanami-Fest, denn Jack war nicht mehr der Gaijin, sondern der Held der Schule. Jack hatte Kazuki an den Rand gedrängt. Doch jetzt frohlockte Kazuki. Jack konnte den bevorstehenden Kampf nicht gewinnen und einen Verlierer mochte niemand.

Jack ging in die Mitte der Halle. Sofort nahm die Hitze ihm die ganze Kraft. Kein frisches Lüftchen war zu spüren und die Sonne schien heiß auf den hölzernen Boden.

Die Halle erschien ihm größer als sonst und gegenüber einem Riesen wie Raiden kam er sich vor wie ein Zwerg. Raiden grinste, legte den Kopf nach rechts und links und lockerte die Gelenke der Halswirbelsäule mit einem hässlichen Knacken.

Gleich würde er Jack in Stücke reißen.

Jack warf einen Blick auf seine Freunde. Ihre Gesichter spiegelten seine Angst.

Auch Sensei Yamada, Sensei Kyuzo und Sensei Hosokawa waren anwesend und sahen ihn erwartungsvoll an. Sensei Yamada verbeugte sich kaum merklich und zeigte mit der Hand den Größenunterschied zwischen Sensei Kyuzo und Sensei Hosokawa an. Jack verstand sofort, was er meinte. Die Größe hatte für Sensei Kyuzo beim Kämpfen nie eine Rolle gespielt und sollte deshalb auch für ihn nicht wichtig sein.

»*Rei!*«, sagte der Schiedsrichter.

Jack und Raiden verbeugten sich vor Masamoto und Kamakura und anschließend kurz voreinander. Der Schiedsrichter wartete, bis das nächste Weihrauchstäbchen brannte, und rief dann: »*Hajime!*«

Jack hatte beschlossen, gleich am Anfang aufs Ganze zu gehen, und griff den auf ihn zukommenden Raiden mit einem Vorwärts- und dann einem Halbkreistritt an. Doch Raiden wehrte die Tritte mühelos ab und griff seinerseits mit einem Unterarmschlag an. Jack flog durch die Luft und landete auf dem Boden.

»*Yame!*«, rief der Schiedsrichter. »Koka für Raiden!«

Benommen, aber unverletzt stand Jack auf. Akiko und Saburo sahen ihn aufmunternd an, doch die Wirkung ihrer Blicke wurde durch Kazukis schadenfrohes Gesicht dahinter zunichtegemacht – und durch Nobu, der so tat, als werde er an einer Schlinge aufgehängt.

»*Hajime!*«

Jack war noch nicht ganz bereit, da trat Raiden ihm auf den vorgestellten Fuß. Jack schrie auf und wollte sich losmachen, doch sein Fuß war eingeklemmt. Raiden holte zu einem linken Haken aus. Jack duckte sich und spürte, wie die Faust über seinen Kopf flog. Doch als er sich wieder aufrichtete, schlug Raiden mit der rechten Faust nach seinem Gesicht.

Jack wehrte den Schlag mit einem festen *age-uke*, einem aufsteigenden Block ab, wusste aber, dass die Zeit knapp wurde, wenn er sich nicht rasch befreite.

Er ließ sich auf die Knie fallen und warf sich mit seinem ganzen Gewicht gegen die Innenseite von Raidens Schenkel. Er zielte dabei direkt auf den Nervenpunkt, den Sensei Kyuzo ihnen im Training gezeigt hatte. Raiden brüllte vor Schmerzen und ließ Jacks Fuß los, versetzte Jack allerdings im Rückwärtstaumeln noch einen zwar unsauber geführten, aber brutalen Schlag mit der Rückhand über die Wange.

Jack ging zum zweiten Mal zu Boden.

»*Yame!*«, rief der Schiedsrichter. »Koka für Raiden!«

»Los, Jack, du schlägst ihn«, feuerte Akiko ihn an, aber das Aufstöhnen der restlichen Schüler seiner Schule kommentierte seine Chancen sehr viel zutreffender.

Beim dritten Angriff hielt Jack etwas länger durch, doch dann traf ihn Raidens Unterarm am Hals.

Wieder lag er auf dem Boden.

»*Yame!*«, rief der Schiedsrichter. »Koka für Raiden!«

Diesmal blieb Jack liegen und der Schiedsrichter begann zu zählen.

»Eins … zwei …«

Jack hatte durch Raidens Schlag an den Hals kurz das Bewusstsein verloren und wünschte sich nur noch, alles möge vorbei sein. Sein Kopf dröhnte vor Schmerzen, der Applaus der Gegenpartei drang nur verschwommen an sein Ohr und die Vorstellung, jetzt aufzugeben, lockte unwiderstehlich. Er hatte doch sowieso keine Chance. Er konnte nur hoffen, den Kampf lebend und ohne ernsthafte Verletzungen zu überstehen.

»… drei …«

Da hörte er trotz der allgemeinen Unruhe eine Stimme.

»Siebenmal unten, achtmal oben!«

Jack schüttelte den Kopf, um seine Gedanken zu ordnen. Er sah jetzt wieder scharf und hörte die Stimme deutlicher.

»… vier …«

»Siebenmal unten, achtmal oben!«

Sie gehörte Yori. »Siebenmal unten, achtmal oben!«, rief Yori erneut.

»… fünf …«

Er musste seine Zweifel und seine Angst überwinden. Sensei Yamadas Worte klangen ihm in den Ohren. »Damit andere über dich gehen, musst du zuerst liegen.«

»… sechs …«

»Siebenmal unten, achtmal oben!«

Saburo, Akiko und einige weitere Schüler riefen es zusammen mit Yori im Sprechchor.

»… acht …«

Er durfte sich nicht kampflos ergeben.

»… neun …«

Jack zwang sich aufzustehen. Die Zuschauer brüllten, begierig, den Gaijin wieder zu Boden gehen zu sehen. Das Zählen verstummte und Jack wandte sich seinem Gegner zu.

»*Hajime!*«, rief der Schiedsrichter, ohne Jack eine weitere Verschnaufpause zuzugestehen.

Raiden stürzte sich auf Jack.

Jack wehrte den ersten Angriff ab.

Raiden stürmte an ihm vorbei, wendete und griff erneut an. Jack konnte ihm einen Schlag in die Seite verpassen, doch Raiden schlug ihm die geballte Faust in die Brust. Jack taumelte zurück und landete unsanft vor Akiko.

»*Yame!*«, rief der Schiedsrichter. »Koka für Raiden!«

Akiko musterte Jack besorgt, doch er stand auf und unternahm einen neuen Versuch.

»*Yame!*«, rief der Schiedsrichter, als Jack wie eine Puppe wieder zusammenklappte. »Koka für Raiden!«

Raiden nutzte Jacks Schwäche aus und führte einen *ura mawashi-geri* aus, einen »verkehrten« Halbkreistritt, der Jack schmerzhaft in die Rippen traf.

»*Yame!*«, rief der Schiedsrichter. Er klang besorgt. »Yoku für Raiden!«

Jack war froh über den gefederten Boden, obwohl das Hinfallen auch so genug schmerzte. Er zwang sich, wieder aufzustehen, und taumelte ein wenig wie ein Daruma. Er war Sensei Kyuzo inzwischen dankbar für die vielen Male, die er sich als Verteidiger in der Abwehr hatte üben müssen. Das hatte ihn, wie Akiko vorausgesagt hatte, gegen die Schläge abgehärtet, die er jetzt einsteckte.

»Halbzeit«, verkündete der Schiedsrichter. »*Hajime!*«

Der Kampf zog sich in die Länge und auch Raiden keuchte inzwischen. Offensichtlich war er Gegner gewöhnt, die in der ersten Halbzeit aufgaben. Er war knallrot im Gesicht und schwitzte wie ein Schwein.

Außerdem wurde auch Raiden langsamer, stellte Jack fest, während er selbst mühelos einen *mawashi-zuki* Raidens, einen Halbkreisstoß, abblockte. Und plötzlich überkam ihn blitzartig eine Erkenntnis. Der schwitzende, knallrote und müde werdende Raiden war der Dämon aus seinem Traum!

Raiden war für die Anwendung der richtigen Technik inzwischen zu müde. Er packte Jack einfach und warf ihn durch die Halle. Jack schlitterte auf dem Rücken über den Boden und landete vor Sensei Yamadas Füßen.

»*Yame!*«, rief der Schiedsrichter. »Koka für Raiden!«

Die Schüler von Yagyu gerieten außer Rand und Band. In weniger als einem halben Räucherstäbchen Zeit hatten sie den Kampf gewonnen. Jack hatte keinerlei Chance mehr.

Jack blickte zu Sensei Yamada hinauf, der sich wie im Gebet erwartungsvoll über ihn beugte.

»Sensei!«, keuchte Jack. »Raiden ist der Dämon aus meiner Vision. Was heißt das?«

Sensei Yamada öffnete und schloss seine Hände wie die Flügel eines Schmetterlings. Jack begriff sofort, was der Lehrer meinte – Jack musste der Schmetterling sein.

Er stand auf und ordnete seinen blauen Kampfanzug. Blau! Er hätte lachen können, so eindeutig war die Vision.

Er konnte Raiden nicht durch Stärke besiegen, dafür aber durch Geschicklichkeit, Schnelligkeit und Ausdauer.

Er wechselte die Taktik. Raiden hatte keine gute Technik, er vertraute ganz auf seine Größe und sein Gewicht. Jack musste deshalb schnell und beweglich wie ein Schmetterling sein, dann konnte er Raidens Schlägen ausweichen. Raiden würde genau wie der Dämon aus seinem Traum allmählich müde werden. Jack hoffte nur, dass noch genügend Zeit übrig war.

»*Hajime!*«, rief der Schiedsrichter.

Der Kampf ging weiter.

Den gegnerischen Schlägen auszuweichen war leichter gesagt als getan. Jack konnte nicht einfach durch die Halle laufen. Er musste so nahe bei Raiden bleiben, dass der ihn angriff und sich dabei verausgabte, allerdings ohne Jack zu treffen.

Jack zog den Kampf also in die Länge und rannte ständig hin und her. Er duckte sich und schlug Haken, während es auf Mittag zuging und die Hitze den Butokuden allmählich in einen Backofen verwandelte.

Raiden schlug wütend um sich und zielte immer ungenauer, während Jack einem Schlag nach dem anderen auswich. Der Schweiß lief Raiden über die Stirn und in die Augen. Er wischte ihn weg und dabei ließ seine Wachsamkeit für einen Augenblick nach.

Darauf hatte Jack gewartet.

Er wusste, dass man Raiden nicht einfach mit einem Tritt oder Faustschlag umlegen konnte. Bevor er Raiden wirkungsvoll treffen konnte, musste er erst an seinen affenartigen Armen vorbeikommen. Und das konnte er nur mit dem *chō-geri*, dem Schmetterlingstritt. »Man schafft, woran man glaubt«, hatte Sensei Yamada gesagt, und jetzt glaubte Jack, dass er den Tritt schaffen würde.

Ohne zu zögern, sprang er hoch. Alles, was er im letzten Vierteljahr gelernt hatte, ging in diesen einen Moment ein.

Er drehte sich in der Luft, ließ die Arme in der Form eines Schmetterlings kreisen, um das Gleichgewicht zu halten, schwang das rechte Bein herum, um Raidens geschwächte Deckung auszuschalten, zog das linke Bein nach und trat damit geradewegs gegen Raidens Kiefer. Er traf ihn mit voller Wucht und Raiden knickte ein.

In der Halle wurde es gespenstisch still.

Jack landete sicher über seinem stöhnenden Gegner. Im selben Augenblick war das Räucherstäbchen zu Ende gebrannt und die letzte Asche fiel in die Schale.

»*Yame!*«, rief der Schiedsrichter. »Ippon für Jack!«

Jack hatte gegen alle Wahrscheinlichkeit einen Schmetterlingstritt geschafft. Er konnte es selbst nicht fassen!

Seine Mitschüler brachen in tosenden Beifall aus. Jack wankte in seine Ecke und ließ Raiden ausgestreckt auf dem Boden liegen.

»Das war ja unglaublich!«, rief Saburo begeistert, der zu ihm geeilt war, um ihn zu stützen.

»Wo hast du diesen Tritt gelernt?«, rief eine Stimme.

»Wie heißt er denn?«, fragte eine andere. »Fliegender Gaijin?«

Die Mitschüler umringten Jack. Alle wollten ihrem alten und neuen Helden so nah wie möglich sein und von ihm wissen, wie der Fliegende Gaijin ging. Saburo drängte sie zurück und ermahnte sie zur Einhaltung des gebührenden Abstands.

Von seinem Sieg noch ganz benommen, kniete Jack sich hin. Der Schiedsrichter bat ungeduldig um Ruhe. Allmählich legte sich der Lärm und nur noch erregtes Gemurmel war zu hören.

Alle nahmen wieder ihre Plätze ein. Jack sah, wie Sensei Yamada sich mit einem geheimnisvollen Lächeln auf den Lippen vor Sensei Kyuzo verbeugte, der offenbar eine Erklärung für Jacks heimliche Fertigkeiten verlangte.

»Letztes Treffen: Saburo gegen Yamato«, rief der Schiedsrichter. »Nehmt Aufstellung!«

Die Augen aller Anwesenden wandten sich den beiden nächsten Teilnehmern zu.

Es stand eins zu eins, der letzte Kampf entschied.

Wenn Saburo Yamato besiegte, hatte die Niten Ichi auch die zweite Runde gewonnen. Saburo war gut, ein Sieg war deshalb nicht unwahrscheinlich. Yamato allerdings war eine unbekannte Größe.

Die beiden stellten sich gegenüber auf.

Saburo lächelte freundlich, doch Yamato verzog keine Miene und sah ihn nur unbewegt an, als erkenne er seinen früheren Freund nicht wieder.

»*Rei!*«, sagte der Schiedsrichter. Die beiden verbeugten sich und der Weihrauch wurde angezündet. »*Hajime!*«

Yamato rührte sich nicht.

Saburo zögerte kurz und griff dann mit einem sauberen Vorwärtstritt an, gefolgt von einem Fauststoß mit der Schlaghand.

Yamato wich dem Tritt gelassen aus und blockte den Stoß mit dem Unterarm. Dann packte er Saburo blitzschnell und stemmte ihn mit einem gewaltigen *seoi-nage,* einem Schulterwurf, hoch. Saburo flog durch die Luft und landete unsanft auf dem Boden.

»Ippon!«, rief der Schiedsrichter durch den begeisterten Beifall. »Die zweite Runde geht an Yagyu!«

Der Weihrauch hatte noch kaum zu brennen begonnen, da war der Kampf schon vorbei.

侍

37

Das Jadeschwert

Jack sah Yamato unverwandt an und versuchte, seine erste Bewegung zu erraten.

»Die meisten Kämpfe werden gewonnen, bevor das Schwert gezogen wird«, hatte Sensei Hosokawa während einer Übungsstunde im Schwertkampf gesagt. »Besiege deinen Feind in Gedanken und du besiegst ihn auch mit dem Schwert.«

Akiko hatte ihren Schwertkampf gegen Moriko gewonnen. Der Drei-zu-null-Sieg war eine süße Rache gewesen. Moriko hatte Akiko mit ihrer hinterhältigen Taktik im Kampf ohne Waffen so in Rage gebracht, dass sie diesmal erbarmungslos auf sie eingeschlagen hatte.

Saburo dagegen hatte, in seinem Selbstvertrauen nach der Niederlage gegen Yamato zutiefst erschüttert, gegen Raiden zwei zu eins verloren. Damit herrschte insgesamt Gleichstand.

Noch konnten beide Schulen gewinnen.

Alles kam auf Jack und Yamato an.

Jack konnte immer noch nicht richtig glauben, dass Yamato gegen die Schule seines eigenen Vaters kämpfte. Der mörderische Blick in Yamatos Augen machte klar, dass sein Kampf Jack galt – ausschließlich Jack.

»Na, Kampf in drei Runden?«, rief Jack spöttisch in Erinnerung an alte Zeiten.

Er wusste, wie Yamato dachte und kämpfte. Schließlich war Yamato sein Lehrer gewesen. Jack hatte mit ihm geübt und gegen ihn verloren. Diesmal allerdings, gelobte er sich, sollte Yamato verlieren.

Yamato schnaubte verächtlich und hob wortlos sein Schwert, bis die Spitze auf gleicher Höhe war wie die von Jack.

»*Hajime!*«, rief der Schiedsrichter.

Yamato schlug mit der Schnelligkeit einer Kobra zu. Sein Schwert glitt an dem von Jack ab und sauste auf Jacks Kopf zu.

Jack duckte sich und fuhr herum, um mit dem Schwert nach Yamatos Bauch zu schlagen. Yamato wehrte den Schlag gekonnt ab. Jack ließ sofort einen zweiten Angriff folgen, aber Yamato sah ihn kommen, sprang gewandt zur Seite und traf mit seiner Waffe Jacks Schwertarm.

»*Yame!*«, rief der Schiedsrichter und die Zuschauer klatschten. »Ein Punkt für Yagyu!«

»Ich habe gesehen, wie du über den Schlag nachgedacht und ihn erst dann geführt hast.« Yamato lachte. »Du hast dich nicht verändert, Jack.«

»Du schon«, sagte Jack. »Du hast das Gesicht verloren.«

Yamato wurde rot vor Wut und griff an, noch bevor der Schiedsrichter die nächste Runde eröffnet hatte. Genau darauf hatte Jack gewartet. Yamato konnte sich immer noch nicht beherrschen, und wenn die Wut mit ihm durchging, machte er schwere Fehler. Er überschüttete Jack mit einem Hagel von Schlägen und sein erster Fehltritt ließ nicht lange auf sich warten. Er kam Jack zu nahe, während er zu einem Schlag ausholte. Jack wich zur Seite aus und schlug ihm sein Schwert heftig über den Bauch.

»*Yame!*«, rief der Schiedsrichter. Yamato ging zu Boden. Die Zuschauer klatschten und johlten. »Ein Punkt für Niten Ichi!«

Damit herrschte Gleichstand.

Der nächste Schlagabtausch würde das Taryu-Jiai entscheiden. Niemand wagte zu atmen. In der Halle wurde es stiller als in einem Tempel. Masamoto und Kamakura saßen erstarrt vor Spannung wie steinerne Götter auf ihren Thronen.

Einen kurzen, endlos scheinenden Augenblick führten Jack und Yamato einen unsichtbaren Kampf – beide versuchten, die erste Bewegung des anderen im Voraus zu erraten. Sie bewegten sich genau im Gleichtakt, nahmen die gleiche Haltung ein und hoben gleichzeitig ihre Schwerter, bis die Spitzen sich auf gleicher Höhe befanden.

»*Hajime!*«, rief der Schiedsrichter.

Krachend schlugen die Schwerter aneinander. Wie Tänzer umkreisten die Jungen sich, teilten Schläge aus und parierten die gegnerischen Hiebe. Dann wirbelten sie fast gleichzeitig auf den Fersen herum und holten zum entscheidenden Schlag aus.

Ihre Arme stießen mit voller Wucht zusammen und die Schwerter schlugen genau im selben Moment an den Hals des jeweils anderen.

»Unentschieden!«, rief der Schiedsrichter erstaunt.

Jack und Yamato setzten den Kampf mit den Augen fort. Sie waren immer noch dieselben Jungen, die auf der kleinen Brücke hinter Hirokos Haus in Toba gekämpft hatten, mussten jetzt aber anerkennen, dass sie einander ebenbürtig waren.

Unter den Schülern breitete sich Verwirrung aus. Konnte ein Taryu-Jiai unentschieden enden? Natürlich nicht! Wie sollte also der Sieger ermittelt werden?

Der Schiedsrichter bat um Ruhe.

Jack und Yamato ließen erst voneinander ab, als der Schiedsrichter zwischen sie trat. Anschließend eilte er zu Masamoto und Kamakura und sprach leise mit ihnen.

Die Schüler streckten die Hälse und versuchten, das eine oder andere Wort zu verstehen, das gesprochen wurde.

Nach einigen Minuten angestrengter Beratung kehrte der Schiedsrichter in die Mitte der Halle zurück.

»Samurai von Niten Ichi und Yagyu!«, rief er feierlich und sich seiner Würde bewusst. »Kraft der mir vom kaiserlichen Hof verliehenen Befugnis werde ich nunmehr den Ritus des Jadeschwerts durchführen.«

Alle redeten aufgeregt durcheinander und der Schiedsrichter war heiser vom Rufen, als endlich wieder Ruhe einkehrte.

»Wie von Kaiser Kammu, dem Gründer Kyotos, vorgesehen, kann aus Anlass eines Unentschiedens in einem Taryu-Jiai der Ritus des Jadeschwerts durchgeführt werden. Danach gilt der Samurai, der das Jadeschwert vom Geräusch-von-Federn-Wasserfall holt und dem Begründer seiner Schule überreicht, als Sieger. Der Ritus beginnt nach vier Räucherstäbchen draußen vor der Buddha-Halle.«

Fieberhafte Aufregung erfasste die Menge.

Der Ritus des Jadeschwerts war seit über hundert Jahren nicht mehr durchgeführt worden. Man hatte ihn nicht gebraucht. Niemals seit Menschengedenken hatte ein Wettbewerb zweier Schulen unentschieden geendet.

侍

38

Der Wasserfall

Das letzte Weihrauchstäbchen erlosch mit einem Rauchwölkchen.

»*Hajime!*«, rief der Beamte des kaiserlichen Palastes.

Jack rannte zur Tür, Yamato rannte neben ihm.

Immer zwei Stufen auf einmal nehmend, hasteten sie die Treppe der Buddha-Halle hinunter. Beifall klang auf. Die Menge, die sich im Hof versammelt hatte, teilte sich wie eine riesige menschliche Welle. Jack und Yamato rannten zum Haupttor.

Draußen folgten sie der Straße nach links. Die Zuschauer liefen hinter ihnen her und feuerten sie an.

Einige Schüler versuchten mit Jack und Yamato mitzuhalten, gaben aber bald auf.

Am Ende der Straße nahm Yamato plötzlich eine Abkürzung durch eine Gasse. Jack folgte ihm dicht auf den Fersen, während der Lärm der Menge hinter ihnen leiser wurde. Er wollte Yamato nicht verlieren. Zwar hätte er den Weg auch allein gefunden, denn Akiko hatte ihm genau erklärt, wie er zum Wasserfall kam. Aber er wollte sich nicht schon so früh im Rennen abhängen lassen.

Vor Beginn des Rituals hatten Akiko und Saburo Jack in die Halle der Löwen mitgenommen und ihn in aller Eile vorbereitet. Während Jack einen frischen Kimono anzog, hastig Wasser trank und etwas aß, hatte Akiko ihm die Geschichte des Jadeschwerts erzählt.

»Es gehörte Kaiser Kammu, dem Gründer Kyotos, persönlich. Ein Samurai, der mit dem Jadeschwert kämpft, ist unbesiegbar, heißt es. Kaiser Kammu ordnete deshalb an, dass es Kyoto nie verlassen dürfe, damit seine Stadt immer beschützt sei. Er gab es dem buddhistischen Priester Enchin zur Aufbewahrung. Enchin legte es ganz oben auf den Geräusch-von-Federn-Wasserfall, damit es auf ganz Kyoto heruntersehen und die Quelle des Flusses Kizu bewachen konnte.«

»Wo befindet sich dieser Wasserfall?«, hatte Jack mit dem Mund voller Reis gefragt.

»In den Bergen hinter dem Tempel Kiyomizudera. Man erreicht ihn über den steilen Weg, der von der Hauptbrücke abgeht.«

»Du meinst die Brücke, über die wir nach Kyoto gekommen sind?«

»Ja. Der Weg geht links ab, führt bergauf und bringt dich zum *Nio-mon*, dem Tor der Deva-Könige. Es ist der Haupteingang.« Akiko band Jacks Obi fest. »Du kannst dich nicht verirren«, versicherte sie ihm.

»Der Weg wird von Pilgern benutzt und ist gut zu finden. Im Kloster begibst du dich direkt zur *Sanju-no-to*, einer dreistöckigen Pagode von derselben Farbe wie das Inseltor in Toba. Von dort gehst du durch den Drachentempel und nimmst den mittleren Eingang zur Haupthalle. Auf der anderen Seite findest du die *Butai*, die Tanzbühne des Mönchs, und links den Geräusch-von-Federn-Wasserfall und den Schrein des Jadeschwerts.«

»Das klingt einfach.«

»Sei aber trotzdem vorsichtig. Enchin hat das Schwert aus einem ganz bestimmten Grund dorthin gelegt. Der Wasserfall ist sehr gefährlich. Die Felsen, die du hinaufklettern musst, sind nass und glatt und sehr steil. Viele Samurai, die das Schwert anfassen wollten, sind abgestürzt. Nur sehr wenige haben es je berührt.«

Bevor Jack weitere Fragen stellen konnte, wurde er abgeholt und eilig in die Buddha-Halle gebracht, weil das Ritual beginnen sollte. Die Ehre von Niten Ichi ruhte jetzt mit ihrem ganzen Gewicht auf seinen Schultern.

»Passt auf, wo ihr langrennt!«, rief ein erzürnter Händler Yamato und Jack nach. Sie waren an seinem Stand vorbeigeeilt und hatten einiges Obst heruntergerissen.

Im Zickzack hetzten sie durch die erschrockene Menge und hatten bald den Stadtrand erreicht. Zu Jacks Erleichterung war es dort nicht mehr so drückend heiß. Yamato erreichte die Brücke als Erster, überquerte sie schnell und bog nach links auf den Pilgerweg ab. Über sich sah Jack hinter den Bäumen die dreistöckige Pagode aufragen.

Akiko hatte Recht gehabt. Man konnte sich hier nicht verirren. Ein steter Strom von Pilgern wälzte sich bergauf.

Straßenhändler säumten den staubigen Weg und verkauften Glücksbringer, Weihrauchstäbchen und Glückspapier, seriösere Kaufleute boten den müden und halb verhungerten Reisenden Wasser, Tee und Nudeln an. Jack schlängelte sich zwischen ihnen hindurch und versuchte Yamato einzuholen.

»Eile mit Weile!«, rief ein Straßenhändler und streckte Jack ein Glückspapier hin.

Jack rannte an ihm vorbei.

Yamato war bereits in den Wald eingetaucht, der die unteren Ausläufer des Bergs bedeckte. Der Weg wand sich hangaufwärts und verschwand immer wieder hinter Bäumen. Auch Jack erreichte den Wald. Der kühle Schatten tat ihm gut. Sein Herz hämmerte, doch er rannte weiter, so schnell er konnte, um Yamato einzuholen. Der Weg führte immer steiler hinauf. Jack lief um eine Kurve und sah Yamato vor sich. Yamato war langsamer geworden.

Wahrscheinlich konnte er Yamato überholen, sobald der Weg wieder geradeaus führte. Jack beschleunigte noch einmal, rannte um eine Kurve und prallte mit voller Wucht gegen einen großen, weichen Bauch. Er taumelte zurück und landete unsanft auf dem steinigen Boden.

»He, nicht so schnell, junger Samurai«, rief ein korpulenter Mönch in einer safrangelben Kutte und rieb sich seinen ausladenden Bauch.

»Entschuldigung«, keuchte Jack. Er rappelte sich eilig auf und klopfte sich ab. »Aber ich muss jemanden einholen … es geht um die Ehre.«

Er verbeugte sich hastig und lief weiter.

»Nein, die Jugend von heute, kann die Erleuchtung kaum erwarten … Buddha wartet!«, rief der Mönch ihm freundlich nach.

Jack bog um die letzte Kurve und lief durch das Tor der Deva-Könige. Vor sich sah er Yamato. Jack warf den beiden großen Löwenhunden, die den Eingang gegen das Böse schützten, einen flüchtigen Blick zu und rannte an überraschten Pilgern vorbei die steinerne Treppe hinauf und durch ein zweites Tor zur dreistöckigen Pagode. Sie war tiefrot angemalt und hob sich deutlich vom trüben Braun der übrigen Gebäude ab.

Von dort lief er zur Haupthalle, einem mächtigen Gebäude, das die ganze Tempelanlage beherrschte. Yamato war nirgends zu sehen.

Er durchquerte einen kleinen Tempel, über dessen Decke sich ein lebhaft gemalter jadegrüner Drache wand, und gelangte durch ein weiteres, von Löwenhunden bewachtes Tor in das äußere Heiligtum der Haupthalle. Zwischen auf dem Boden liegenden, betenden Pilgern hindurch steuerte er geradewegs auf das innere Heiligtum zu.

Dort begegnete er nur einigen Mönchen, die ihn – einen verschwitzten, keuchenden Gaijin – mit einem verwirrten Lächeln musterten. Das innere Heiligtum war dunkel und kühl und im Unterschied zu anderen Tempeln mit Blattgoldbildern Buddhas geschmückt, die Jack allerdings nur im Vorbeigehen wahrnahm. Suchend sah er sich nach dem Ausgang um.

»Zum Wasserfall?«, fragte er aufgeregt.

Ein schlanker Mönch im Halblotussitz zeigte wortlos auf einen Durchgang weiter rechts. Jack verbeugte sich kurz als Zeichen des Danks, eilte weiter und gelangte wieder nach draußen.

Jetzt stand er auf einer großen, hölzernen Terrasse, der *Butai*, die über einen üppig mit Büschen und Bäumen bewachsenen Steilhang ragte. Donnernd hörte er das Wasser in die Tiefe stürzen und sah im Tal unter sich durch einen feinen Dunstschleier hindurch Kyoto. Die Stadt leuchtete in ihrer ganzen Pracht wie eine Fata Morgana und über dem kaiserlichen Palast in ihrer Mitte stand ein schwacher Regenbogen.

Unmittelbar links von Jack stürzte der Wasserfall eine Felswand hinunter in ein großes Felsenbecken rund fünf Stockwerke tiefer. Das Wasser schäumte und brodelte, drehte sich in Wirbeln und Strudeln, beruhigte sich und floss ins Tal hinunter.

Jack hob hastig den Kopf und sah, dass Yamato bereits die steile Felswand hinaufkletterte und auf einen kleinen steinernen Schrein an der äußersten Kante des Wasserfalls zusteuerte.

Der Wasserfall mochte in etwa so hoch sein wie das Krähennest der *Alexandria.* Yamato befand sich ein kurzes Stück oberhalb der Terrasse und hatte sichtlich Mühe, weiterzukommen. Jack sah trotz der Entfernung, wie seine Beine zitterten und er mit den Händen blind nach dem nächsten Halt tastete.

Jack kletterte über das Geländer der Terrasse und sah einen schmalen Sims, von dem aus er aufsteigen konnte. Doch zuerst musste er von der Terrasse zum Felsen hinüberspringen. Sein einziges Sicherheitsnetz war das brodelnde Becken unter ihm. Er holte tief Luft, konzentrierte sich und sprang.

Er landete genau auf dem Sims, verlor auf der glitschigen Oberfläche jedoch den Halt und rutschte den Felsen hinunter. In Panik suchte er mit den Händen nach Vorsprüngen und die Zeit als Mastaffe auf der *Alexandria* machte sich bezahlt. Instinktiv fand er eine Felsspitze und konnte sich festhalten.

Er verschnaufte und beruhigte sich. Wenn er diese Herausforderung überleben wollte, musste er sehr viel vorsichtiger zu Werke gehen.

Er hob den Kopf und sah, dass Yamato in der Zwischenzeit kaum weitergekommen war. Mit neuer Kraft machte sich Jack an den Aufstieg. Vielleicht schaffte er es doch noch, als Erster zum Jadeschwert zu gelangen.

Nach und nach gewöhnte er sich an die rutschige Oberfläche des Steins und begann schneller zu klettern. Ob man einen Felsen oder die Takelage der *Alexandria* hinaufkletterte, machte keinen wesentlichen Unterschied, stellte er fest. Da er nicht unter Höhenangst litt, hatte er Yamato bald eingeholt.

»Alles in Ordnung?«, fragte er, denn Yamato zitterte am ganzen Körper.

Yamato schwieg und sah ihn nur wütend an. Er war kreidebleich im Gesicht und seine dunklen Augen waren starr vor Angst.

»Brauchst du Hilfe?« Jack erinnerte sich an seine Furcht, als er zum ersten Mal zum Krähennest der *Alexandria* hinaufgeklettert war.

»Nicht von dir, Gaijin!«, fauchte Yamato. »Einmal war schon zu viel.« Seine Stimme überschlug sich vor Angst. Grimmig krallte er sich an dem rutschigen Stein fest, bis seine Knöchel weiß hervortraten.

»Na gut, dann stürz eben ab«, sagte Jack und kletterte weiter.

Ohne Schwierigkeiten erreichte er die obere Kante des Wasserfalls. Er sah noch einmal flüchtig zu Yamato hinunter, der unbeweglich wie eine Napfschnecke am Felsen klebte, und ging dann über einige große, runde Trittsteine zu dem kleinen, in der Mitte errichteten Schrein.

Er trat ein und sah das Jadeschwert in einer dämmrigen Nische.

Die kostbare Waffe lag auf einem rubinroten Gestell und glänzte im Zwielicht. Es handelte sich um ein besonders langes Zeremonialschwert mit einer Scheide aus schwarz lackiertem Holz, in das ein goldener Drache geschnitzt war. Als Auge des Drachen war ein großer Jadestein in das Holz eingelassen.

Jack fror auf einmal. Dokugan Ryu – Drachenauge.

Mit zitternden Händen hob er das Schwert von dem Gestell. Er umklammerte das mit weißem Rochenleder umwickelte Heft, spürte die blasige Oberfläche des Leders unter den Fingern und zog die schimmernde Klinge aus poliertem Stahl ein Stück heraus. Sie war so scharf, dass schon ihr Anblick dem Auge wehtat. In die Klinge waren kaum sichtbar die Umrisse eines zweiten Drachen eingeritzt. Rasch schob Jack sie wieder in die Scheide.

Er steckte das Schwert in seinen Obi, band die Scheide sorgfältig fest und verließ den Schrein.

Bevor er sich an den Abstieg machte, blickte er nach unten und sah, dass Yamato sich immer noch nicht von der Stelle gerührt hatte.

Schnell stieg er zu ihm hinab.

Yamato sah ihn diesmal nicht an. Er klammerte sich nur an der Felswand fest und zitterte am ganzen Leib wie ein Blatt im Sturm.

Jack versuchte seine Aufmerksamkeit zu erregen.

»Du kannst dich ja gar nicht mehr bewegen, Yamato«, sagte er ehrlich besorgt.

Er hatte das oft bei Matrosen an Bord der *Alexandria* erlebt. Von Angst überwältigt, verweigerte der Körper jede Bewegung. Schwindel erfasste den betreffenden Matrosen und nach einer Weile ließ er los und fiel ins Meer oder, noch schlimmer, auf das Deck.

Jack merkte, dass Yamato nicht mehr viel Kraft hatte. Er musste ihn so schnell wie möglich nach unten bringen.

»Lass dir helfen. Geh mit dem rechten Fuß …«

»Ich kann nicht …«, sagte Yamato schwach.

»Doch, natürlich. Stell den rechten Fuß auf den kleinen Vorsprung unter dir.«

»Ich kann nicht … das ist zu weit …«

»Nein, vertrau mir, du schaffst das.«

»Was geht dich das überhaupt an?«, rief Yamato böse und der Zorn löste seine Starre. »Du hast mir meinen Vater weggenommen!«

»Weggenommen?«, fragte Jack verwirrt.

»Ja, du! Bevor du kamst, war alles gut und mein Vater hat mich allmählich akzeptiert. Ich stand nicht mehr im Schatten Tennos. Dann hast du mir meinen Vater weggenommen …«

»Habe ich nicht. *Er* wollte mich als Sohn! Ich hatte doch keine Wahl.«

»Doch!«, fauchte Yamato hasserfüllt. »Du hättest mit dem Rest deiner Mannschaft sterben können!«

»Wenn ich nicht gewesen wäre, hätte der Ninja dich getötet!«, erwiderte Jack heftig.

»Davon rede ich ja gerade. Ich wäre einen ehrenhaften Tod gestorben – genau wie mein Bruder Tenno. Aber du musstest mich unbedingt retten! Wegen dir habe ich das Gesicht verloren!«

»Ihr Japaner mit eurem Stolz!«, rief Jack aufgebracht. »Was heißt hier ›Gesicht verloren‹? Ich habe dir das Leben gerettet. Wir waren … Freunde. Wenn ich Masamoto als Vater gewollt hätte, hätte ich dich sterben lassen. Aber ich will deinen Vater nicht. Ich will *meinen* Vater, doch der ist tot!«

»Ich wünschte, ich wäre auch tot!«, sagte Yamato grimmig und sah hinunter zu dem Felsenbecken. »Du hast das

Jadeschwert und den ganzen Ruhm. Mein Vater wird mich nie mehr eines Blickes würdigen. Ich habe ihn verraten. Ob du willst oder nicht, er gehört jetzt ganz dir!«

Mit diesen Worten sprang er.

侍

39

Die Entschuldigung

»Nein!«, brüllte Jack und streckte vergeblich die Hand nach Yamato aus. Der Junge verschwand hinter dem weiß schäumenden Vorhang des Wasserfalls.

Hastig kletterte Jack den Felsen hinunter, sprang wieder auf die Terrasse und drängelte sich an einigen Pilgern vorbei, die sich dort versammelt hatten und das Geschehen neugierig verfolgten.

»Kann ihn jemand sehen?«, rief Jack und spähte über das Geländer in das brodelnde Becken.

»Nein, der Wasserfall hat ihn hinuntergedrückt und er ist noch nicht wieder aufgetaucht«, antwortete ein Pilger und musterte Jack misstrauisch.

»Wahrscheinlich ist er auf einem Felsen aufgeschlagen«, meinte ein anderer.

Weitere Pilger kamen aus der Haupthalle und eilten zum Geländer.

»Da ist er!«, rief einer und zeigte auf das Becken.

Yamato tauchte für einen kurzen Moment wieder auf und schnappte nach Luft, dann erfasste ihn der Strudel erneut und zog ihn nach unten.

»He, der Junge hat das Jadeschwert genommen!«, rief ein Mönch, der aus dem inneren Heiligtum der Haupthalle getreten war, und zeigte auf Jack. »Ergreift ihn!«

Jack blickte über den Rand der Terrasse. Sie war nach seiner Schätzung mindestens so hoch wie die Rah der *Alexandria*, aber er hatte mit eigenen Augen gesehen, wie Matrosen Stürze aus sehr viel größerer Höhe ins Meer überlebt hatten. Sollte er springen?

»Haltet ihn fest!«, rief der Mönch. »Er hat das Jadeschwert!«

Jack überlegte nicht weiter, sondern sprang.

Die Luft strich pfeifend an seinen Ohren vorbei und für einen kurzen Augenblick fühlte er eine schwerelose Ruhe. Er sah flüchtig Kyoto durch den Dunst, dann stürzte er in das eisige Becken.

Der Aufprall verschlug ihm den Atem und er schluckte viel Wasser. Das Schwert zog ihn nach unten, doch er strampelte und tauchte würgend und spuckend auf. Erst jetzt konnte er wieder einen Gedanken fassen.

Yamato war nirgends zu sehen. Jack holte ein paarmal tief Luft und tauchte erneut in das brodelnde Wasser.

Er schwamm auf den Wasserfall zu, entdeckte aber keine Spur von Yamato. Felsen ragten vom Boden des Beckens auf, Wirbel zerrten an ihm und drohten ihn endgültig hinunterzuziehen.

Seine Lunge platzte schier und er wollte gerade wieder nach oben schwimmen, da streifte etwas Weiches seine Hand. Blind griff er danach und zog es zu sich heran. Er schlang den Arm um den leblosen Körper, strampelte mit den Beinen und stieg auf.

Zusammen mit Yamato tauchte er auf, doch der tosende Fluss spülte sie sofort über den Rand des Beckens.

Jack hörte Leute rufen, war aber vollauf damit beschäftigt, sich, Yamato und das Schwert in den Stromschnellen über Wasser zu halten. Erbarmungslos riss das Wasser sie mit sich fort.

Jacks Kräfte ließen rasch nach und er versuchte angestrengt das Ufer zu erreichen.

Die Tempelhalle blieb hinter ihnen zurück und verschwand ganz. Sie schossen um eine Kurve. Dahinter beruhigte sich das Wasser zum Glück und Jack konnte den leblosen Yamato zum Ufer bugsieren. Mit letzter Kraft zerrte er ihn an Land.

Dort sank er neben Yamato zusammen, blieb eine Weile liegen und schnappte nach Luft wie ein gestrandeter Fisch. Allmählich erholte sich Jack. Hatte er Yamato retten können? Doch dann hörte er ihn neben sich laut würgen und spucken.

»Lass mich sterben«, stöhnte Yamato und strich sich die nassen Haare aus den Augen.

»Nicht, wenn ich das verhindern kann«, keuchte Jack.

»Aber warum? Ich war auch nicht nett zu dir.«

»Wir sind jetzt Brüder. Wenigstens hat dein Vater das befohlen.« Jack lächelte bitter. »Außerdem hast du mir beigebracht, wie man mit dem Schwert kämpft.«

»Und?«

»Erst dadurch habe ich gemerkt, dass ich kein hilfloser

Gaijin bin.« Jack ließ das kränkende Wort zwischen ihnen stehen.

Yamato sah ihn verwirrt an. »Wann warst du das je?«

»Als mein Vater auf der *Alexandria* getötet wurde und ich ihm nicht helfen konnte. Ich war den Piraten wehrlos ausgeliefert. Dokugan Ryu lachte mir ins Gesicht, als ich ihn angreifen wollte. Du hast mir den Weg des Kriegers gezeigt und einen Grund gegeben, warum ich leben will. Dafür bin ich dir dankbar.«

»Ich verstehe dich nicht, Gai… Jack.« Yamato setzte sich auf und stützte den Kopf in die Hände. »Ich habe dich ignoriert und verachtet, doch als der Ninja mich töten wollte, hast du ihn, ohne zu zögern, angegriffen. Du hast ehrenhaft und mutig gehandelt. Ich konnte das nicht. Du hast dich wie ein Bruder verhalten, wie ein Samurai.«

»Du hättest genauso gehandelt.«

»Nein … nein.« Yamato schluckte hart, als lägen ihm die Worte wie Steine in der Kehle. »An dem Abend, als Kazuki dich verprügelte, hatte ich zu große Angst, um dir zu helfen. Ich wusste, dass er mir überlegen war und er wusste es auch. Ich war einfach zu feige …«

Er wandte sich ab, doch Jack sah, wie er sich mit dem Handrücken über die Augen wischte. Bei jedem Atemzug lief ein Schauer durch Yamatos Körper.

»Bei den Seto-Zwillingen … hatte ich wieder zu große Angst. Ich wollte nicht als Freund eines Gaijin gelten. Und danach schämte ich mich so sehr, dass ich nicht mehr dein

Freund sein wollte. Du hattest mich nicht verdient, das ist der eigentliche Grund. Es tut mir so leid …«

Jack beugte sich vor. »Das verstehe ich nicht. Wofür entschuldigst du dich?«

»Du hast mir gezeigt, wer ich wirklich bin, Jack, und was ich sah, gefiel mir nicht. Mein Vater hatte Recht. Ich verdiene es nicht, ein Samurai zu sein oder gar ein Masamoto. Du bist viel mehr sein Sohn, als ich es je sein werde. Du hast mir meinen Vater nicht weggenommen, ich habe ihn durch meine eigene Schuld verloren.«

»Sei kein Dummkopf, Yamato. Du hast ihn doch nicht verloren. Er ist nicht tot wie mein Vater.« Jack warf Yamato einen vielsagenden Blick zu. »Masamoto ist vielleicht wütend, aber er hat keinen Grund, sich für dich zu schämen, so wie du heute gekämpft hast. Und wenn das Ganze eine Frage des Stolzes zwischen dir und mir ist, dann zerbrich dir nicht weiter den Kopf darüber. Und es lohnt sich auch nicht, sich wegen Kazuki aufzuregen. Er ist nur ein eingebildeter Schnösel mit einem Gesicht wie der Hintern eines Löwenhunds!«

Jack sah Yamato breit grinsend an und Yamato lächelte ein wenig.

»Außerdem hast du dich jetzt bei mir entschuldigt. Das heißt doch, dass deine Ehre wiederhergestellt ist.«

»Schon, aber …«

»Kein Aber, Yamato. Ich muss mich bei Akiko täglich für irgendeinen Fehler entschuldigen! Sie hat mir beigebracht, wie das mit dem Verzeihen in Japan funktioniert. Sie verzeiht mir jedes Mal und ich verzeihe jetzt dir. Lass uns Freunde sein.« Er streckte Yamato die Hand hin.

»Danke, Jack.« Yamato gab Jack ein wenig unbehaglich die Hand, wie es bei den Engländern Brauch war. »Ich verstehe allerdings immer noch nicht, warum du mir verzeihen solltest.«

»Du hast allen Grund, mich zu hassen, Yamato. Mir ging es genauso, als Jess geboren wurde und mein Vater sich nur noch mit ihr beschäftigte. Dabei ist sie meine kleine Schwester! Ich will mir gar nicht vorstellen, was gewesen wäre, wenn mein Vater einen Jungen aus Frankreich in unsere Familie aufgenommen hätte!« Jack machte eine Grimasse. »Ich werfe dir nicht vor, dass du wütend warst. Aber du solltest nicht auf mich wütend sein, sondern auf Dokugan Ryu. Wenn er Tenno und meinen Vater nicht getötet hätte, würden wir jetzt nicht halb ertrunken und mit einem gestohlenen Jadeschwert hier sitzen!«

Den beiden Jungen wurde plötzlich bewusst, wie absurd ihre Lage war, und sie begannen zu lachen. Die Spannung zwischen ihnen verflog, als hätte der Wasserfall sie einfach weggespült.

Danach saßen sie schweigend da und warfen Kiesel in den Fluss. Keiner wusste, was er als Nächstes sagen oder tun sollte.

»Wir sollten jetzt zurückkehren«, sagte Yamato schließlich. »Die Sonne geht bald unter und die Schüler von Niten Ichi müssen wissen, dass sie gewonnen haben.«

»Nimm du das Schwert«, sagte Jack. Er band es von seinem Obi los und reichte es Yamato.

»Warum ich? Du hast es geholt.«

»Schon, aber das braucht dein Vater nicht zu wissen.«

侍

40

Auf dem Weg bleiben

Sie betraten die Buddha-Halle gemeinsam im Laufschritt.

Die Schüler der Yagyu-Schule gerieten außer Rand und Band, als sie sahen, dass ihr Vertreter das Jadeschwert trug. Kamakura reckte sich stolz und rückte seinen Kimono zurecht. Gleich würde er zum Zeichen des Sieges das Schwert entgegennehmen.

Masamoto saß mit gekreuzten Beinen neben ihm auf dem Podium und sah den beiden ernst und unbewegt entgegen. Beim Anblick Yamatos mit dem Schwert hatte sein Gesicht sich in eine reglose Maske verwandelt, eine Hülle, aus der jedes Leben gewichen war.

Der Applaus wich respektvollem Gemurmel. Jack und Yamato traten vor das Podium und verbeugten sich.

Akiko und Saburo knieten rechts von ihnen, Raiden und Moriko links. Akiko lächelte ein wenig verloren. Sie freute sich, dass Jack gesund zurückgekehrt war, doch zugleich war sie über ihre Niederlage traurig. Yamato trat mit dem Jadeschwert in der Hand vor.

Es hatte Jack viel Mühe gekostet, Yamato zu überreden, dass er das Schwert tragen sollte, doch schließlich hatte

Yamato eingewilligt. Jack hatte gemeint, so könnte er sich am ehesten mit seinem Vater versöhnen. Ihm selbst lag nichts an Sieg und Ehre. Masamoto hatte ihm die Ehre erwiesen, ihn in seine Familie aufzunehmen. Er wollte nicht der Grund dafür sein, dass die Familie jetzt auseinanderbrach.

Yamato verbeugte sich noch einmal, kniete sich auf ein Bein und hob das Jadeschwert mit beiden Händen über den Kopf. Kamakura streckte die Hände aus, um das Schwert offiziell und zum Zeichen des Sieges seiner Schule entgegenzunehmen, doch bevor er es ergreifen konnte, wandte sich Yamato seinem Vater zu und hielt ihm das Schwert hin.

»Vater, ich bitte dich um Verzeihung und gebe dir das Schwert zum Zeichen, dass Niten Ichi rechtmäßig gesiegt hat. Nicht ich habe das Schwert geholt, es war Jack.«

Verwirrtes Schweigen senkte sich über die Halle.

Jack sah Yamato erstaunt an. Das hatten sie nicht verabredet. Zwar hatte Yamato das Schwert Masamoto geben sollen, aber ohne zu sagen, dass Jack es geholt hatte. Die Ehre sollte Yamato gehören. Er sollte seinem Vater den Beweis liefern, dass er zum Samurai taugte und es verdiente, ein Masamoto zu sein.

Akiko sah mit fragend aufgerissenen Augen erst den sich verbeugenden Yamato und dann Jack an, der stumm den Kopf schüttelte.

Masamoto musterte Yamato zweifelnd. »Ist das die Wahrheit?«

»Ja, Vater. Nur Jack wollte unbedingt, dass *ich* dir das Schwert überreiche.«

Ohne auf Jacks Protest zu achten, nickte Masamoto genau einmal. Die Entscheidung war gefallen. Er stand auf und nahm das Schwert aus Yamatos ausgestreckten Händen entgegen.

»Damit steht Niten Ichi als Sieger des Wettbewerbs fest!«, verkündete der ebenfalls verblüffte kaiserliche Schiedsrichter laut.

In der Buddha-Halle brach ein ohrenbetäubender Applaus der Niten-Ichi-Schüler los, in den sich das empörte Geschrei von Yagyu mischte. Raiden stampfte vor Wut mit den Füßen auf, Moriko bleckte ihre schwarzen Zähne und fauchte Akiko an. Kamakura lief krebsrot an vor Zorn und seine Kehle zitterte, als sei ihm ein Frosch im Hals stecken geblieben.

»Ich bin empört!«, rief er schließlich und versetzte dem Schiedsrichter einen so kräftigen Stoß, dass er hinfiel. »Zutiefst empört!«

Mit einem kurz angebundenen Nicken in Masamotos Richtung stürmte er wutentbrannt aus der Halle, dicht gefolgt von seinen Samurai. Der Schiedsrichter stand auf und bat um Ruhe. Der Lärm verebbte und er übergab Masamoto das Wort.

»Schüler von Niten Ichi!«, begann Masamoto. Er zog das Schwert aus der Scheide und reckte es in die Höhe. »Wir haben soeben erlebt, was es heißt, ein Samurai dieser Schule zu sein!«

Wieder brach Applaus los. Masamoto gebot mit der freien Hand Einhalt, verließ seinen erhöhten Platz und trat vor Jack.

»Zu Beginn des Jahres sagte ich, jeder junge Samurai müsse sich selbst beherrschen lernen, diszipliniert üben und seine Angst bezwingen. Dieser Junge, Jack-kun, ist dafür ein glänzendes Beispiel. Er hat heute tapfer und mutig gekämpft, den Gegner besiegt und seiner Schule Ehre gemacht!«

Diesmal war der Beifall noch lauter.

»Doch der Bushido, der Weg des Kriegers, handelt nicht nur von Mut und Ehre. Sein Zweck ist auch gar nicht so sehr das Kämpfen und Kriegführen. Das Kämpfen mag eine notwendige Station sein, es ist aber nicht das Ziel. Die wichtigsten Eigenschaften des Bushido sind Aufrichtigkeit, Güte und Treue.«

Masamoto wandte sich seinem Sohn zu und legte ihm die Hand auf die Schulter.

»Yamato-kun hat diese Eigenschaften gezeigt. Sich vor so vielen Anwesenden zu einer so unangenehmen Wahrheit zu bekennen, erfordert außerordentlichen Mut, vielleicht noch mehr, als das Jadeschwert zu holen.«

Masamoto hielt das blitzende Schwert erneut hoch und die Schüler brachen in Beifall aus.

»Du hast meine Frage beantwortet, Yamato-kun«, fuhr er fort und sah seinen Sohn mit einer Wärme an, die Jack bisher nicht an ihm bemerkt hatte. »Du solltest mir sagen, was es heißt, ein Masamoto zu sein. Du hast es uns soeben vorgeführt. Du hast aus Achtung vor Jack-kun gehandelt, einem

Samurai wie du, und du warst aufrichtig. Du bist wahrhaftig ein Masamoto. Ich nehme deine Entschuldigung an und bitte dich, an meine Schule zurückzukehren.«

Masamoto beugte das Knie, bis er sich auf derselben Höhe wie Yamato befand.

Jack wollte seinen Augen nicht trauen und Akiko schien es ihrem erschrockenen Gesicht nach ähnlich zu gehen. Masamoto nahm Yamato trotz allem, was passiert war, öffentlich und in aller Form wieder in Gnaden bei sich auf. Das verfehlte auch bei den anderen Schülern nicht seine Wirkung. Ehrfürchtiges Schweigen senkte sich über die Halle und alle verbeugten sich ehrerbietig vor Masamoto und Yamato.

Vater und Sohn verbeugten sich voreinander.

»Der Bushido ist ein schwerer Weg«, sagte Masamoto und erhob sich. »Ich habe euch gesagt, dass man ihn das ganze Leben lang geht und Meisterschaft sich darin zeigt, dass man ihn nicht verlässt. Bleibt auf dem Weg, Schüler von Niten Ichi!«

Stürmischer Beifall erschütterte die Buddha-Halle.

侍

41

Gion Matsuri

Der ganz in Weiß gekleidete Junge mit dem schwarzen Hut des Shinto-Priesters hob das Kurzschwert über seinen Kopf und schlug es mit aller Kraft nach unten.

Mit einem einzigen Schlag durchtrennte er das Seil und *Gion Matsuri* konnte beginnen.

»Toll!«, rief Jack begeistert. »So etwas habe ich noch nie gesehen.«

Hölzerne Wagen, geschmückt mit kugelförmigen weißen Laternen und Wandteppichen, die wie Segel zum Himmel aufragten, fuhren in einer endlosen Prozession an ihnen vorbei. Einige wurden von Menschen auf den Schultern getragen, die größten – Wagen so riesig wie Kähne, auf denen festlich gekleidete, weißgesichtige Geishas standen – bewegten sich auf hölzernen Rädern und wurden durch die Straßen gezogen.

Das erste Gefährt näherte sich einer Straßenecke und die kräftigen Männer, die es zogen, riefen immer wieder im Sprechchor: »*Yoi! Yoi! Yoi to sei!*« Der Rhythmus dazu wurde auf mächtigen Trommeln im oberen Stock des Wagens geschlagen. Das Gefährt begann sich zu drehen und verschwand langsam wie ein riesiger, mit Juwelen geschmückter Drache um die Straßenecke.

»Was ist das für ein Fest?«, rief Jack durch den Lärm der feiernden Menge.

»Es dient der Reinigung«, antwortete Akiko, die in einem meergrünen, mit leuchtend bunten Chrysanthemen geschmückten Kimono neben ihm stand. »Vor siebenhundert Jahren wurde Kyoto von einer Seuche heimgesucht. Das Fest soll verhindern, dass die Seuche wieder ausbricht.«

»Wir hatten in England auch eine Seuche«, sagte Jack. »Man nannte sie den Schwarzen Tod.«

Die Menschen in ihrer Umgebung drängten nach vorn, um die vorbeifahrenden Wagen besser sehen zu können. Emi gesellte sich mit zwei Freundinnen zu Jack, Akiko und Yamato.

»Wie geht es dem siegreichen Samurai heute?«, begrüßte Emi Jack und fächelte sich mit einem roten Papierfächer Luft zu. Sie schob sich zwischen Jack und Akiko. Akiko runzelte die Stirn.

»Bestens, danke!«, antwortete Jack. »Das ist wirklich ein tolles Fest …«

»Kommt weiter!«, drängte Yamato, der Akikos Kränkung bemerkt hatte. Er fasste Jack am Arm. »Ich weiß einen Platz, wo wir noch besser sehen.«

»Tut mir leid, ich muss gehen«, sagte Jack und winkte der enttäuschten Emi. »Sehen wir uns später?« Yamato und Akiko zogen ihn zum hinteren Rand der Menge, wo Saburo, Yori und Kiku auf sie warteten.

»Hier, probier das!«, rief Saburo ohne lange Begrüßung und drückte Jack ein Gebäck in die Hand, das wie ein kleiner Fisch geformt war.

»Was ist das?« Misstrauisch betrachtete Jack es.

»*Taiyaki*«, antwortete Saburo mit vollem Mund.

»Lass uns später essen, wir haben noch den ganzen Nachmittag Zeit dazu«, fiel Yamato ihm ins Wort. »Wir müssen an den Anfang des Zuges, damit wir alles sehen. Folgt mir!«

Er führte sie eine Nebenstraße entlang. Durch ein Gewirr enger, menschenleerer Gassen gelangten sie zur Hauptstraße. Vor ihnen lag der Kaiserpalast.

Einige Hundert Schaulustige hatten sich bereits eingefunden und eine Vielzahl von Ständen säumten die Straße. Die Händler verkauften exotische Süßigkeiten, Hähnchenspieße, Tee und viele herrliche Dinge für die Feierlichkeiten am Abend, etwa leuchtend bunte Papierfächer oder furchterregende Masken aus Pappmaschee.

»Da! Was habe ich gesagt, Jack? Von hier sehen wir den ganzen Zug.« Eifrig legte Yamato die letzten Meter zur Straße zurück.

Er war seit dem Sieg im Taryu-Jiai vom Vortag und seiner Versöhnung mit dem Vater wie ausgewechselt. Seine Vorbehalte gegen Jack waren verschwunden. Er benahm sich geradezu wie ein Leibwächter des neu gewonnenen Freundes und stellte jeden zur Rede, der Jack einen Gaijin nannte – was allerdings kaum jemand wagte, denn Jack war jetzt wie Akiko, Saburo und Yamato ein Held der Schule.

Nur Kazuki und seine Freunde begegneten ihm weiterhin feindselig. Aber solange alle den Sieg der Schule über Yagyu feierten, trauten sie sich nicht aus der Deckung.

»Seht mal!«, sagte Kiku. »Da geht Masamoto!«

»Wohin ist er unterwegs?«, fragte Jack.

»Natürlich zum Kaiser!«, sagte Kiku ehrfürchtig. »Dem Lebenden Gott.«

»Den Wettbewerb habt *ihr* gewonnen«, erklärte Akiko, »aber Masamoto als Gründer der Schule hat die Ehre einer persönlichen Audienz beim Kaiser.«

Masamoto trug das Jadeschwert. Sensei Yamada, Sensei Kyuzo, Sensei Hosokawa und Sensei Yosa folgten ihm festlich gekleidet. Sie traten durch das gewaltige Tor des Palastes und verschwanden hinter den hohen Mauern.

Jack versuchte sich vorzustellen, wie es sein mochte, einem »lebenden Gott« zu begegnen.

Sie verbrachten den ganzen Nachmittag damit, dem Zug mit seinen Wagen, Geishas und Musikanten zuzusehen, und zugleich lernte Jack eine Vielzahl exotischer japanischer Speisen kennen. Saburo machte sich einen Spaß daraus, Jack mit den verschiedensten Geschmacksrichtungen zu traktieren und ihn mit wechselndem Erfolg zwangszuernähren.

Besonders mochte Jack den *takoyaki*, einen kleinen, mit einem Stück gebratenen Oktopus gefüllten Knödel aus Teig und Ingwer. Das *obanyaki* dagegen, ein dickes, rundes Gebäck mit einer nach Vanille schmeckenden Füllung, war ihm zu süß. Außerdem versorgte Saburo Jack mit verschiedenen Pfannkuchen.

»Sie heißen *okonomiyaki*, was bedeutet ›brate dir, was du willst‹«, erklärte Akiko und sah missbilligend zu, wie Jack bereits seinen vierten Pfannkuchen vertilgte. »Aber ich wäre an deiner Stelle vorsichtig. Man weiß nie, was in denen drin ist!«

»Schnell, hier!«, rief Yamato und winkte sie zu einem Stand an der Einmündung einer Nebenstraße. »Hier gibt es die schönsten Masken, die ich je gesehen habe!«

»Da, Jack, die passt zu dir«, sagte Saburo und gab ihm eine hässliche rote Dämonenmaske mit vier Augen und metallisch goldenen Zähnen. »Damit siehst du endlich besser aus!«

»Dann nimm du diese hier!« Jack gab Saburo eine Maske mit dem verschrumpelten Gesicht einer alten Frau. »Du kämpfst doch wie ein altes Weib!«

»Ha, ha«, erwiderte Saburo humorlos, nahm die Maske aber trotzdem. »Und wie wär's mit der für dich, Yamato?«

»Warum nicht? Sie hat was.« Yamato betrachtete die goldene Maske mit dem irren Gesichtsausdruck und den zu Stacheln zusammengedrehten schwarzen Haaren.

»Und welche nimmst du, Akiko?«, fragte Jack.

»Ich dachte an die.« Sie zeigte auf eine Schmetterlingsmaske in Rot und Gold.

»In der siehst du bestimmt wunderschön aus …«, begann Jack eifrig, brach aber verlegen ab, als er Saburos und Kikus überraschte Blicke sah.

»Jedenfalls … steht sie dir bestimmt besser als … die Löwenhundmaske hier«, fügte er etwas lahm und mit einer geringschätzigen Handbewegung hinzu.

»Danke, Jack«, sagte Akiko und lächelte anmutig. Sie wandte sich an den Händler.

Jack war erleichtert, dass sie ihm den Rücken zukehrte und nicht sah, wie er rot wurde. Yamato dagegen bemerkte es und zog vielsagend die Augenbrauen hoch.

Kurz nach Sonnenuntergang wurden die Laternen der Wagen angezündet und Kyoto verwandelte sich in ein zauberhaftes nächtliches Paradies. Die Laternen schwebten durch die Straßen wie Wolken, die durch kleine Sonnen von innen erleuchtet wurden. Alle setzten ihre Masken auf, Musik begann zu spielen und auf den Straßen herrschte ein fröhliches Treiben.

Viele Wagen hielten an und die Männer tranken aus großen Sake-Flaschen. Bald hörte man von jeder Ecke lautes Gegröle.

Jack, Akiko, Yamato und die anderen machten sich auf den Rückweg zur Hauptstraße, um das abendliche Feuerwerk zu sehen. Eine Gruppe betrunkener Samurai kam ihnen entgegen und Jack musste ihnen durch einen Sprung zur Seite ausweichen.

Er prallte mit einem ganz in Schwarz gekleideten Mann zusammen, der eine tiefschwarze Teufelsmaske mit zwei spitzen, roten Hörnern und einem an die Stirn gemalten kleinen, weißen Schädel trug.

»Mach Platz!«, zischte der schwarze Teufel.

Jack sah ihn durch seine Dämonenmaske aufmerksam an und erstarrte.

Der Mann stieß ihn ungeduldig zur Seite, eilte die Straße weiter und verschwand in einer engen Gasse.

»Ist was?«, fragte Akiko und trat neben Jack.

»Ich glaube … das war Dokugan Ryu!«

侍

42

Dokugan Ryu

»Du irrst dich bestimmt«, sagte Akiko. Sie rannten die Gasse entlang, in der der schwarze Teufel verschwunden war. »Er würde es nie wagen, auf einem Fest aufzutauchen.«

»Aber er war es ganz bestimmt«, beharrte Jack. »Er hatte nur ein Auge und das war grün! Wie viele Japaner mit einem grünen Auge kennt ihr?«

»Einen«, gab Yamato zu.

»Eben. Ich hoffe nur, er hat mich nicht erkannt.« Jack zog sich beim Laufen die Maske ab. »Wohin führt diese Gasse?«

Bevor Yamato antworten konnte, bogen sie um eine Kurve und sahen direkt vor sich die Burg Nijo. Sie standen vor einem Nebeneingang, einem kleinen Tor, zu dem eine schmale Brücke über den Burggraben führte.

»Glaubst du, der Ninja hat die Burg betreten?«, fragte Saburo beklommen.

»Muss er wohl.« Jack sah die verlassene Straße auf und ab. »Wo sind die ganzen Menschen?«

»Die sehen sich bestimmt das Feuerwerk beim Kaiserpalast an«, meinte Kiku.

Jack suchte ihre dämmrige Umgebung nach einem Zeichen

von Dokugan Ryu ab, doch nichts rührte sich. Genau das beunruhigte ihn.

»Wo sind die Wachen?«, fragte er. »Ich dachte, hier wohnt Emis Vater. Ist Takatomi nicht der Daimyō von Kyoto? Er hat doch bestimmt an allen Toren Wachen!«

»Schon, aber heute ist Gion Matsuri«, erwiderte Yori. »Der Daimyō ist wahrscheinlich auf dem Fest und die meisten Wachen auch.«

»Natürlich!«, rief Jack leise. »Für einen Ninja die beste Zeit, in eine Burg einzudringen.«

»Aber warum?«, fragte Kiku.

»Wer weiß.« Jack zuckte die Schultern. »Bestimmt nicht, um sich das Feuerwerk anzusehen. Kommt! Wir finden heraus, was er im Schilde führt, und verhindern es.«

»Aber er ist ein Ninja!«, rief Saburo.

»Und wir sind Samurai!«

Jack lief über die Straße und betrat die Brücke. Die anderen folgten ihm nach kurzem Zögern.

Saburo ging widerstrebend als Letzter.

»Saburo, du hältst am besten zusammen mit Yori hier draußen Wache«, schlug Jack vor. Saburo blieb sichtlich erleichtert stehen.

Die anderen vier schlichen über die hölzerne Brücke zum Tor.

»Glaubt ihr, es ist offen?«, fragte Akiko. »Wenn er nun über die Mauer geklettert ist?«

»Finden wir es heraus.« Jack drückte gegen die schwere Holztür.

Sie schwang auf.

Jack spähte in die Finsternis dahinter. Er sah nichts. Auf einen Hinterhalt gefasst, holte er tief Luft und schlüpfte rasch hinein.

Er machte zwei Schritte, stolperte, fiel mit dem Gesicht voraus unsanft auf den harten Steinboden und stöhnte leise.

»Hast du dich verletzt, Jack?«, fragte Akiko besorgt.

»Nein«, flüsterte er. »Ihr könnt kommen. Ich bin nur über die Wache gefallen. Sie ist tot.«

Die anderen folgten ihm. Jack kniete über der Leiche eines Samurai.

»Hinter der Tür ist noch einer«, sagte er.

Kiku sah die zweite Leiche und unterdrückte einen Aufschrei. Der Samurai war geköpft worden.

»Sieht aus, als wäre er mit seinem eigenen Schwert getötet worden«, sagte Yamato.

Akiko zog Kiku an sich. »Kehr zu den anderen zurück«, befahl sie ihr flüsternd. »Alarmiere Masamoto und berichte ihm, was hier passiert ist.«

Kiku nickte stumm, machte einen Bogen um die geköpfte Leiche, schlüpfte zur Tür hinaus und entfernte sich im Laufschritt in Richtung Kaiserpalast.

»Und jetzt?«, fragte Yamato.

»Dem legen wir das Handwerk!«, sagte Jack grimmig.

Er ließ den Blick durch den offenen Hof wandern.

»Oder wir suchen eine Wache, die noch lebt und weitere Samurai alarmieren kann«, sagte Akiko beunruhigt.

»Zu spät!«, flüsterte Jack und zeigte auf einen kaum sichtbaren schwarzen Schatten vor der Mauer auf der anderen Seite des Hofes. »Da ist er! Direkt vor der Mauer.«

Er sah sich um und sein Blick fiel auf das blutbefleckte Langschwert des geköpften Samurai. Er hob es auf und huschte in Richtung Dokugan Ryu. Yamato und Akiko starrten ihm nach.

»Der ist verrückt!«, flüsterte Akiko. »Er rennt in den Tod.«

»Nicht, wenn ich es verhindern kann.« Yamato tastete im Dunkeln nach dem Schwert des anderen Samurai.

»Aber ihr habt beide noch nie mit einem richtigen Schwert gekämpft!«

»Egal. Wer mit einem Übungsschwert umgehen kann, kommt bestimmt auch mit einem richtigen Schwert zurecht. Ah, gefunden.« Yamato hatte das zweite Schwert hinter dem Häuschen des Wächters entdeckt. »Komm! Jack ist schon fast drüben.«

»Na prima!«, murmelte Akiko. »Und ich muss mich mit dem kurzen Schwert begnügen.« Sie zog das Kurzschwert aus der Scheide des toten Samurai zu ihren Füßen und eilte Yamato nach.

Jack war im Schutz der Burgmauer angelangt und drückte sich in den Schatten. Dokugan Ryu sah er vor sich. Der Ninja lief auf die fünf Gebäude in der Mitte der Anlage zu. Aus ihrer aufwendigen Gestaltung schloss Jack, dass es sich um den Palast handelte, in dem Takatomi wohnte.

Der Ninja hatte Jack noch nicht bemerkt. Er war zu sehr damit beschäftigt, das Gelände vor sich zu erkunden.

Das war Jacks Chance.

Er packte das Schwert fester. Es war schwerer als sein Übungsschwert und er musste darauf achten, dass er die Spitze nicht zu tief sinken ließ und sich damit eine Blöße gab.

Leise näherte er sich dem Ninja, der ihn immer noch nicht bemerkt hatte.

Schließlich war er nur noch zehn Schritte von ihm entfernt. Die ganze Wut und Empörung über den Tod seines Vaters stieg in Jack auf wie flüssige Lava und drohte zu explodieren.

Der Augenblick war gekommen! Dokugan Ryu würde endlich für den Tod seines Vaters büßen!

Doch Jack zögerte.

Er konnte nicht zuschlagen.

»Zögere nie«, zischte Dokugan Ryu, der ihm immer noch den Rücken zugekehrt hatte.

Er wirbelte herum und ein silberner Wurfstern blitzte im Dunkeln auf.

»Vorsicht!«, schrie Yamato und warf sich vor Jack.

Der Wurfstern traf Yamato und bohrte sich in seine Brust. Er brach zusammen und sein Blut strömte über das Pflaster.

Da platzte es endlich aus Jack heraus. Brüllend und mit erhobenem Schwert stürzte er sich auf Dokugan Ryu und schlug mit aller Macht zu.

Dokugan Ryu riss sein Kurzschwert aus der über seinen Rücken geschnallten Scheide und wehrte Jacks Schlag gewandt ab. Dann ging er zum Gegenangriff über und hieb nach Jacks Zwerchfell.

Jack sah den Schlag voraus, wehrte ihn ab und schlug mit derselben Bewegung von unten nach Dokugan Ryus Gesicht. Der Ninja sprang nach hinten, um der Klinge auszuweichen, und trat Jack zugleich das Schwert aus den Händen. Drachenauge landete im selben Moment wieder auf den Füßen, in dem Jacks Schwert klirrend zu Boden fiel. Jack war ihm ohne Waffe wehrlos ausgeliefert.

»Für einen Gaijin bist du wirklich gut geworden!« Der Ninja klang beeindruckt. »Eines Tages lohnt es sich vielleicht, gegen dich zu kämpfen. Aber heute habe ich einen anderen Auftrag, sei also brav und geh nach Hause!«

»Ich habe kein Zuhause«, erwiderte Jack wütend. »Sie haben meinen Vater getötet, erinnern Sie sich? War das auch ein Auftrag?«

»Dein Vater hat mich nicht interessiert. Mein Auftrag galt dem Portolan!«

Jack starrte ihn ungläubig an. »Wer erteilt Ihnen diese Aufträge?«

»Du gibst nicht so leicht auf, wie?«, fauchte Dokugan Ryu. »Hoffentlich kommst du auch ohne deinen Schwertarm zurecht!«

Er hob seine Waffe und schlug damit nach Jacks rechtem Arm.

Da sauste plötzlich Akikos Kurzschwert wie eine Sternschnuppe durch die Nacht. Der Ninja machte im letzten Augenblick eine Drehung und sein Schwert verfehlte Jacks Schulter um Haaresbreite. Das Kurzschwert bohrte sich tief in die Seite des Mannes. Doch er zuckte nur ein wenig zusammen und stöhnte leise. Abwesend betrachtete er die aus seinem Körper ragende Waffe.

»Von wem hast du das gelernt?«, fauchte er. »Von Masamoto?« Akiko war neben Jack getreten.

Dokugan Ryu zog die blutige Klinge behutsam heraus und starrte die beiden Kinder verächtlich an. Dann drehte er das Schwert blitzschnell in der Hand und wollte es gerade auf die jetzt wehrlose Akiko werfen, da flog das Haupttor auf und Masamoto und seine Samurai rannten mit brennenden Fackeln auf den Hof.

»Ausschwärmen!«, schrie Masamoto. »Sucht die Kinder und tötet den Ninja!«

»Ein anderes Mal, Gaijin!«, zischte Dokugan Ryu. »Ich habe das Buch nicht vergessen.«

Er ließ das Kurzschwert fallen, kletterte wie eine bösartige vierbeinige Spinne die Burgmauer hinauf und verschwand in der Nacht.

In einiger Entfernung begann das Feuerwerk und leuchtend bunte Funkenregen fuhren wie Meteorschauer über den nächtlichen Himmel.

侍

43

Kendo – der Weg des Schwertes

»Wir glauben, dass Dokugan Ryu den Auftrag hatte, Daimyō Takatomi zu vergiften«, erklärte Masamoto am folgenden Abend in der Halle des Phönix.

Er saß auf seinem erhöhten Platz vor dem Bild des brennenden Phönix. Sensei Kyuzo und Sensei Yosa saßen auf seiner linken Seite, Sensei Hosokawa und Sensei Yamada auf der rechten.

Jack kniete zwischen Akiko und Yamato auf dem Boden vor ihm. Yamato trug einen dicken Verband unter seinem Kimono. Er hatte unwahrscheinliches Glück gehabt. Der Wurfstern war nicht vergiftet gewesen und die tiefe Brustwunde würde verheilen.

»Aber wer hat ihn geschickt?«, fragte Jack.

Masamoto nahm einen Schluck Tee und blickte die Tasse nachdenklich an.

»Das wissen wir nicht«, antwortete er ernst. »Womöglich wird das erst die Zukunft klären. Daimyō Takatomi hat jedenfalls seine Leibwache verstärkt und lässt seine Burg zusätzlich absichern. Er entschuldigt sich, dass er heute Abend nicht hier sein kann. Er wurde nach Edo gerufen. Doch dankt er euch dafür, dass ihr den Ninja aufgehalten habt. Als Zeichen seiner Anerkennung soll ich euch ein Geschenk überreichen.«

Ein Dienstmädchen trat ein. Es trug drei Kästchen und stellte eins vor jeden der drei jungen Samurai. Jack betrachtete das Kästchen vor sich. Es war klein und rechteckig, bestand aus Holz, war mit einer dicken Lackschicht überzogen und aufwendig mit Blattgold und Silber verziert. In das Holz war ein Kirschbaum eingraviert, dessen Blüten aus Elfenbein bestanden. Auf dem Deckel des Kästchens war eine Kordel befestigt, an der eine Art Knebelknopf aus Elfenbein in Form eines Löwenkopfs hing. Jack sah die anderen fragend an.

Ihre Kästchen sahen ähnlich aus, hatten aber andere Bilder eingraviert. Der Knopf an Yamatos Kästchen war wie ein Affe geformt, der an Akikos wie ein kleiner Adler.

»Diese Behälter werden *inro* genannt, Jack-kun«, erklärte Masamoto, als er Jacks verwirrtes Gesicht sah. »Man bewahrt in ihnen Medizin, Geld, Tinte und Federn auf. Der kleine Löwenkopf aus Elfenbein heißt *netsuke.* Du steckst ihn durch deinen Obi, um den Inro daran zu befestigen.«

Jack nahm das kostbar gearbeitete Kästchen und die elfenbeinerne Netsuke in die Hand. Er hatte sich schon immer gefragt, wie die Japaner mit ihren taschenlosen Kimonos zurechtkamen. Der Inro bestand aus mehreren Fächern, die exakt aufeinanderpassten. Jack steckte den Löwenkopf durch seinen Gürtel und befestigte den Inro daran.

»Außerdem hat Takatomi-sama die Geldmittel erhöht,

die er der Schule zur Verfügung stellt, und er hat der Schule eine neue Übungshalle geschenkt«, fuhr Masamoto fort. »Sie soll Halle des Falken heißen. Dafür stehe auch ich in eurer Schuld. Ihr habt der Schule schon wieder große Ehre gemacht. In Anerkennung eurer Dienste möchte auch ich euch ein Geschenk überreichen.«

Drei Diener traten ein. Sie trugen lange schmale Kästen aus lackiertem Holz, die sie auf den erhöhten Platz vor Masamoto stellten.

»Yamato-kun, du hast dich als wahrer Masamoto gezeigt und diesmal mit deinem Blut dafür bezahlt. Ich bin stolz darauf, dich meinen Sohn zu nennen. Als Zeichen meiner Hochachtung tritt bitte vor und nimm dieses Schwertpaar entgegen.«

Yamato verbeugte sich aufgrund seiner Wunde ein wenig steif und nicht so tief, wie die Achtung es eigentlich erforderte, und kniete sich vor Masamoto. Masamoto öffnete den ersten Kasten und holte die Waffen heraus.

»Du kennst diese Schwerter vielleicht, Yamato-kun. Sie gehörten Tenno. Jetzt gehören sie dir, denn du hast gezeigt, dass du ihrer würdig bist.«

Mit ausgestreckten Händen und mit vor Schmerzen zusammengebissenen Zähnen nahm Yamato das Lang- und das Kurzschwert entgegen. Die beiden Schwerter symbolisierten den hohen gesellschaftlichen Rang und die persönliche Ehre des Samurai. Ein solches Schwertpaar verliehen zu bekommen bedeutete eine große Auszeichnung.

Einen Augenblick lang starrte Yamato überwältigt auf die

schwarz lackierten Scheiden, in denen die schimmernden Klingen steckten, dann kehrte er an seinen Platz neben Jack und Akiko zurück.

Er strahlte vor Stolz.

»Akiko, knie dich bitte vor Sensei Yosa, denn sie möchte dir dein Geschenk überreichen.«

Akiko stand auf und verbeugte sich tief vor Sensei Yosa.

»Akiko-chan, du hast das Auge eines Falken und die Anmut eines Adlers«, begann Sensei Yosa. Sie zog Akikos Kasten zu sich heran und holte vorsichtig verschiedene Dinge heraus. »Du verdienst es, meinen Bogen und meine Pfeile zu bekommen. Bitte nimm dies an zum Zeichen meiner Anerkennung deiner überragenden Fähigkeiten als Bogenschützin.«

Akiko vergaß, sich zu verbeugen, so durcheinander war sie. Mit zitternden Händen nahm sie Sensei Yosas langen Bambusbogen und den Köcher entgegen, in dem die mit Falkenfedern bestückten Pfeile steckten.

»Mein Bogen kann dir viel sagen, Akiko-chan. Wie du weißt, speichert ein Bogen in sich einen Teil des Geistes dessen, der ihn gemacht hat. Mein Bogen gehört jetzt dir und wird dich hoffentlich beschützen, wie er mich beschützt hat.«

»*Arigatō gozaimashita,* Sensei«, flüsterte Akiko und betrachtete Bogen und Köcher mit der größten Ehrfurcht. Dann kehrte sie zu ihrem Platz zurück.

»Jetzt zu dir, Jack-kun«, sagte Masamoto. »Wer hätte gedacht, dass ein halb ertrunkener Gaijin-Junge es so weit bringt? Wenn dein Vater noch leben würde, er wäre heute stolz auf dich.«

Tränen stiegen Jack in die Augen. Die unerwartete Nennung seines Vaters kostete ihn fast die Selbstbeherrschung und er musste sich heftig auf die Lippe beißen, um nicht loszuweinen.

»Du hast Yamato-kun das Leben gerettet«, fuhr Masamoto fort. »Sogar zweimal, wenn ich mich nicht irre. Du hast unsere Sprache gelernt und respektierst unsere Sitten und Bräuche. Und du hast nicht nur einmal, sondern gleich dreimal verhindert, dass Dokugan Ryu einen Mord begeht. Wenn mein Daimyō eine Armee von Jungen wie dich hätte, könnte er jedes Land erobern. Komm her.«

Jack kniete sich respektvoll vor Masamoto und verbeugte sich.

Die Lehrer erwiderten Jacks Verbeugung. Sensei Hosokawa und Sensei Yosa nickten ernst, aber anerkennend. Sensei Kyuzo war wie üblich kurz angebunden, doch Sensei Yamada lächelte ihn freundlich an.

»Du musst noch viel lernen, Jack-kun.« Masamoto war wieder ernst geworden. »Du bist erst eine Knospe, du hast erst den Grundstein gelegt und den ersten Schritt getan. Du hast auf dem Weg des Kriegers noch eine lange Strecke vor dir, doch wie ich am Anfang gesagt habe, wir sind dazu da, dir auf diesem Weg zu helfen. Ich schenke dir deshalb meine ersten Schwerter.«

Die Sensei starrten Masamoto fassungslos an und Akiko und Yamato hielten die Luft an. Jack schloss daraus, dass ihm eine große, noch nie da gewesene Ehre widerfuhr. Masamoto öffnete den letzten Kasten vor ihm und hob zwei Schwerter heraus.

Anders als das Jadeschwert war Masamotos Schwertpaar nur sparsam verziert. Die Scheiden waren schwarz lackiert, die einzige Verzierung war ein eingearbeiteter kleiner, goldener Phönix in der Nähe des Griffs. Es handelte sich nicht um Kunstwerke oder Zierschwerter, sondern um die Waffen eines Kriegers.

»Das Schwert ist die Seele des Samurai, Jack-kun«, sagte Masamoto bedeutungsvoll. Er hielt ihm das Schwertpaar hin und sah Jack dabei mit seinen bernsteinfarbenen Augen streng an.

»Der Besitz dieser Schwerter bedeutet eine große Verantwortung.« Masamoto ließ die Schwerter nicht los, sodass er und Jack sie jetzt beide hielten. »Sie dürfen deinem Gegner nicht in die Hände fallen. Und beherzige allezeit die Prinzipien des Bushido, nämlich Aufrichtigkeit, Mut, Güte, Höflichkeit, Wahrhaftigkeit, Ehre und Treue. Hast du das verstanden?«

»*Hai*, Masamoto-sama, *arigatō gozaimashita*«, antwortete Jack aus tiefstem Herzen.

Er nahm die Schwerter und spürte augenblicklich, wie das Gewicht der Verantwortung seine Hände nach unten drückte. Er verbeugte sich tief und kehrte mit den Schwertern auf seinen Platz zwischen Akiko und Yamato zurück.

»Dann sind wir fertig und ich bitte euch, zu gehen. Nur Yamato-kun soll bleiben. Ich möchte einige Zeit mit meinem

Sohn allein verbringen. Wir haben vieles zu besprechen.« Ein Lächeln erhellte die nicht von Narben entstellte Seite seines Gesichts.

Die anderen verbeugten sich und verließen ehrerbietig die Halle des Phönix.

Jack und Akiko spazierten in den Südlichen Zen-Garten, um dort auf Yamato zu warten. Zwischen zwei aufrecht stehenden Steinblöcken blieben sie stehen und blickten schweigend zum Nachthimmel auf. Der Mond stand hell und rund am Himmel, in zwei Tagen würde Vollmond sein. Die Sterne funkelten.

»Siehst du diesen Stern, der am hellsten scheint?«, fragte Jack nach einer Weile. »Er heißt Spika.«

»Welcher?«, fragte Akiko. »Für mich sehen die Sterne alle gleich aus.«

»Geh vom Griff des Großen Wagens direkt über uns zum Arktur und dann weiter zum Spika«, sagte Jack und lenkte Akikos Blick mit der Fingerspitze. »Der Stern links davon heißt bei uns Regulus und der nächste Bellatrix. Der funkelnde Stern da drüben ist der Jupiter, aber das ist kein Stern, sondern ein Planet.«

»Woher weißt du das alles?« Akiko sah ihn an.

»Mein Vater hat es mir beigebracht. Er meinte, wenn ich Steuermann werden wollte wie er, müsste ich nach den Sternen navigieren können.«

»Und kannst du das?«

»Ja. Jedenfalls könnte ich ein Schiff zu seinem Hafen zurückbringen.« Ein wenig traurig und sehnsüchtig fügte er hinzu: »Vielleicht sogar bis nach Hause.«

»Du willst immer noch nach Hause zurückkehren?«

Jack erwiderte Akikos Blick. Der Mond spiegelte sich in ihren tiefschwarzen Augen und kleine Schauer liefen ihm über den Rücken.

Ja, er wollte immer noch nach Hause zurückkehren. Er vermisste die grünen Felder Englands im Frühling und die behagliche Wärme vor dem Kamin im Haus seiner Eltern. Im Schein des Kaminfeuers hatte sein Vater ihm oft von seinen kühnen Reisen über die Weltmeere erzählt. Er vermisste das geschäftige Treiben Londons, den Lärm der Straßenhändler, das Vieh und die hämmernden Schmiede. Er hatte Appetit auf Rindfleisch, Erbsen und dick mit Butter bestrichenes Brot. Und er sehnte sich danach, jemanden Englisch sprechen zu hören. Doch am meisten vermisste er seine kleine Schwester. Von seiner Familie war nur noch Jess übrig. Er musste zu ihr zurückkehren und dafür sorgen, dass es ihr gut ging.

Doch wie er da neben Akiko unter den Sternen stand, hatte er zum ersten Mal das Gefühl, dass er auch in Japan heimisch werden könnte.

»Egal wo du bist, dein Zuhause sind deine Freunde«, hatte seine Mutter gesagt, als sie wieder einmal zwischen Rotterdam und London hin- und hergezogen waren, weil sein Vater eine neue Stelle hatte. Er war damals erst sieben Jahre alt gewesen und ungern umgezogen, doch jetzt verstand er, was seine Mutter gemeint hatte. Er hatte in Japan

Freunde gefunden, wahre Freunde. Saburo, Yori, Kiku, Yamato und vor allem Akiko.

»Akiko-chan!«, rief eine Stimme.

Sie gehörte Sensei Yosa.

»Kann ich dich einen Moment sprechen? Ich möchte dir die Besonderheiten deines Bogens erklären.«

»*Hai*, Sensei«, sagte Akiko. Bevor sie ging, wandte sie sich noch einmal an Jack. »Ich weiß, dass du deine Heimat England vermisst, aber Japan kann auch deine Heimat sein.«

Sie verbeugte sich mit einem liebevollen Lächeln und entfernte sich durch den Garten.

Jack blickte wieder zum Nachthimmel auf und fuhr fort, im Kopf die einzelnen Sterne zu benennen, um sein Heimweh zu ersticken und nicht in Tränen auszubrechen. Gedankenverloren legte er die Hand an seine neuen Schwerter und strich mit den Fingern über die Griffe.

Einem plötzlichen Einfall folgend zog er das Langschwert und hielt es in den Mond. Er bewunderte die elegant geschwungene Klinge, drehte sie im Licht und spürte ihr Gewicht und ihren Schwerpunkt. Natürlich musste er sich noch daran gewöhnen, aber er traute sich trotzdem zu, einige Schläge zu führen.

Er halbierte den Mond, spießte Bellatrix auf und schnitt einer Sternschnuppe den Weg ab. Dann wirbelte er herum und hob die Schwertspitze zum nächsten Angriff. Vor ihm stand im Dunkeln Dokugan Ryu. Er bewegte sich nicht und wartete darauf, dass Jack angriff.

»*Zögere nie.*«

Das nächste Mal würde er nicht zögern. Er hob das Schwert über den Kopf und rannte auf Dokugan Ryu zu, um ihm den tödlichen Schlag zu versetzen.

»Jack-kun!«, rief Sensei Yamada hinter ihm.

Dokugan Ryu verwandelte sich in einen Stein und Jack fuhr herum.

»Was machst du da?«, fragte der Zen-Lehrer auf seinen Stock gestützt und sah ihn fragend an.

»Ich …«, begann Jack und warf einen Blick auf den Stein hinter ihm, »… habe mit dem Schwert geübt.«

»Gegen einen Stein?«

»Nein, eigentlich nicht«, sagte Jack ernüchtert. »Ich habe mir vorgestellt, der Stein sei Dokugan Ryu. Ich wollte ihn töten, mich an ihm rächen.«

»Rache ist etwas Selbstzerstörerisches. Sie frisst an dir, bis nichts mehr von dir übrig ist.« Sensei Yamada sagte es, als handelte es sich um etwas so Selbstverständliches wie den Mond am nächtlichen Himmel.

»Aber er hat meinen Vater getötet!«

»Ja, und er wird dafür zweifellos büßen, wenn nicht in diesem Leben, dann im nächsten. Aber glaube nicht, dass der Besitz dieses Schwertes dich allmächtig macht. Vergiss nie den Weg des Kriegers. Die Aufrichtigkeit, die Fähigkeit zu beurteilen, was falsch und was richtig ist, ist der Schlüssel zum Selbstverständnis des Samurai.«

Er nahm Jack am Arm und führte ihn zu der alten Kiefer am Ende des Gartens, deren Ast von einer hölzernen Krücke gestützt wurde.

»Die Güte, das Mitleid mit anderen, liegt dem Weg des Kriegers zugrunde. Auf diesem Weg ist kein Platz für Zorn und Wut, und es gibt keine Feinde. Denn im Grunde geht es um die Liebe. Der Weg des Kriegers hat nicht das Zerstören und Töten zum Inhalt, sondern die Förderung des Lebens.[8] Seinen Schutz.«

Sensei Yamada blieb vor der alten Kiefer stehen und sah Jack an.

»Jack-kun, wie Masamoto-sama sagte, hast du gerade erst begonnen, den Weg des Kriegers kennenzulernen. Aber du musst auch den Weg des Schwertes kennenlernen. *Kendo.*«

Er lächelte geheimnisvoll und seine scharfen Augen funkelten wie kleine Sterne. Dann verschwand er im Dunkeln hinter dem Baum. Jack blieb allein zurück, über sich den japanischen Himmel.

Als er wieder aufblickte, flog eine Sternschnuppe durch die Nacht. Sie leuchtete hell auf und erlosch. Die Spur, die sie in den Himmel gebrannt hatte, verging wie die Glut des Feuers.

Im selben Moment hatte Jack eine Erleuchtung. Auch er befand sich auf einer Reise mit ungewissem Ziel. Aber er hatte sich für einen Weg entschieden und würde nicht umkehren.

Er hatte den Weg des Kriegers gewählt.

Anhang

Quellen

1 Man geht den Weg des Kriegers das ganze Leben. Der Meister erweist sich oft nur darin, dass er auf dem Weg bleibt." Richard Strozzi Heckler, mit freundlicher Genehmigung des Autors, *(strozziinstitute.com)*

2 „Ein neun Stufen hoher Turm entsteht aus einem Häuflein Erde. Eine tausend Meilen weite Reise beginnt vor deinen Füßen." Laotse, *Tao te King*, Kap. 64, übersetzt von Richard Wilhelm

3 „Es ist gut, ein Ziel zu haben, zu dem man unterwegs ist. Aber letztlich ist es der Weg, der zählt." Aus: Ursula K. Le Guin, *The Left Hand of Darkness*, © 1969 und 1997 Ursula K. Le Guin, veröffentlicht bei Ace Books, mit freundlicher Genehmigung des Agenten der Autorin

4 Mit genug Zeit kann jeder die körperlichen Übungen erlernen. Mit genug Wissen kann jeder weise werden. Doch nur wer sich mit Leib und Seele dem Weg des Kriegers verschreibt, wird beides meistern." T/ien T/ai, Schule des Buddhismus

5 „Damit andere über dich gehen, musst du zuerst liegen." Brian Weir, urspüngliche Quelle unbekannt, keine Hinweise auf Veröffentlichung

[6] „Mut ist nicht Abwesenheit von Angst, sondern die Einsicht, dass etwas anderes wichtiger ist." Aus: *No Peaceful Warriors!*, in: Gnosis: *A Journal of the Western Inner Traditions*, © 1991 Ambrose Hollingworth Redmoon, geborener James Neil Hollingworth

[7] „Je größer das Hindernis, desto größer der Ruhm, es überwunden zu haben." Molière, französischer Dramatiker und Schauspieler

[8] „Auf diesem Weg ist kein Platz für Zorn und Wut, und es gibt keine Feinde. Denn im Grunde geht es um die Liebe. Der Weg des Kriegers hat nicht das Zerstören und Töten zum Inhalt, sondern die Förderung des Lebens." Morihei Ueshiba, Begründer des Aikido, aus: John Stevens, Budo Secrets, © 2001 John Stevens, Abdruck mit freundlicher Genehmigung von Shambhala Publications Inc., (shambhala.com)

Danksagung

Mein besonderer Dank gilt folgenden Personen, die wesentlich zur Entstehung des vorliegenden Buches beigetragen haben: Charlie Viney, mein Agent, der mich frühzeitig zu diesem Buch ermutigt und mir tatkräftig geholfen hat, meinen ersten Roman Wirklichkeit werden zu lassen; Sarah Hughes, meine Lektorin bei Puffin, für ihren unbestechlichen Blick und dafür, dass sie aus meinem Mauskript wie ein Samurai ein wasserdichtes Buch geschmiedet hat; Pippa Le Quesne für sachkundige und konstruktive Anregungen zu den ersten Entwürfen; Tessa Girvan von der ILA für tatkräftige Hilfe nach außen; der *Sasakawa Foundation* und der *Society of Authors* für die Verleihung des *Great Britain Sasakawa Award* 2007 und die Möglichkeit, für wichtige Recherchen nach Japan zu fliegen; Akemi Solloway Sensei für die Organisation einer so schönen und überaus informativen Studienreise nach Japan, *arigatõ gozaimashita;* dem fantastischen Team von Puffin für die harte Arbeit und die Begeisterung; Steve Cowley und den Sensei seiner *Martial Arts Academy* dafür, dass sie mir geholfen haben, den schwarzen Gürtel im *taijutsu* zu erringen; Hiroko Takagi für ihre Übersetzungen aus dem Japanischen; Katherine Hemingway für ihre Einblicke ins Japanische; Matt Bould für seinen Blick für Details; meinen Eltern für ihre unerschütterliche Hilfe und ihren Glauben an mich; und meiner Frau Sarah, meiner ersten Leserin!

Anmerkungen zur japanischen Sprache

Aussprache japanischer Wörter

Das Japanische hat fünf Vokale »a«, »i«, »u«, »e« und »o«. Sie werden so ähnlich ausgesprochen wie im Deutschen und können kurz oder lang sein. Langes »i« wird im Buch »ii« geschrieben, langes »o« entspricht »õ«, langes »u« entspricht »ū«.

Bei den Konsonanten wird ein geschriebenes »j« ausgesprochen wie »dsch« und »ch« wie »tsch«. »Z« ist ein stimmhaftes »s«.

Jede Silbe wird für sich ausgesprochen, also A-ki-ko, Ya-ma-to, Ma-sa-mo-to, Ka-zu-ki.

Glossar

abunai	Gefahr
arigatõ (gozaimasu)	danke
bokken	Übungsschwert aus Holz
bushido	Weg des Kriegers
Butokuden	Halle der Kriegstugenden
daimyõ	Feudalherr

futon	Schlafunterlage, die direkt auf den mit Strohmatten belegten Boden gelegt und tagsüber zusammengefaltet wird
gaijin	Fremder, Barbar (abwertend)
gomennasai	tut mir leid
hai	ja
hajime	fangt an
hashi	Essstäbchen
ikinasai	gehen wir
ie	nein
kata	vorgeschriebene Abfolge von Bewegungen in den Kampfkünsten
kenjutsu	Schwertkunst
ki	Lebenskraft
kiai	wörtlich »konzentrierter Geist«; Schrei, der während der Ausführung einer Kampftechnik als Konzentrationshilfe ausgestoßen wird
kihon waza	Grundtechniken
kissaki	Schwertspitze
konnichiwa	guten Tag
matsuri	Fest
niwa	Garten
ofuro	Bad
ohayō gozaimasu	guten Morgen
randori	Übungskampf

rei	Aufforderung, sich zu verbeugen
sake	Reiswein
satori	Erleuchtung
seiza	sitzen, knien
sencha	grüner Tee
sensei	Lehrer
sohei	Soldatenmönch
sumimasen	entschuldigen Sie, Entschuldigung
taijutsu	Körperkunst, Kampf ohne Waffen
torii	Tor
uchi	Schlag
wakarimasen	ich verstehe nicht
wako	japanischer Pirat
yame	halt
zazen	Sitzmeditation

Japanische Namen bestehen gewöhnlich aus einem Familiennamen (Nachnamen) gefolgt von einem Vornamen, während in der westlichen Welt der Vorname dem Nachnamen vorangestellt wird. Im feudalen Japan spiegelt der Name den gesellschaftlichen Rang und die geistige Ausrichtung seines Trägers. Bei der Anrede fügt man dem Nachnamen (bei weniger förmlichen Gelegenheiten dem Vornamen) als Zeichen der Höflichkeit ähnlich dem deutschen »Herr« oder »Frau« ein *san* an, bei einem höherrangigen Gegenüber *sama*. Bei Lehrern wird in Japan gewöhnlich die Bezeichnung *sensei* dem Namen nachgestellt, in vorliegendem Buch wurde die mehr dem Englischen und Deutschen entsprechende umgekehrte Reihenfolge gewählt. Jungen und Mädchen werden gewöhnlich mit dem Namenszusatz *kun* bzw. *chan* angeredet.

Fragen an den Autor

Wie alt waren Sie, als Sie angefangen haben, japanische Kampftechniken zu trainieren?

Ich habe im Alter von sieben Jahren mit Judo angefangen. Meinen ersten Preis habe ich mit acht gewonnen und seitdem habe ich in sieben verschiedenen Kampftechniken Unterricht gehabt.

Welchen Kampfstil mögen Sie am liebsten?

Ich mag alle Stile – von jedem habe ich etwas Neues gelernt –, aber am liebsten ist mir Zen Kyo Shin *taijutsu*, weil ich darin meinen ersten schwarzen Gürtel gemacht habe. Der Stil ist von der Kampfkunst der Ninjas abgeleitet – mein Lehrer war sogar Schüler eines Ninja-Großmeisters!

Sind Sie schon einmal einem echten Samurai begegnet?

Ja – ich bin Schüler von Akemi Solloway Sensei, der ältesten Tochter einer alten Samuraifamilie, die von einem hohen Samurai aus Iwatsuki bei Tokio aus der Zeit des Fürsten Ota Dokan (1432–1486) abstammt. Der Name Akemi bedeutet »strahlend und schön«, und weil Akemi keine Brüder hat, fühlt sie sich der Tradition ihrer Samuraivorfahren besonders verpflichtet.

Was ist Ihr Lieblingsbuch?

»Es« von Stephen King. Sein gruseligstes und bestes Buch.

Wann haben Sie mit dem Schreiben angefangen?

Ich schreibe schon mein ganzes Leben lang, aber meist Songtexte. Mit Geschichten habe ich erst viel später angefangen, obwohl ich mich erinnere, dass ich mir schon als Kind Geschichten ausgedacht habe, vor allem auf langen Autofahrten, damit mir nicht langweilig wurde.

Wie lange haben Sie gebraucht, um »Samurai – Der Weg des Kämpfers« zu schreiben?

Das ging ziemlich schnell – zwei Monate! Das Buch war im Kopf schon fertig und ich brauchte den Text nur noch aufzuschreiben.

Woher kommen Ihre Einfälle?

Aus mir selbst und aus dem, was ich erlebt habe. Die Samurai-Trilogie wurde durch meine Leidenschaft für japanische Kampftechniken angeregt. Es geht um einen Jungen, der durch sie das Leben kennenlernt. Die Geschichte könnte genauso gut von mir handeln oder von euch.

Was haben Sie gemacht, bevor Sie Schriftsteller wurden?

Ich war Liedermacher und Musiker. Ich singe und spiele

Gitarre und Mundharmonika. Ich bin schon auf der ganzen Welt und im Fernsehen aufgetreten und habe auch an der bekannten Academy of Contemporary Music in Guildford unterrichtet. Dann habe ich für die British Academy of Composers & Songwriters mein erstes Buch über das Schreiben von Songs verfasst.

Welchen Ort auf der Welt finden Sie besonders schön?

Ich war schon an vielen tollen Orten, aber ich habe drei besonders schöne Erinnerungen: Ich habe bei Sonnenuntergang an einem Strand in Fidschi Gitarre gespielt, ich habe in einem Baumhaus mitten im Dschungel von Laos gesessen und ich habe in Kyoto in Japan im Morgengrauen eine Tempelglocke läuten gehört.

Was ist Ihr Lieblingsessen?

Sushi. Es ist gesund und schmeckt sehr gut.

Was ist Ihr kostbarster Besitz?

Ein Samuraischwert. Die Klinge leuchtet wie ein Blitz und pfeift, wenn man sie durch die Luft schlägt.

Was ist Ihr Lieblingsfilm?

»Crouching Tiger, Hidden Dragon«. Die Actionszenen sind fantastisch, die Schwerkraft wird darin buchstäblich außer Kraft gesetzt. Wenn die Schauspieler kämpfen, sieht das aus wie Ballett. Und Michelle Yeoh ist eine der größten Kampfkunst-Darstellerinnen des Kinos.

Jacks Lieblingstritte und -fauststöße

Tritte (*geri*)

Mae-geri – kraftvoller Vorwärtstritt, mit dem man den Gegner sogar zu Fall bringen kann.

Yoko-geri – extrem wirkungsvoller Seitwärtstritt, aber Vorsicht, man sieht ihn leichter kommen als den Vorwärtstritt.

Mawashi-geri – Halbkreistritt, bei dem man das Bein im Kreis schwingt, wird oft zur Eröffnung eines Kampfes verwendet.

Ushiro-geri – Rückwärtstritt, einer der wirkungsvollsten Tritte der japanischen Kampfkünste.

Chõ-geri – sogenannter Schmetterlingstritt, weil man bei der Ausführung Arme und Beine von sich streckt wie ein fliegender Schmetterling die Flügel.

Fauststöße (*zuki*)

Oi-zuki – gleichseitiger Fauststoß (gleichseitig zum vorgestellten Bein), grundlegende Technik und oft sehr nützlich.

Gyaku-zuki – gegenläufiger Fauststoß, bei dem fast der ganze Körper in Bewegung ist.

Kage-zuki – Hakenstoß, der sehr schnell ausgeführt werden muss, aber trotzdem zu Jacks Lieblingstechniken gehört, weil er schwer abzuwehren ist.

Uraken-zuki – Schlag mit dem Faustrücken, der noch schneller ist. Man ballt die Faust und schlägt mit den beiden größten Knöcheln.

LESEPROBE

»Samurai. Der Weg des Schwertes«,
von Chris Bradford
ISBN 978-3-473-58394-2

Prolog

Dokujutsu

Japan, August 1612
»Dieser Skorpion ist von allen dem Menschen bekannten Skorpionen der giftigste«, erklärte der Ninja. Er nahm ein großes, schwarzes Exemplar aus einem Holzkasten und setzte es auf die bebende Hand der Schülerin. »Er ist der ideale Auftragsmörder: bewaffnet, lautlos und tödlich.«

Das achtbeinige Tier kroch über ihre Hand. Sein Stachel glänzte im Halbdunkel. Vergeblich versuchte die Schülerin, ihr Zittern zu unterdrücken.

Sie kniete in einem kleinen, von Kerzen erleuchteten Zimmer vor dem Ninja. Überall standen Krüge, Kisten und kleine Käfige, die mit giftigen Tränken, Pulvern, Pflanzen und Tieren gefüllt waren. Der Ninja hatte ihr bereits blutrote Beeren, dicke Kugelfische, knallbunte Frösche, langbeinige Spinnen und zusammengerollte schwarzköpfige Schlangen gezeigt – alle mit einem für den Menschen tödlichen Gift.

»Ein einziger Stich verursacht dem Opfer unerträgliche Schmerzen«, fuhr er fort und blickte unverwandt in die angstvoll geweiteten Augen der Schülerin. »Auf Krämpfe folgen Lähmung, Bewusstlosigkeit und zuletzt der Tod.«

Die Schülerin erstarrte und blickte wie versteinert auf den Skorpion, der ihren Arm hinaufkroch. Der Ninja setzte seinen Vortrag fort. Die Gefahr, in der seine Schülerin sich befand, schien ihn nicht weiter zu kümmern.

»Als Teil deiner Ausbildung zum Ninja wirst du *dokujutsu* erlernen, die Kunst des Giftes. Wenn du dein Opfer mit einem Dolch erstichst, gehst du ein hohes Risiko ein und hinterlässt viele Spuren. Der Tod durch Gift ist lautlos, schwer nachzuweisen und bei richtiger Anwendung sicher.«

Der Skorpion hatte den Hals der Schülerin erreicht und war in das einladende Dunkel ihrer langen, schwarzen Haare gekrochen. Die Schülerin drehte den Kopf weg und atmete schnell und flach. Der Ninja nahm keine Notiz davon.

»Ich werde dir zeigen, wie man aus verschiedenen Pflanzen und Tieren Gifte gewinnt, welches Gift man für Waffen benützt und welches man in das Essen oder Trinken des Opfers mischt.« Er strich mit den Fingern über einen Käfig, in dem eine Schlange gefangen war. Sogleich schnellte das Tier gegen die Stäbe, um ihn zu beißen. »Außerdem musst du dich gegen die Gifte abhärten, sonst bringst du dich versehentlich noch selbst um, und damit wäre nichts gewonnen.«

Die Schülerin hob den Arm, um den in ihrer Halsbeuge

sitzenden Skorpion abzustreifen. Der Ninja schüttelte kaum merklich den Kopf.

»Für viele Gifte gibt es ein Gegengift. Ich werde dir zeigen, wie man sie mischt. Gegen andere Gifte kann man sich schützen, indem man über einen längeren Zeitraum jeweils winzige Mengen davon zu sich nimmt, bis der Körper natürliche Abwehrkräfte entwickelt. Gegen einige Gifte gibt es allerdings keine Hilfe.«

Er zeigte auf eine kleine, blaugeringelte Krake von der Größe einer Säuglingsfaust, die in einer mit Wasser gefüllten Wanne schwamm. »So schön dieses Tier aussieht, sein Gift ist so stark, dass es einen erwachsenen Menschen in wenigen Minuten tötet. Da es geschmacklos ist, empfehle ich seine Verwendung in Getränken wie Reiswein oder grünem Tee.«

Die Schülerin konnte den Skorpion an ihrem Hals nicht länger ertragen und schlug mit der Hand danach. Der Skorpion fiel aus ihren Haaren und bohrte ihr seinen Stachel in die Hand. Die Schülerin schrie. Das Fleisch um die Wunde schwoll sofort an. Stechende Schmerzen fuhren durch ihren Arm.

»Hilfe ...«, stöhnte sie und krümmte sich.

Der Ninja betrachtete sie mitleidslos.

»An dem stirbst du nicht«, murmelte er schließlich. Er packte den Skorpion am Schwanz und ließ ihn in den Kasten fallen. »Der ist alt und groß. In Acht nehmen muss man sich nur vor den kleinen Weibchen.«

Die Schülerin brach bewusstlos zusammen.

1

Astragaloi

»Du betrügst!«, rief das Mädchen.

»Tu ich nicht!«, protestierte Jack. Er und seine Schwester knieten im Hintergarten des Hauses ihrer Eltern.

»Tust du doch! Du musst klatschen, bevor du die Knochen nimmst.«

Jack schwieg, denn Jess fiel offenbar keinen Moment auf seine Unschuldsmiene herein. So sehr er seine Schwester liebte, was die Spielregeln betraf, verstand sie keinen Spaß. Jess war ein schmächtiges, siebenjähriges Mädchen mit hellblauen Augen und fahlblonden Haaren und normalerweise sehr umgänglich. Wenn sie aber Astragaloi spielten, war sie so streng und unnachgiebig wie ihre Mutter bei den Haushaltspflichten.

Jack las die fünf weißen Schafknöchelchen vom Boden auf, um noch einmal von vorn anzufangen. Die Knöchelchen waren so groß wie Kieselsteine und vom vielen Spielen in diesem Sommer ganz abgegriffen. Trotz der drückenden Hitze lagen sie merkwürdig kühl in der Hand.

»Meinen Zweier schlägst du bestimmt nicht!«, sagte Jess herausfordernd.

Jack ließ vier Knöchelchen auf den Boden fallen, warf das fünfte in die Luft, klatschte in die Hände, las schnell ein Knöchelchen aus dem Gras und fing das herunterfallende Knöchelchen auf. Mit geübten ruhigen Bewegungen wiederholte er die Prozedur, bis er wieder alle fünf in der Hand hielt.

»Einser«, sagte er.

Jess pflückte betont gelangweilt ein Gänseblümchen aus dem Gras.

Jack warf erneut und hatte wenige Würfe später die zweite Runde abgeschlossen.

»Zweier!«, verkündete er und streute die Knöchelchen wieder ins Gras. Dann warf er eines in die Luft, klatschte, nahm drei auf und fing anschließend noch das erste Knöchelchen, bevor es auf dem Boden aufkam.

»Dreier!«, rief Jess, unfähig, ihre Überraschung zu verbergen.

Grinsend ließ Jack vier der Knöchelchen fallen.

Der Himmel hatte sich zugezogen und in der Ferne donnerte es dumpf. Die drückende Schwüle war noch unerträglicher geworden. Doch Jack achtete nicht auf das aufziehende Gewitter. Seine ganze Aufmerksamkeit galt der schwierigen Aufgabe, alle vier Knöchelchen aus dem Gras zu lesen.

Er warf das fünfte Knöchelchen hoch und klatschte. Im selben Moment ertönte ein ohrenbetäubender Schlag. Ein gezackter weißer Blitz fuhr über den Himmel, schlug in einiger Entfernung in einen Hügel ein und setzte einen

Baum in Brand. Blutrot hoben sich die Flammen vor dem schwarzen Himmel ab. Doch nicht einmal dadurch ließ Jack sich in seiner Konzentration stören. Er nahm die vier Knöchelchen auf und fing das fünfte, als es nur noch eine Handbreit vom Boden entfernt war.

»Geschafft!«, jubelte er. »Alle vier auf einmal!«

Er hob triumphierend den Kopf. Jess war verschwunden.

Auch die Sonne war nicht mehr zu sehen. Pechschwarze Gewitterwolken jagten über den brodelnden Himmel.

Verwirrt starrte Jack zu dem Tumult über ihm hinauf. Dann spürte er ein Kribbeln in seiner geschlossenen Hand. Die Knöchelchen fühlten sich an, als bewegten sie sich.

Zögernd öffnete er die Hand.

Er erstarrte. Über seinen Handteller liefen vier sehr kleine, schwarze Skorpione.

Sie umringten das fünfte Knöchelchen und versuchten es mit ihren Schwänzen zu stechen. Tödliches Gift tropfte auf seine Hand.

Ein Skorpion drehte sich um und krabbelte seinen Unterarm hinauf. Jack schüttelte ihn in Panik ab, warf auch die anderen Skorpione ins Gras und rannte Hals über Kopf auf das Haus zu.

»Mutter!«, schrie er. »Mutter!«

Jess fiel ihm ein. Wo war sie bloß?

Dicke Regentropfen klatschten herab und es wurde noch dunkler. Die fünf im Gras verstreuten Knöchelchen waren kaum noch zu erkennen. Von den Skorpionen oder Jess war nichts zu sehen.

»Jess?«, brüllte er, so laut er konnte. »Mutter?«

Niemand antwortete.

Da hörte er seine Mutter leise in der Küche singen.

Ein Mann der Worte ohne Taten
Ist wie ein ungepflegter Garten
Und schießt das Unkraut in die Höh´,
Ist´s wie ein Garten voller Schnee …

Jack rannte durch den engen Flur zur Küche.

Im Haus war es dunkel und feucht wie in einer Gruft. Durch einen schmalen Spalt der Küchentür drang Licht. Von drinnen erklang die Stimme seiner Mutter abwechselnd lauter und leiser wie das Seufzen des Windes.

Und schwebt der Schnee von oben nieder,
Ist's wie ein Vogel mit Gefieder,
Und hebt der Vogel ab vom Boden,
Gleicht er dem stolzen Falken droben …

Jack spähte durch den Türspalt und sah seine Mutter. Sie hatte eine Schürze umgebunden, den Rücken zu ihm gewandt und schälte mit einem großen, krummen Messer Kartoffeln.

Nur eine flackernde Kerze erhellte das Zimmer. Der Schatten des Messers an der Wand war so groß wie das Schwert eines Samurai.

Und spuckt der Himmel Donner aus,
Klingt´s wie ein Löwe vor dem Haus …

Jack stieß die Küchentür auf. Sie kratzte über die steinernen Fliesen, doch seine Mutter drehte sich nicht um.

»Mutter?«, fragte er. »Hast du mich nicht gehört?«

Und wenn die Tür nachgiebt dem Drücken,
Spürst du den Stock auf deinem Rücken …

»Mutter! Warum antwortest du nicht?«

Draußen regnete es jetzt so heftig, dass es klang wie ein in der Pfanne brutzelnder Fisch. Jack trat über die Schwelle und näherte sich seiner Mutter. Sie kehrte ihm weiter den Rücken zu und schälte mit hektischen Bewegungen eine Kartoffel nach der anderen.

Und wenn dein Rücken heftig schmerzt,
Ist´s wie ein Messer tief im Herz …

Jack zerrte an ihrer Schürze. »Mutter? Was ist denn?«

Aus dem anderen Zimmer hörte er einen erstickten Schrei. Im selben Augenblick drehte seine Mutter sich zu ihm um. Sie klang scharf und ärgerlich.

Und wenn dein Herz dann blutet rot,
Dann bist du mause-, mause-, mausetot.

Jack starrte in die eingesunkenen Augenhöhlen eines alten Weibes. In ihren Haaren wimmelte es nur so vor Läusen. Die Alte, die er für seine Mutter gehalten hatte, hob das Messer und drückte es ihm an die Kehle. An der Klinge hing wie ein frisch abgezogenes Stück Haut eine Kartoffelschale.

»Du bist mausetot, Gaijin!«, krächzte sie. Ihr fauler Atem schlug ihm ins Gesicht. Er musste würgen.

Schreiend rannte er zur Tür. Die Alte lachte hämisch.

Aus den Tiefen des Hauses hörte Jack Jess' verzweifelte Schreie. Er stürzte ins Wohnzimmer.

Der große Armsessel, in dem sein Vater immer saß, stand mit der Vorderseite zum Kaminfeuer. In ihm saß eine verhüllte Gestalt. Ihre Silhouette zeichnete sich schwarz vor den flackernden Flammen ab.

»Vater?«, fragte Jack zögernd.

»Nein, Gaijin, dein Vater ist tot.«

Der krumme Finger einer schwarz behandschuhten Hand streckte sich und zeigte auf Jacks Vater, der in der gegenüberliegenden Ecke des Zimmers schrecklich zugerichtet und blutend auf den Dielen lag. Jack fuhr entsetzt zurück. Der Boden unter ihm begann sich zu heben und zu senken wie ein Schiffsdeck.

Mit einem Satz stürzte die verhüllte Gestalt vom Sessel zum vergitterten Kellerfenster. Sie hielt Jess in ihren Armen.

Jack stockte der Atem.

Er kannte das jadegrüne Auge, das ihn durch den Schlitz der Kapuze hasserfüllt anstarrte.